열혈공작 플로렌

열혈공작 플로렌

열혈공작 플로렌 4
김종휘 판타지 장편 소설

초판 1쇄 찍은 날 § 2004년 3월 23일
초판 1쇄 펴낸 날 § 2004년 4월 3일

지은이 § 김종휘
펴낸이 § 서경석

편집장 § 문혜영
편집 책임 § 유경화
편집 § 권민정
마케팅 § 정필 · 강양원 · 이선구 · 김규진 · 홍현경

펴낸곳 § 도서출판 청어람
등록번호 § 제1081-1-89호
등록일자 § 1999. 5. 31
어람번호 § 제1-0478호

주소 § 경기도 부천시 원미구 심곡1동 350-1 남성B/D 3F (우) 420-011
전화 § 032-656-4452 팩스 § 032-656-4453
http://www.chungeoram.com
E-mail § eoram99@chollian.net

ⓒ 김종휘, 2004

ISBN 89-5831-048-0 04810
ISBN 89-5505-957-4 (SET)

열혈공작

플로렌

김종휘 판타지 장편 소설

4

레트론 공방전

도서출판

청어람

목차

❹
레트론 공방전

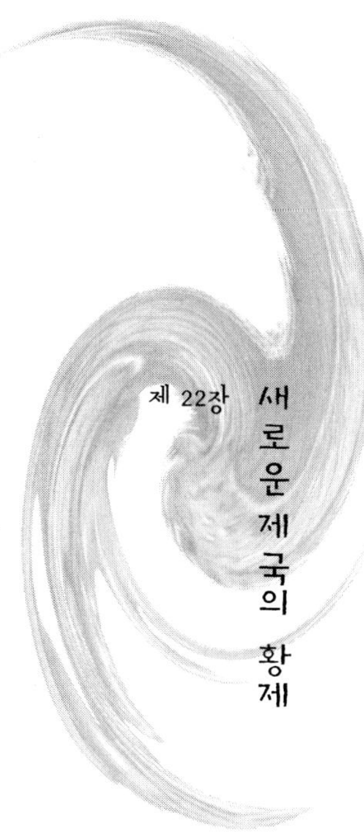

제 22장 새로운 제국의 황제

황궁에서의 시간은 하는 일 없이 지나갔고 그렇게 엿새 정도가 지나자 제국의 사황자 위르테우스가 황도에 도착함으로써 황제의 유서와 관련이 있는 모든 황족들이 황도에 모이게 되었다.

레빈과 나, 그리고 필리아는 과연 위르테우스가 어떤 인물일까 하는 생각에 주궁의 정원까지 나와 그가 들어서기를 기다리고 있었다.

"스이반의 성자라…… 음……."

"들리는 소문에 의하면 성자급에 버금가는 신성력을 지니고 있다 하더군."

신성력이란 신에 대한 믿음을 통해 발현되는 기적의 한 종류, 그 때문에 이러한 신성력은 아무나 발현할 수 있는 것이 아니었다.

사제의 서품, 즉 신에게 자신을 바치겠다고 서약을 한 자만이 오직 신성력을 얻을 수 있는 것이다.

하지만 위르테우스는 대륙에서 유일하게 사제의 서품을 받지 않은 채 신성력을 사용하는 인물, 그 때문에 자연히 관심이 더 갈 수밖에 없었다.

"온다."

그때 레빈의 말이 들려와 고개를 돌리자 주궁의 입구로 일단의 무리들이 들어서고 있는 것을 볼 수 있었다.

처음에는 순백색의 갑옷을 입고 있는, 뭐랄까, 마치 성기사와 같은 복장의 기사들이 들어오더니 드디어 기다리던 사황자의 모습이 눈에 들어왔다.

"아!!"

그리고 그의 모습을 보는 순간 난 뭐랄까? 마치 신을 보는 것과 같은 착각이 들었다.

길게 늘어진 은색의 머리, 그 밑으로 드러나는 여인과도 같은 아름다운 얼굴은 지금까지 보아왔던 수많은 사람들과는 격이 다르다는 생각을 하게 만들었다.

푸른색의 눈동자 밑으로 보이는 오똑한 코, 붉은 입술은 자연스럽게 미소를 짓고 있었는데, 그것은 남자, 여자를 떠나 누구라도 빠질 수밖에 없는 자애스러운 성인의 미소였다.

그런데 희한한 것이 있다면 난 그의 모습에서 나와 가까이 있는 사람의 얼굴을 비추어볼 수 있었는데, 바로 내 아내 알리샤였다.

"알리샤……."

"응? 비슷하군. 외모는 판이하게 다르지만 분위기가 비슷해……."

레빈 역시 나의 말에 고개를 끄덕이며 수긍하고 있었다. 나와 결혼하지 않았다면 성녀가 되었다고 해도 이상할 것이 없는 아내 알리샤,

위르테우스는 그녀와 같은 분위기를 뿜고 있는 황자였다.

"정말 아름다운 분이시군요."

엘프인 필리아조차도 감탄할 정도의 아름다움, 왜 사람들이 그를 스이반의 성자라고 하는지 이해할 수 있었다.

하지만 그와 함께 난 부러움과 질투심도 느꼈는데, 평범 이하의 내 외모를 생각하니 세상이 조금 불공평하다는 생각이 들었기 때문이다.

"흥! 잘생기면 뭐 해."

하긴 잘생기면 뭐 하나, 내가 알고 있는 위르테우스는 서른이 넘은 나이에도 아직 장가도 못 간 노총각, 그것에 비해 난 알리샤와 리안나라는 두 명의 아리따운 아내와 필리아라는 예비 마누라도 가지고 있으니 위르테우스보다야 성공했다고 할 수 있지. 흠…….

그건 그렇고 진짜 잘생기긴 했다.

그가 주궁으로 들어서는 것을 보며 자리에서 일어난 난 황자의 궁으로 걸음을 옮겼다. 사황자 역시 황제의 제의에 인사를 올린 이후에 올 곳이라곤 황자의 궁밖에 없기 때문이다.

황자의 궁에 도착하자 궁으로 들어서는 도중에 있는 정원에서 몇몇 황자들의 모습이 눈에 들어왔다.

물론 황태자와 이황자는 모습을 보이지 않았지만, 그 외의 황자들은 황자의 궁 홀로 나와 위르테우스를 기다리고 있는 듯했다.

"육황자와 게리오스는 그렇다 치고 다른 황자들까지 나오다니 의외인걸?"

나로선 이들 황자들이 마중을 나왔다는 것이 신기했다.

"제국의 황자 중에서 사황자는 유일하게 형제들 간의 분란이 없는 인물이니까. 처음부터 황제의 좌에는 관심이 없었던 그는 황자들의 다툼에 매번 그들을 다독이는 역할을 했다고 하더군. 실로페스의 말로는 성격이 불같은 황태자까지도 그가 나서면 한 수 접어주었다 하니 사황자에 대한 다른 황자들의 신망은 대단한 것이라 할 수 있지.”

“오호!”

“그런데 말이야. 사황자에게도 앙숙이 있다는 것을 아나?”

“응? 앙숙?”

“그래. 그 사람이 바로 이황자 일루테우스지. 그 역시도 자신의 땅에서 성인의 손이라는 이름으로까지 불리고 있지만, 웬일인지 사황자와는 사이가 좋지 않다고 하더군.”

이황자 일루테우스. 우리가 지났던 곳의 주인이며 제국의 모든 흑마법사들의 추종을 받고 있는 인물이었다.

난 성인의 손이란 이름으로까지 불린 것은 아마도 사회적으로 인식이 좋지 않은 흑마법을 평가 절상시키기 위한 전략적 노선에서 생긴 부산물이라 생각하고 있었다.

그러니 진정한 성자를 눈앞에 두니 꺼림칙함을 느끼는 것이겠지. 물론 나 역시 그의 영지에서 호되게 당하지 않았다면 조금 음침하기는 하지만 그래도 성군이구나 하는 생각을 했을 정도로 외부에서 들리는 그의 소문에선 나쁜 것이 없었다.

흑마법사들의 땅이라면 사소한 일에도 나쁜 소문이 있기 마련인 것을 감안하면 어둠의 조직을 이용하여 정보 조작에도 상당히 신경을 쓰고 있음이니 성인이라 보기에는 뒷구멍이 찜찜한 이가 바로 이황자 일루테우스였다.

“응?”

이황자에 대한 생각에 잠겨 있을 때 메인 홀로 일단의 무리들이 들어서는 것을 볼 수 있었다. 그리고 선두에 선 기사들의 복장을 보고 조금 의외란 생각이 들었다.

"황태자?!"

검은색 플레이트 아머를 입고 풀 헬름으로 얼굴을 감싸고 있는 기사들, 그들 모두 황금색 망토 위로 흉측한 악마의 형상이 새겨져 있는 표식을 하고 있는 기사단, 바로 황태자의 다크 데블 나이츠였다.

그들의 중앙으로 검은 머리를 길게 늘어뜨린 일 미터 구십 센티미터 정도로 보이는 거구의 남자가 황자의 복식을 한 채 걸음을 옮기고 있었기에, 난 한눈에 그가 황태자임을 알 수 있었다.

"오호! 계승권없는 황태자 로만테우스의 등장이로군!"

레빈 역시 그가 나타나자 감탄하는 목소리로 중얼거렸다. 전에 내 영지에서 다크 데블 나이츠를 상대로 싸웠던 기억이 있는 난 그들의 존재가 그리 달갑지는 않았다. 만약 내 땅이라면 전 기사들을 동원하여 베어버리라 소리치고 싶은 심정이랄까?

션우드에 대한 감정이 좋지 않다 보니 그를 도운 황태자까지도 미워보이는 것은 당연한 일일지도 몰랐다.

황태자가 그 모습을 드러내자 황자의 궁 정문에 있던 다른 황자들은 인상을 찌푸리며 자리를 옮기기 시작했다. 사실 그가 이렇게 황자의 궁 메인 홀에 다른 황자들이 있을 때 모습을 드러낸 것은 이번이 처음이었다.

놀랍게도 어느 누구도 끌어내지 못했던 황태자를 사황자가 끌어낸 것이다.

황태자가 도착하자 얼마 후 주궁에서 나온 사황자의 일행이 황자의 궁 메인 홀로 들어섰다.

위르테우스는 메인 홀로 들어서서 황태자의 모습을 확인하고는 입
가로 특유의 인자한 미소를 지어 보이며 다가와서는 로만테우스에게
공손히 인사를 올렸다.

"오랜만입니다, 형님."

미소 지으며 황태자에게 인사하는 위르테우스의 모습을 보며 그는
잠시간 동생을 날카로운 눈으로 노려보는 듯하더니, 이내 가볍게 고개
를 끄덕이며 인사를 받고는 다시 자신의 거처 쪽으로 걸음을 옮겼다.

하지만 주위에 있던 사람들은 모두 긴장감에 식은땀을 흘리고 있었
다. 위르테우스를 보던 황태자의 눈은 마치 맹수가 자신의 먹잇감을
노려보는 것과 다르지 않았기 때문이다.

"무서운 남자로군… 그 자신의 능력으로도 이미 소드 마스터를 넘
어선 것 같군."

"소드 마스터를 넘어서? 그럼 오버러?"

"위르테우스를 노려볼 때의 기운을 느끼지 못했는가? 만약 내가 사
황자였다면 오금이 저려 서 있을 수도 없었을 것이네."

"그런……."

그의 말에 난 놀랄 수밖에 없었다. 황태자가 검술에 능함은 알고 있
었지만, 설마 오버러의 수준까지 올라 있을 줄은 몰랐기 때문이다.

하지만 더 감탄한 것은 보통 사람이라면 심장 마비로 죽을 수도 있
으리라 생각되는 오버러의 압박을 스이반의 성자라고 불리며 전투력이
라고는 전무하다 할 수 있는 위르테우스가 가볍게 넘기며 미소까지 보
였다는 것이다.

"놀랍군. 어떻게 황태자 앞에서 저런 미소를 보일 수 있는 것이지?"

"드래곤 피어라는 것은 살아 있는 존재에게 죽음의 공포를 느끼게

한다 들었네. 뛰어난 검사의 살기는 그와 비슷한 것이지만, 사황자는
성자로서 황자들 중 가장 많은 죽음을 지켜본 남자이니 황태자의 살기
는 익숙한 것이었을지도 모르지.”

“하지만…….”

레빈의 말도 일리가 있었지만, 단순히 그렇게만 말할 수 있는 것은
아니라는 생각이 들었다. 솔직히 타인의 죽음과 나의 죽음이 같겠는
가? 나만 해도 타인 수백, 수천이 죽든 말든 상관하지 않아도 내 자신
의 죽음은 두렵기 그지없는데 말이다.

황태자가 황자의 궁을 나가자 다른 황자들은 그제야 정신을 차리고
는 사황자에게 다가갔다.

하지만 난 황태자의 존재감이 뇌리에서 쉽게 사라지지 않았다. 만일
그가 황제가 된다면 정말 제국은 대륙을 통일할지도 모른다는 두려움
이 밀려왔고, 그 때문에 그는 절대로 황제가 돼서는 안 된다는 생각이
들었다.

하지만 그와 함께 난 사황자 역시 황제의 좌에 올라서는 안 되는 인
물이란 생각이 들었다. 물론 그에게는 대륙의 패권을 장악할 야심도
없다. 이유를 설명할 순 없지만, 진실로 무서운 남자는 황태자가 아닌
사황자 위르테우스라는 생각이 들어서다.

황태자는 자신을 적대하는 모든 것을 파괴하고 차지하려 하지만, 사
황자는 자신을 적대하는 것을 포함한 모든 것을 포용하려 한다. 그렇
게 함으로 한 사람의 또 다른 적을 만들지만 한 사람을 또 다른 우군으
로 만든다. 그렇게 생각하면 과연 누가 두려운 자일까.

사황자의 입궁을 시작으로 제국은 크게 술렁이기 시작했다. 모든 황

자들이 황도로 모였으니 드디어 모든 이들이 기다리며 궁금했던 황제의 유서가 발표되기 때문이다.

어떠한 황자가 차대 제국의 황제가 되느냐에 따라서 귀적에 이름을 올리고 있는 자들의 대대적인 숙청이 불가피했다.

그저 셔먼의 칙사단이자 칠황자의 손님에 불과한 난 황제의 유서가 발표되는 주궁으로 들어갈 수 없기 때문에 황자의 궁에 남아 다른 이들이 전해줄 소식을 기다리는 수밖에 없었다.

"제국의 황제라…… 음……."

레빈과 필리아와 함께 정원에 앉아 다과를 즐기며 여유롭게 차대 황제의 발표를 기다리는 난 제발 게리오스가 아니기를 마음속으로 빌고 또 빌었다.

그가 황제가 된다면 난 내 영지의 중요한 인물을 제국이란 적에게 헌납해야 되기 때문이다. 게리오스가 황자일진 몰라도 이전까지는 내 소유였고, 이후로도 내 소유여야 했다.

"영주님, 차 드세요."

"응? 아! 고마워."

필리아가 건네주는 찻잔을 받은 난 언제쯤 소식이 들어오려나 황자의 궁 정문 쪽을 물끄러미 바라보고 있지만, 기다리는 사람의 모습은 보이지 않았다.

차대 황제의 발표가 끝난 후 바로 실로페스가 나에게 사람을 보내어 준다고 했는데, 왜 이리 안 오는 것인지…….

좀처럼 오지 않는 녀석 때문에 마음을 졸이고 있는지라 차를 마시면서도 떨리는 가슴을 진정시킬 수 없었는데, 그때 주궁 쪽에서 거대한 함성이 들려왔다.

"와아아아!!"

"응?"

갑작스러운 함성에 놀란 난 주궁 쪽을 쳐다보았고, 황자의 궁으로 한 기사가 황급히 뛰어오고 있는 것을 볼 수 있었다.

그는 게리오스의 호위 기사단 갑옷을 입고 있었기에 실로페스가 말했던 사람이라는 것을 깨달은 나는 자리에서 일어났다.

"헉헉!!"

황급히 뛰어온 그는 숨을 헐떡이며 앞에서 멈추어 섰고, 난 황급히 그에게 차대 황제는 누가 되었는지를 물었다.

"차대 황제 폐하는 어느 황자님이 선택되었는가?"

"헉헉… 기뻐하십시오. 주군이신 칠황자 저하께서 황제의 좌를 물려받으셨습니다!"

챙그렁…….

그 순간 난 찻잔을 놓쳐 버리고 말았다. 가장 우려했던 일이 현실로 다가왔기 때문에 온몸에 힘이 빠져 버린 것이다.

"젠장!"

"진정하게… 일단은 칠황자 저하께서 황제의 좌에 오른 것을 축하해 주어야 하지 않는가."

"미치겠군."

게리오스를 잃게 생겼다는 생각에 분통이 터져 오르는 나를 보며 레빈은 어깨를 토닥여 주고 있었지만, 난 진정이 되지 않았다.

예상은 하고 있었지만, 제발 그가 아니기를 바랐는데…….

하지만 나의 바람 때문인지 잠시 후 또 다른 기사가 황자의 궁 쪽으로 뛰어오는 것을 볼 수 있었다. 그 역시 칠황자의 호위 기사 복장을 하고 있었는데, 우리 쪽으로 다가온 그는 큰 소리로 말했다.

"큰일 났습니다. 칠황자 저하께서 황제의 위를 거부하셨습니다."

"응? 그건 또 무슨 소리야?"

"헉헉… 칠황자 저하께서 황제의 위를 거부하시고 차임으로 사황자 위르테우스님을 선택하셨습니다. 그 때문에 주궁은 큰 혼란에 빠져 있습니다."

"……."

그의 말에 일이 재밌게 흘러간다는 생각이 들었다. 아마 게리오스를 황제로 옹립하려 했던 중신들은 정신을 못 차리고 있겠지. 흠…….

이런 이야기를 듣고 보니 주궁으로 가보고 싶은 마음이 생겼다. 하지만 지금의 신분으로는 절대 들어갈 수 없는 곳인지라 아쉬움이 남을 수밖에 없었다.

"역시나 사황자 저하에게 황위를 넘기려 하는군. 하지만 마음대로 될까?"

"어려울 것일세. 황제란 자리가 넘긴다고 넘길 수 있을 만큼 만만한 자리였던가."

레빈의 말에 나 역시 동감했다. 아무리 혈통이 뒷받침되어 준다고 해도 중신들의 허락을 받지 못하면 그것은 황제가 아니었다.

그저 황제의 이름을 쓰고 있는 황족의 한 사람일 뿐이랄까? 황제라는 지고무상한 자리에 있는 자로서 자신이 하고 싶은 바를 행할 수 없을 것이기 때문이다.

대륙의 모든 나라가 그렇듯이 절대왕권이란 그저 형식적인 체계일 뿐, 실질적으로 대륙의 모든 역사를 뒤져 봐도 절대왕권을 누린 왕은 극소수에 불과했다.

또 그 절대왕권의 권위를 사용하여 자신의 뜻대로 행한 자는 영웅이
란 칭호를 받는 이를 제외하고는 거의 대부분이 좋지 않은 결말로 끝
이 났다.

절대왕권을 유지하기 위해서 가장 중요한 것은 패왕의 기질이 있어
야 한다는 것이고, 그 패왕의 조건에는 강력한 군사력이 필수였다.

현재 제국에서 절대왕권으로 패왕이 될 수 있는 자격을 가지고 있는
자는 오직 한 사람, 바로 황태자뿐 게리오스나 사황자는 가장 중요한
군사력에서 크게 뒤처지고 있기 때문에 절대왕권을 행사하는 것은 불
가능하다. 그리고 그 때문에 더 더욱 황제의 좌를 넘겨준다거나 하는
것은 어려운 것이다.

아니, 물려준다 하더라도 게리오스 그 자신은 좋지 않은 결말을 맞
을 것이다.

"가장 좋은 수는 이번 기회에 방해가 되는 중신들을 모조리 쓸어버
리는 것이겠지만 근위 기사단이 게리오스의 소유도 아니고, 황태자를
생각한다면 그런 짓은 오히려 해가 될 것이 분명하니 문제로군."

난 게리오스를 빼낼 묘수를 생각해 보았지만, 역시나 내 머리는 좀
처럼 묘수를 떠올리지 못했다.

그건 그렇고 누가 황제가 됐는지 궁금했다. 게리오스는 황제의 자리
를 포기했고, 사황자는 중신들의 신망을 얻지 못하고 있으니 마음대로
황제의 자리에 오르지 못할 것이 분명했기 때문이다.

"레빈, 당신이 게리오스라면 어떻게 하겠소?"

"나? 나라면 일단 황제의 위를 차지했겠지. 그리고 천천히 자신의
힘을 모으고 문제가 되는 존재를 하나씩 제거하겠지. 그리고 제국을
완전히 나의 것으로 했을 때야 원하는 대로 사황자에게 자리를 물려주

고 제국을 떠나는 방법을 선택했을 것이네.”

“호오… 구태여 성급하게 일을 저지르지 않겠다는 것이군.”

“때를 기다릴 줄 알아야 큰일을 할 수 있는 것 아니겠는가?”

확실히 레빈의 말이 정답에 가까울 수 있었다. 게리오스 역시 그 자신이 진정으로 원하는 것을 하려 했다면 레빈의 말대로 황제의 자리를 받고 차분히 때를 기다리는 것이 옳았을 텐데, 성급하게 처리한 탓에 일이 꼬이게 되는 것이다.

세 시간 정도가 지났을까? 드디어 황자의 궁으로 일단의 무리들이 들어서기 시작했다.

궁으로 들어온 이들은 사황자와 육황자, 그리고 게리오스와 호위 기사단들이었는데, 나머지 황자들의 모습은 보이지 않았다.

“언제나 웃는 사황자를 제외하면 두 사람의 표정은 그저 그렇군.”

표정을 보아서는 어떻게 결론이 났는지 알 수 없었기에 난 실로페스를 불러 결과를 물어보았다.

“실로페스, 어떻게 되었는가?”

“예상대로 유서에는 칠황자님께 제국의 황위를 물려주시겠다는 전 황제 폐하의 유언이 있었습니다. 하지만 칠황자님께선 그 자리에서 황제의 위를 포기하겠다고 하셨고, 사황자 저하께 황위를 넘기려 하셨지요.”

“그래, 거기까지는 알고 있네. 그 다음 어떻게 되었는가?”

“칠황자님이 황위를 넘기려 하시자 당연히 사황자 저하는 그것을 마다하셨고, 재상 스코트 공작 각하께서도 유서의 내용을 어길 수는 없다며 칠황자 저하를 황제 폐하로 옹립하려 했습니다. 하지만 끝까지 칠황자 저하께서 황제의 위를 거부하셨습니다.”

"바보같이… 계속하게."

"칠황자 저하께서 한사코 황위를 거부하시니 스코트 재상을 중심으로 신료들이 모여 논의를 거듭했고, 승하하신 황제 폐하의 유서를 그대로 따르는 것으로 결론이 났습니다."

"하긴 그렇겠지. 신료들의 입장에선 말이야."

당연한 결과였다. 자신들의 목숨줄이 걸려 있는 상황에서 신료들이 사황자를 선택할 리가 없기 때문이다.

"다른 황자들은?"

"신료들의 결정으로 승하하신 황제 폐하의 유서를 따르기로 하자, 사황자 저하와 육황자 저하를 제외하시고는 모두 급한 듯이 황도를 떠나셨습니다."

"역시……."

당연한 일이다. 황제의 유서 때문에 모인 이들이지만, 이미 차대 황제가 정해진 시점에서 더 이상 황도에 머무는 것은 죽여달라는 것이나 마찬가지였기 때문이다.

제국 재상 스코트라면 분명 황자들에게 사람을 보내었을 것이 분명한지라 나 역시 움직일 시점임을 깨달을 수 있었다.

"어찌 됐든 당분간은 칠황자 저하를 만나뵙기 어렵겠군."

"예. 재상 각하의 말씀으론 이번 달 안에 즉위식이 있을 것이라 하셨습니다."

"생각보다 빠르군. 휴… 할 수 없이 난 물주의 안전이나 살펴야 하나."

"예? 물주요?"

"알 것 없네. 칠황자 저하께 말씀드리게. 본작은 이만 황도를 떠날까 하니, 진실로 황제의 자리를 사황자 저하께 물려주실 생각이라면 때를 보아 본작의 영지로 오시란 말이야."

"…알겠습니다."

일이 이렇게 풀린다면 더 이상 황도에 머물러 있을 필요가 없다 생각한 난 다른 일도 있고 하여 이만 황도를 떠나기로 했다.

게리오스와 함께 떠나지 못하는 것이 아쉽기는 했지만, 그가 정말로 황제의 자리에 관심이 없다면 죽지 않는 한 분명 내 영지로 돌아올 것이 분명한 일, 구태여 이곳에 남아 있을 필요가 없기 때문이다.

또 현재의 나에겐 어찌 될지 모르는 게리오스의 일보다 더 중요한 것이 있었다. 바로 삼황자와의 문제. 예상대로라면 제국 재상 스코트 공작은 결코 황자들을 그대로 놓아주지 않을 것이기 때문이다.

물론 황도에서 떠난 황자들은 각기 나름대로 안전하게 빠져나갈 방법을 생각해 놓았을 테지만, 그렇다고 알아서 하기를 바랄 수는 없었다. 또 삼황자가 중간에 나를 포섭한 것도 이러한 문제가 있기 때문이니 형식적으로라도 나로선 그를 돕기 위한 행동을 해야 하는 것이 현명한 일이다.

5만의 정병과 1억 골드의 군자금을 아무런 일도 하지 않고 얻을 수는 없는 것 아닌가.

"가세나, 레빈 백작."

"휴……."

레빈은 또다시 나에게 휘둘려 다녀야 한다는 생각을 했는지 길게 한숨을 쉬며 투덜거리고 있었지만, 지가 어디로 가겠는가? 말은 하지 않았지만 내가 무슨 일을 하려고 하는지 예상하고 있는 듯했기에 더 이상 말을 걸지 않고 걸음을 옮겼다.

서먼의 칙사단 일행으로 황도의 외곽에 머물고 있는 병사들의 숙영지에 도착한 난 최대한 빠른 속도로 병사들을 준비시키고 삼황자가 떠난 곳으로 기사들과 함께 뒤따르기 시작했다.

황자들 중 가장 문제는 삼황자였다. 물론 다른 황자들도 있지만, 스코트 공작이 바보가 아닌 이상 황태자나 이황자를 황도에서 없앨 생각은 하지 못할 것이다.

아니, 황도의 근위 기사단만의 힘으론 절대로 그들 두 사람의 황자들을 없앨 수 없다는 것이 맞는 말이랄까?

근위 기사단이 아무리 강하다 하더라도 황태자는 제국 제2의 기사단인 다크 데블 기사단을 거느리고 있고, 개인의 검술 역시 오버러에 이르는 자이니, 그 정도의 실력자라면 호위 기사단이 전멸한다 하더라도 혼자의 힘으로도 충분히 황도를 벗어날 수 있을 것이다.

이황자 또한 제국 흑마법사들의 수장, 황도로 들어설 때 이미 상당한 수의 흑마법사들을 대동하고 왔을 것은 분명한 일이다. 근위 기사단 정도야 마법진을 이용하여 텔레포트로 빠져나갈 수도 있는 일이니 문제가 될 것은 없는 것이다.

그렇다고 한다면 한 명의 황자라도 처리해야 하는 입장에서 재상이 노리기 가장 편한 황자는 삼황자와 오황자이지만, 오황자가 자신의 땅에 있는 엘프들에게 도움을 청하여 황도 근처의 숲에 몸을 숨긴다면 근위 기사단을 피해 도주하는 것도 어려운 일은 아니었기에 남은 것은 삼황자밖에 없었다.

그 자신이 뛰어난 정령사라고는 하지만 그것은 그 자신의 능력일 뿐 그의 주위에 있는 기사나 가신들의 실력은 다른 이들에 비해 크게 뒤떨어지기 때문이다.

아마 삼황자 역시 말은 하지 않았지만, 분명 자신이 안전하게 빠져나갈 수 있도록 내가 도와주기를 바라고 있을 것이다. 또 은연중에 그러한 도움을 요청했고 말이다.

아니나 다를까, 삼황자가 떠났다고 하는 방향을 따라 기사들과 함께 급진하여 두 시간여 정도가 지났을까? 사방엔 병사와 기사들의 시체가 대지를 시뻘건 빛으로 물들이고 있었다.

"와아아아!!"

그리고 멀리서 족히 수천이 넘는 병사들이 병장기를 휘두르며 치열한 전투를 벌이고 있는 것이 보였는데, 역시나 황도의 근위 기사단과 삼황자의 샐러만더 나이츠였다.

멀리서 지켜보는 전투는 현재 샐러만더 나이츠가 밀리고 있는 상황. 기사 개인의 실력은 샐러만더가 한 수 위로 보이지만, 근위 기사단이 수에서 벌써 두 배에 가까운지라 밀리고 있는 듯했다.

우리 쪽이 합류한다고 해봤자 숫자에서 차이가 나는 것은 다를 바 없지만, 급습을 통해 적의 후미를 흔들고 샐러만더 나이츠와 함께 역공을 가한다면 충분히 승산은 있다고 판단이 됐다.

"레빈! 근위 기사단의 후미를 애로우 나이츠로 흔들어줄 수 있겠는가?"

"난전 중이라 궁기병을 활용할 수는 없지만 가능할 것 같군."

내 말에 고개를 끄덕인 그는 애로우 나이츠 쪽으로 말을 몰아가서는 큰 소리로 외쳤다.

"제국의 잡졸들에게 애로우 나이츠의 무서움을 보여주자!!"

"와아아!!"

"제국의 근위 기사단을 공격하라!!"

"와아아!!"

레빈의 외침과 함께 애로우 나이츠가 큰 소리로 함성을 지르며 전장으로 달려들어 가자 난 한숨이 나왔다. 그냥 조용히 가서 뒤를 치면 훨씬 더 큰 효과를 볼 수 있지 않았을까 하는 생각 때문이었다.

하지만 아무리 훈련된 병사라 할지라도 갑자기 전투에 들어가는 것은 조금 어려운 일, 함성을 통해 전의를 불태운다면 한결 싸우기 편할 것이고, 그 생각대로 애로우 나이츠의 기세는 거대한 파도와도 같았다.

레빈이 기사단과 함께 돌격해 들어가 뒤를 흔들기 시작하자 근위 기사단은 크게 당황한 듯 급히 후미의 기사들을 돌렸지만 진은 크게 흔들리고 있었다.

삼황자의 샐러만더 나이츠와 전투가 있기 전이라면 애로우 나이츠의 특기인 궁기병을 이용하여 적을 더욱 혼란스럽게 할 수 있었겠지만, 이미 혼전이 시작된 와중에 궁기병을 이용할 수는 없는지라 이 정도로 만족할 수밖에 없었다.

물론 그것만으로도 승기를 뒤틀어놓는 것은 충분했고, 이제 뒤틀린 승기를 완전히 우리 것으로 하기 위해서 난 영지의 기사단을 이끌고는 레빈의 뒤를 이어 혼전 중인 전장으로 향했다.

"우와아아!!"

전장으로 들어서자 귀청을 찢을 듯한 함성이 울려 퍼졌고, 사방에 비명과 함께 날카로운 병장기의 소리가 가득했다.

"좌측으로 돌아 근위 기사단의 옆을 공격하라!!"

난 크게 소리쳐 영지의 기사단과 함께 레빈이 흔들고 있는 후미를 지나 그대로 적군의 옆구리를 뚫고 진격해 들어갔다.

가장 접전인 곳을 뒤흔들어 샐러만더 나이츠와 싸우고 있는 근위 기사단의 사기를 저하시키고 한순간 아군의 힘을 극대화시키기 위함이었다.

적군의 섬멸이 목적이 아니라 중요한 것은 삼황자의 안전이기에 샐러만더 나이츠를 도우며 삼황자를 찾는 데 주력했고, 얼마 후 후방 쪽에서 샐러만더 나이트에게 호위를 받으며 불의 상급 정령인 샐라임을 운용하며 적을 상대하고 있는 삼황자를 찾을 수 있었다.

「끼아아아악!!」

불새의 형상을 하고 있는 샐라임이 날카로운 괴성을 지르며 적진을 휘저을 때마다 붉은 불길이 십수 명의 근위 기사단을 불태워 버리는 모습은 장관이랄 수밖에 없어 과연 상급의 정령술사라는 생각이 들었다.

하지만 계속되는 전투로 삼황자는 크게 지쳐 있는 모습이 역력했기에 더 이상 지체할 수 없다 생각한 난 백여 명의 기사들과 함께 삼황자를 공격하는 근위 기사단의 뒤를 노려 밀고 들어갔다.

"끄아앗!!"

바각!!

이제는 조금 전장에 익숙해졌는가 싶다. 이전만 해도 전장에 들어가면 주위의 모습이 눈에 들어오지 않았는데, 몇 번의 전투를 겪은 지금은 주위에서 싸우고 있는 모습을 확연히 살피고 인지할 수 있었다.

앞에서 알짱거리고 있던 근위 기사 한 놈의 머리를 플레일로 부수어 버린 난 다시 샐러만더 나이츠를 공격하고 있는 다른 녀석의 뒤통수를 부수어 버렸다.

"그대들은 누구인가!!"

갑작스럽게 나타난 우리들이 자신들을 돕자 샐러만더 나이츠 중 상급 기사인 듯한 자가 내가 있는 쪽으로 다가와 큰 소리로 소리쳤다.

"그대의 주군이신 삼황자 저하께 이드리샤 공작이 왔다 전하라!!"

"알겠소이다!!"

난전 중에서 자잘한 것을 설명해 줄 수는 없는지라 기사를 보며 내 이름을 밝혔고, 잠시 후 삼황자와 그의 호위 기사들이 다가오는 것을 볼 수 있었다.

"이드리샤 공작, 다행히 적기에 와주었구려."

"떠나셨다는 소식을 미처 듣지 못하여 늦어 죄송할 뿐입니다."

"아니오. 이렇게 도움을 주신 것만으로도 감사할 뿐이오."

내 말에 삼황자는 아니라는 듯이 고개를 저으며 감사의 표시를 했다.

"잠시만 기다리십시오. 본작이 목숨을 걸고 저자들의 목을 저하께 바치겠습니다."

내 물주가 그인만큼 잘 보일 필요성이 있던 난 몸을 아끼지 않고 적을 처단하겠다는 의지를 표방했고, 이에 삼황자의 표정이 밝아지는 것을 볼 수 있었다.

단순한 놈, 설마 이런 일로 내가 목숨을 걸 것이라고 생각했나 보지? 전황이 우리 쪽이 참여한다 해도 가망이 없었다면 이런 싸움엔 끼어들지도 않았을 것이다.

1억 골드의 돈이 아깝기는 했지만 그 따위 돈보다 내 목숨이 우선이지 않겠는가.

엡실론과 슈펠트에게서 철저하게 훈련을 받았던 기사단의 실력은 결코 녹록한 것이 아니었다.

물론 아직까지는 견습 기사에 불과하기는 했지만, 근위 기사단을 상대로 하면서도 밀리는 기색이 없는 것은 계속적인 훈련 탓도 있었지만, 황도의 근위 기사단이 실전 경험이 모자라기 때문인 듯했다.

대륙 제일의 강국이란 알디하렌 제국, 그 탓에 제국 중앙의 황도에 있는 근위 기사단들에게 전투란 그리 자주 접하는 것이 아닐 것이다.

이것은 황도를 둘러싸고 있는 일곱 명의 황자들 탓도 컸다.

워낙 뛰어난 인물인 탓에 이들은 단 한 번도 황도 쪽으로 적을 들여보낸 적이 없었기에 황도의 근위 기사단이란 적이 침범할 수 없는 황도만을 지켜야 했다.

전투가 없을 때의 기사란 나태해지기 쉬운 법, 이곳으로 오기 전 선우드 자작과의 대전에서 실전을 경험했던 내 기사단이 근위 기사단과 비등한 실력을 보이는 것은 당연한 일이었다.

또 난전에선 소드 마스터도 일개 병사에게 목숨을 잃을 수도 있을 만큼 위험한 일이니, 한 번이라도 난전을 경험한 자들은 그렇지 못한 자와는 크게 다르다.

나 역시 몇 번의 전투에서 이미 죽음의 강까지 건널 뻔했던 사람, 거기에다 엡실론과 청록의 숲의 수장에게 계속적인 검술 훈련을 받았기 때문에 근위 기사단을 상대하는 것은 그리 어렵지 않았다.

"차압!!"

"끄악!!"

좌우로 견습 기사 이십여 명의 호위를 받으며 움직이고 있기 때문에 좌측이나 후방에서 적병이 급습할 염려가 없는 난 정면에 있는 적만 상대하면 됐고, 경험이 없는 제국의 근위 기사단을 상대하는 것은 그리 어렵지 않았다.

"후퇴하라!!"

갑작스러운 기습과 난전에서의 경험이 없는 근위 기사단은 상당한 피해를 입은 후에야 더 이상 싸우는 것을 포기하고 도주하기 시작했다.

“도주하는 적을 쫓지 말아라!”

근위 기사단이 도주를 시작하자, 샐러만더 나이츠와 내 기사들이 도주하는 적을 주살하기 위해 움직이려 했지만, 난 호위 기사에게 말해 그것을 멈추게 했다.

도주하는 적들의 숫자는 족히 1천이 넘는 듯했기에 모두를 죽이지 않는 한 차라리 놓아주느니만 못함을 알기 때문이다.

어쨌든 이곳은 황도와 가까운 근위 기사단의 영역, 우리로선 최대한 빨리 이곳을 벗어나는 것이 급선무였다.

“이드리샤 공작, 수고하셨소.”

“일단 이곳을 빨리 벗어나 삼황자 저하의 영지로 피하심이 옳을 듯합니다.”

“나 역시 같은 생각이오.”

삼황자 역시 나와 같은 생각이라며 고개를 끄덕이고는 샐러만더 나이츠에 최대한 부상병을 수습하고 움직일 것을 지시했다.

쿠구구궁!!

하지만 내가 하는 일이 다 그렇듯이 전혀 생각지도 못한 일이 벌어지고 말았다.

“저건 뭐야?”

“헉!!”

대지를 진천시키는 듯한 굉음과 함께 부상자들을 수습하고 있던 기사들은 크게 웅성거리기 시작했고, 굉음이 울리는 곳을 보는 순간 가슴이 철렁하는 느낌이 들었다.

우리들과의 싸움에서 패한 근위 기사단이 도주한 방향에서 수백 기에 달하는 기마가 희뿌연 먼지를 휘날리며 다가오고 있었기 때문이다.

“젠장… 벌써 원군인가!!”

그것을 보며 난 근위 기사단의 원군이 온 것이라 생각하며 이를 갈 수밖에 없었는데, 조금 이상한 것이 있었다.

우리를 피해 도주한 근위 기사단의 숫자는 1천 정도였음에도 불구하고 지금 다가오고 있는 자들은 수백 정도에 지나지 않았기 때문이다.

점점 다가오는 모습은 알디하렌 특유의 거대한 말을 타고 있는 기사단의 모습이었으니 마치 악마의 얼굴과도 같은 헬름을 쓰고 있는 자들은 누구 하나 할 것 없이 검붉은 피로 온몸을 물들이고 있는 것이 진짜 악마라고 해도 이상할 것이 없는 모습이었다.

녀석들이 입고 있는 갑옷은 결코 근위 기사단이 입고 있는 갑옷이 아니기에 이상한 생각이 들었는데, 그 순간 난 머리를 스치는 한 가지 생각이 떠올랐다.

“레… 레빈…….”

난 내 생각을 확인하기 위해 레빈을 불렀고, 그는 다가서는 기사들을 보며 천천히 나의 곁으로 와서는 물었다.

“왜?”

“삼황자의 영지와 붙어 있는 황자들은 누구인가.”

“삼황자? 중앙의 칠황자와 남방의 오황자, 그리고 북방의 황태자령이라고 알고 있네.”

“역시나…… 미처 한 가지 간과한 것이 있었군…….”

그의 말에 난 미처 생각하지 못한 것을 탓할 수밖에 없었다. 설마 그가 이렇게나 빠르게 움직일 것이라고 누가 생각이나 했겠는가?

“뭘 간과했다는 거지?”

“으드득…… 황태자는 황제의 위를 이어받지 못할 것을 알고 있었다… 그렇다면 중앙과의 싸움은 불가피한 것이니 황제와 싸우기 전에 힘을 끌어들여야 할 것이 아닌가……."

"…그렇다면 저들이……."

"황태자의 다크 데블 나이츠다……."

예상했어야 했다. 황태자라면 그저 황도에서 도망치는 것만으로 끝내지 않았을 것이 분명한데 그것을 간과하고 있었다니…… 미치겠군.

황태자가 패황의 기질이 있다고 해도 그의 휘하에 있는 자가 모두 그럴 리는 없었다. 뛰어난 모사가 없다면 황태자가 지금껏 살아 있을 수도, 황자 중 가장 강한 세력을 형성했을 리도 없으니, 이번 기회를 놓치려 하지 않을 것은 당연한 일이다.

자욱한 먼지를 일으키며 달려오고 있는 다크 데블 기사단은 샐러만 더 나이츠와 나의 기사단이 있는 곳에서 일백 미터 정도 앞에 멈추어 섰다.

악마의 형상을 하고 있는 기사들의 눈빛은 살기로 가득 차 당장이라도 우리들의 피로 일대를 강으로 만들어 버릴 것 같은 착각을 불러오기에 충분했다.

그때 이들의 선두에서 세 명의 기사가 천천히 앞으로 나오고 있었는데 그들은 다른 자들과는 전혀 다른 모습을 하고 있었다.

세 기사 중 가장 앞에 서 있는 자는 다른 기사들과 비교해도 족히 두 배는 됨 직한 거대한 덩치의 기사로 악마의 형상을 하고 있는 투구에는 검붉은 빛의 뿔이 세 개가 달려 있었고, 그가 타고 있는 말 역시 온통 검붉은 핏빛의 마갑으로 감싸여져 있었다.

좌측에 있는 자는 왜소한 체구의 기사로 날카로운 기운이 퍼져 있는 것이 그 자신이 하나의 검과 같은 모습을 하고 있었고, 그가 쓰고 있는 투구는 금속으로 만들어진 것이 아닌 인간의 해골에 장식한 것을 쓰고 있었다.

우측에 있는 자 역시 선두에 선 자와 비교할 수는 없지만 덩치가 큰 기사로 그의 말안장에는 거대한 배틀 엑스 두 자루가 매여져 있었다. 물론 그 역시 검붉은 피로 물들여져 있었는데, 이 세 기사 중 가장 마지막까지 적을 상대했는지 안장에서 물 흐르듯이 피가 떨구어지고 있었다.

"저것들은 뭐지, 레빈?"

레빈은 서면의 알펜 성에서 꾸준히 제국의 정보를 모으고 있었기 때문에 그라면 알고 있지 않을까 하는 생각에 물어보았는데, 그의 얼굴을 보자 난 조금 놀랄 수밖에 없었다.

언제나 당당한 모습의 그가 식은땀을 흘리며 긴장하고 있었기 때문이다.

"내 짐작이 맞는다면… 우린 어떠한 희생을 치른다 하더라도 필사적으로 도주해야 한다."

"무슨 소리야?"

"중앙에 있는 기사는 다크 데블 나이츠의 단장 요한 폰 리트스 에르가 백작이다. 슈페리어 나이트 넘버 1에 소드 마스터 최상급의 인물로 전장에서는 지옥의 폭풍이라고 불리는 자다. 다크 데블 나이츠 최강의 기사라고 불리는 놈이지. 그리고 좌측에 있는 자는 기르센 폰 피드 도블렌 자작, 다크 데블 나이츠의 슈페리어 넘버 4로 소드 마스터 상급의 실력자이며 스켈레톤 나이트라 불리고 있다. 또 우측에 있는 자는 토멘 폰 세이드 레크라스 남작으로 슈페리어 넘버 7의 실력자지… 아무래도 황태자가 삼황자를 없애기 위해 다크 데블 나이츠의 최정예를 불러 모은 것 같아."

식은땀을 흘리며 말하는 레빈을 보니 낭패감이 밀려왔다. 도적 출신의 용병이었던 레빈은 상황 판단이 정확했고, 그가 상대가 되지 않는다면 가망성이 없다고 해도 과언이 아니다.

그렇게 다크 데블 나이츠를 보고 있을 때 에르가가 안장에 매여져 있던 검면이 넓은 투 핸디드 소드를 한 손으로 들어 올리자 굉음 소리와 함께 그들이 일제히 우리 쪽을 향하여 노도와도 같은 기세로 돌격해 들어오기 시작했다.

"전군은 적의 충돌에 대비하라!!"

진열이 흐트러진 상황에서 무턱대고 후퇴를 했다가는 괴멸을 면치 못한다는 것을 잘 알고 있는 나로선 어쩔 수 없이 적과의 전투를 피할 수 없었기에 부하들에게 큰 소리로 소리친 후 오른손에 들고 있던 플레일에 힘을 주었다.

뿌연 흙먼지와 함께 밀려들어 온 다크 데블 나이츠는 우리 쪽에 접근하자 안장에 매여져 있던 하렝데스카를 집어 들기 시작했다.

역시 알디하렌의 기사들, 전형적인 알디하렌의 선공법을 취하고 있었다.

"발사!!"

하지만 우리 쪽에는 궁기병으로 이루어진 애로우 나이츠가 존재했기에 레빈은 기다리고 있었다는 듯이 큰 소리로 소리쳤고, 그 순간 수백 개의 화살이 허공을 가르며 다크 데블 나이츠를 향해 쏟아져 내려갔다.

탄력성이 강한 활을 사용하고 있는 애로우 나이츠의 활은 강력한 위력을 지니고 있었기에 중갑주를 입고 있는 적 기사들의 몸에 작렬하며 그들을 땅에 떨어뜨리고 있었지만, 워낙 두꺼운 중갑주인 탓에 비껴 나가는 화살도 많았다.

휘리리릭!!

폭우같이 떨어지는 화살을 무시한 채 뛰어들어 오던 녀석들은 거의 오십여 미터 정도에 이르자 일제히 하렝데스카를 던지기 시작했고, 빠른 속도로 회전하며 날아오는 손도끼는 순식간에 선두에 있던 아군의 병력에 작렬해 들어왔다.

퍽!!

"끄아악!!"

한순간에 족히 백이 넘는 병사들이 하렝데스카의 밥이 되어 떨구어졌기에 식은땀이 온몸을 적시고 있었다.

"돌격!!"

그리고 적이 삼십여 미터 정도까지 이른 순간 레빈은 큰 소리로 외쳤고, 아군의 병력은 일제히 적을 향해 맹렬한 속도로 돌격해 들어갔다.

쿠구궁!!

양쪽의 병력이 일제히 돌격해 들어가는 기세는 결코 가볍게 볼 수 있는 것이 아니었고, 잠시 후 두 개의, 아니, 샐러만더 나이츠를 합한다면 세 무리들이 충돌하며 순식간에 난전이 벌어졌다.

하지만 이들 세 무리가 일제히 충돌해 들어갔을 때 보이는 결과에 난 입을 다물 수가 없었다.

숫자로 본다면 아군 측이 크게 우세함에도 불구하고 첫 접전에서 말에서 나가떨어지는 자들의 대부분은 아군 기사들이었기 때문이다.

역시나 뛰어난 기사들로 이루어진 다크 데블 나이츠와는 상대가 되지 않는 것일까?

"이드리샤 공작!!"

그때 삼황자가 내가 있는 쪽으로 다가와서는 다급한 목소리로 불렀기에 난 인상을 찡그리며 그의 곁에 있는 상급 기사를 보며 소리쳤다.

"적은 황태자의 다크 데블 나이츠의 정예다. 너는 삼황자 저하를 모시고 이곳을 피하도록 하라!"

"…예! 알겠습니다."

나의 명령에 그는 망설이는 듯한 표정을 짓다 이내 고개를 끄덕이며 대답하니, 삼황자의 얼굴은 사색이 되어버렸다.

"다크 데블 나이츠라 했는가?"

"그렇습니다. 아군의 힘으론 저들을 상대할 수 없습니다. 호위 기사분과 함께 빨리 이곳을 피하십시오."

"아… 알겠네."

그래도 살고 싶은지 삼황자는 나의 말에 급히 말 머리를 돌려서는 호위 기사단과 함께 도주하기 시작했다.

"휴……."

그가 도주하는 것을 보며 한숨을 쉰 난 접전이 이루어지고 있는 곳을 바라보며 고개를 저을 수밖에 없었는데, 그때 호위 기사 한 명이 크게 놀란 표정으로 소리쳤다.

"공작 각하! 기사 한 명이 이곳으로 돌진해 들어오고 있습니다!"

"응?"

그의 말에 고개를 돌려보니, 피로 범벅이 된 채 두 개의 배틀 엑스를 양손에 들고 달려오고 있는 녀석을 볼 수 있었다.

"레크라스 남작?!"

내가 있는 쪽으로 달려오고 있는 놈은 다크 데블 나이츠의 슈페리어 넘버 7이라는 레크라스 남작으로 혼란한 틈을 타 수뇌의 목을 노리기 위해 빠져나온 것이다.

"녀석을 막아라!!"

"예!"

내 말에 세 명의 호위 기사가 큰 소리로 대답을 하고는 맹렬한 속도로 달려드는 레크라스 남작을 향해 말을 몰아갔다.

레크라스는 내가 있는 쪽에서 세 명의 기사가 달려들어도 말을 돌릴 생각을 하지 않고 있었으니 그들이 이십여 미터 앞까지 달려들자 녀석은 크게 괴소를 터뜨리며 소리쳤다.

"크하하하!! 어서 오너라!!"

"뭐야, 저놈!!"

녀석의 모습에 난 황당함을 느낄 수밖에 없었는데, 잠시 후 그것은 경악으로 바뀌고 말았다.

세 명의 기사가 일제히 병장기를 들고 밀고 들어오자 녀석은 왼손으로 잡고 있던 안장을 놓고는 두 개의 배틀 엑스를 하늘 위로 들어 올리는가 싶더니 맹렬한 속도로 달리는 말 위에서 내 호위 기사와 충돌한 순간 마치 춤을 추듯이 두 손의 배틀 엑스를 휘둘렀다.

그리고 다음 순간 사방으로 피가 뿌려지는가 싶더니 녀석은 배틀 엑스에 두 명의 기사를 고깃덩이처럼 걸고는 피를 뿌리며 내 쪽으로 달려오고 있었다.

"광전사 같군……."

시체를 도끼에 꿴 채 달려드는 녀석의 모습은 이야기책에서나 나오는 광전사와 다를 바가 없었다. 미친 듯이 달려오는 레크라스를 보며 쓸데없는 생각에 잠겨 있을 새가 없었다.

녀석은 털어내듯이 배틀 엑스에 걸려 있는 내 호위 기사 두 명의 시체를 떨구어내고는 괴소를 터뜨리며 다가오고 있었기에 호위 기사들은 나를 둘러싸기 시작했다.

쿠구궁!!

굉음을 울리며 달려드는 말발굽 소리에 난 온몸이 식은땀으로 흠뻑 젖었고, 드디어 녀석은 호위 기사단과 충돌했다.

카가강!! 바각!!

"끄악!!"

"아악!! 내 팔!!"

미친 듯이 배틀 엑스를 휘두르며 달려드는 녀석에게 순식간에 네 명의 호위 기사가 녀석의 공격에 당해 땅으로 떨구어졌지만, 멧돼지 같은 모습으로 녀석은 호위 기사단을 베어 넘기며 나를 향해 밀고 들어오고 있었다.

이십여 명의 기사들이 녀석을 상대하고 있음에도 전혀 상대가 되지 못했고, 순식간에 열 명 정도의 기사를 베어 넘긴 녀석은 지척까지 다가와서는 나를 향해 소리쳤다.

"켈켈켈!! 스만테우스!! 네 녀석의 목을 베어 황제 폐하께 바치겠다!! 켈켈켈!!"

"스만테우스?"

멍청하게도 레크라스는 나를 삼황자로 오인하고 있었던 것이다. 하긴 삼황자가 도주한 지금 병사들을 지휘하고 있는 나를 삼황자로 생각할 수도 있는 일이었다.

"이거 애석하게 됐군. 본작은 그대가 목을 베려 하는 삼황자가 아니라 셔먼의 특사단 일행으로 온 시피로스 남작이라 하네."

괴소를 터뜨리며 다가오는 녀석에게 고개를 저으며 말하자, 그의 얼굴이 한순간 일그러지는 것을 볼 수 있었다.

"뭣이?"

"셔먼의 시피로스 남작이라고 했다!"

황당한 듯 되물어보는 녀석을 보며 난 다시 한 번 소리치고는 말안장에 매여 있던 메이스를 들어서는 그대로 녀석의 안면을 향해 집어던졌다.

카가강!!

갑자기 내가 메이스를 던지자 녀석은 왼손에 들고 있던 배틀 엑스를 휘둘러서는 그것을 팅겨내었다. 하지만 그 탓에 달려들던 녀석의 기세는 멈출 수밖에 없었다.

"녀석을 둘러싸라!!"

하지만 그것으로 약간의 시간을 벌 수 있었기에 호위 기사단으로 하여금 녀석을 둘러싸라 지시했고, 남아 있는 십여 명의 기사들이 녀석을 둥글게 둘러싸기 시작했다.

"켈켈켈!! 둘러싼다고 해서 나를 쓰러뜨릴 수 있다 생각했더냐!! 모조리 저승길로 보내주도록 하마! 켈켈켈!"

단 일 기로 달려들어 잘난 듯이 소리치는 녀석을 보며 난 고개를 저을 수밖에 없었다. 뛰어난 기사라는 것은 인정하고 있었지만, 노도처럼 달려드는 기세도 아닌 멈추어진 상태에서 사방을 둘러싼 적들을 상대한다는 것이 어려운 일임은 분명했다.

"공격하라!"

나의 지시와 함께 그를 둘러싸고 있던 십여 명의 기사들은 병기를 들고는 녀석을 향해 공격해 들어갔는데, 그 순간 난 황당함에 할 말을 잃었다.

　마상에서 사방에서 몰려오는 기사들을 보고 있던 그는 갑자기 안장 위로 올라서듯이 일어서서는 그대로 몸을 날려 달려드는 기사를 뛰어 넘곤 나를 향해 달려오고 있었기 때문이다.

　"뭐야?"

　"네 녀석이 삼황자건 시피로스건 상관없다. 내가 받은 명령은 너의 목을 베어버리는 것이니까! 켈켈켈!!"

　"미치겠군!"

　기껏 가두어놓았더니 황당한 수법으로 내 호위 기사단의 공격을 피해 달려드는 녀석을 보며 난 급히 말 머리를 돌려 피하고 싶었지만, 내 기마술이 그리 뛰어난 것도 아니기에 자칫 기수를 돌리다 옆구리를 그대로 내어놓게 될 수도 있는지라 다급할 수밖에 없었다.

　"쿠와아아!!"

　당황하는 사이에 녀석은 어느 사이엔가 세 발자국 이내까지 다가왔기에 난 급히 말을 박차고는 뛰어내릴 수밖에 없었다.

　뻐거걱!!

　그리고 다음 순간 시뻘건 피가 분수가 터지듯이 뿜어져서는 나를 물들였으니 녀석이 휘두른 배틀 엑스에 타고 있던 말이 두 동강이 나버린 것이다.

　"엄청난 괴력이군……."

　내 기사들을 쓰러뜨렸을 때부터 느끼고는 있었지만, 설마 말을 두 동강 내버릴 정도의 괴력이라니.

　난 비처럼 쏟아지는 피의 분수를 뚫고 그대로 앞으로 뛰어들어 가서는 오른손에 들려 있던 플레일을 휘둘렀고, 그 순간 날카로운 소리와 함께 둔탁한 느낌이 손으로 느껴져 왔다.

카가강!!

녀석의 갑옷에 플레일이 작렬한 느낌이 분명했으나 피로 범벅이 된 탓에 플레일이 어느 곳을 가격했는지 알 수 없는 상태였다.

"끄와아아아!!"

다음 순간 녀석의 괴성이 들려오는가 싶더니 왼쪽으로 강렬한 기운이 밀려들어 왔기에 난 무의식적으로 그대로 몸을 숙였고, 그 순간 강렬한 바람이 머리 위로 스치고 지나가는가 싶더니 고개가 옆으로 강하게 치우쳐지는 것을 느꼈다.

카가강!!

간신히 녀석의 공격을 피하기는 했지만 헬름의 머리 장식이 녀석의 공격에 날아가 버리고 만 것이다.

"끄아악!!"

하지만 이대로 당하고만 있을 수는 없는지라 난 들고 있던 플레일을 위로 올려쳤고, 그 순간 플레일의 쇠사슬이 어딘가에 걸리는가 싶더니 날카로운 소리와 함께 충돌음이 들려왔다.

카강!!

"우어어억!!"

그리고 위쪽으로 뭔가 커다란 물건이 기우뚱거리며 스쳐 지나가서는 그대로 투구를 가격하곤 앞으로 넘어지듯이 쓰러졌으니, 바로 레크라스였다.

마치 하나의 희극과도 같은 일전에 난 정신을 차릴 수가 없었고, 녀석은 내 몸에 걸려서는 그대로 앞으로 쓰러지며 허리가 꺾여 다리가 하늘 위로 치솟듯이 올라가 버리고 말았다.

“으그그그……”

간신히 정신을 차린 난 자리에서 일어나서는 앞으로 자빠져 있는 녀석의 위로 뛰어올라 가 사정없이 뒤통수를 향해 플레일을 휘두르기 시작했다.

“이 미친 광전사 같은 놈, 죽어라!!”

카강!! 카강!! 카강!!

“꾸오오오!!”

서너 대 정도 플레일에 가격을 당한 놈은 괴성을 지르며 몸을 일으켰기에 난 중심을 잃고 뒤로 쓰러지고 말았고, 녀석은 살기 어린 눈으로 돌아서서는 나를 노려보았다.

“으드득… 죽여 버리겠다!”

오우거 같은 놈은 플레일로 머리를 강타당했음에도 불구하고 멀쩡한 상태인지라 황당함이 밀려왔다.

그래도 소드 익스퍼트 중급의 실력자가 휘두른 플레일인데, 조금이라도 아픈 척은 해야 하는 거 아니야?

“공작 각하!!”

카강!!

하지만 다행히 녀석과 접전을 벌인 탓에 어느새 호위 기사들이 나의 곁으로 달려와 그대로 녀석의 투구를 향해 메이스를 휘둘렀고, 날카로운 소리와 함께 강렬한 작렬음이 들려왔다.

“끄윽!!”

하지만 이 괴물 같은 놈은 말 위에서 달려들며 휘두른 메이스에 투구를 강타당하면서도 잠시 기우뚱거리는가 싶더니 신음 하나로 끝을 내니, 미치고 환장할 노릇이었다.

“진짜 괴물이냐!!”

급히 몸을 일으킨 난 자리를 피했고, 호위 기사들만이 녀석을 공격했다.

“비껴!! 이 날파리 같은 놈들아!!”

정신을 차린 녀석이 달려드는 호위 기사단을 보며 큰 소리를 지르고는 양손에 들고 있던 배틀 엑스를 아래에서 위로 쳐들 듯이 휘두르자, 녀석을 공격하던 기사 한 명이 말과 함께 족히 일 미터가량 허공으로 치솟는가 싶더니 그대로 땅으로 처박히고 말았다.

“끄악!!”

“엄청난 괴력이군!!”

다행히 계속 투구를 강타당한 탓에 배틀 엑스를 완벽하게 휘두르지 못했는지 지금까지와 같이 두 동강이 난 것은 아니지만 플레이트 메일을 입고 있는 기사를, 그것도 마갑을 착용한 말과 함께 허공으로 일 미터 정도 쳐올린다는 것은 인간의 힘이라 믿어지지 않았다.

“헉헉⋯⋯.”

피투성이가 된 몸을 하며 도망치듯이 나온 난 녀석의 공격에 당한 호위 기사의 말 하나를 잡아 올라탈 수 있었다.

“꾸오오!!”

간신히 마상에서 정신을 차리고 숨을 헐떡이며 녀석이 있는 곳을 보자 레크라스는 풍차처럼 양손의 배틀 엑스를 휘두르고 있었고 호위 기사단은 그 기세에 감히 접근을 하지 못하고 있었다.

녀석의 투구는 몇 번의 가격으로 심하게 찌그러져 있었는데, 그 아래로 피가 흘러나오는 것이 그래도 나와 기사들의 타격이 녀석에게 충격을 준 듯했다.

보아하니 머리의 충격으로 잠시간 시야가 가려진 상태인 듯한데, 괴력은 남아 있는지 배틀 엑스를 휘두르고 있는 것이 모른 척 갔다가는 눈먼 도끼에 명을 달리할 것 같은 모습이었다.

"괴물 같은 놈!!"

말에 매여 있는 무기를 던지려고 했는데, 자세히 보니 하렝데스카가 걸려 있는 것을 볼 수 있었다.

"오라!! 이런 좋은 무기가!"

녀석이 쓰러뜨렸던 기사의 말이라고 생각했던 것이 황당하게도 녀석이 타고 온 말이었던 것이다.

"죽어라!!"

뭐 어쨌든 좋은 무기가 생겼다는 생각에 난 하렝데스카를 들어서는 마나를 불어넣어 그대로 녀석을 향해 집어 던졌고, 맹렬한 회전과 함께 하렝데스카는 녀석을 향해 빠른 속도로 뻗어 나갔다.

카강!!

"끄윽!!"

하렝데스카가 뻗어갔지만 미친 듯이 배틀 엑스를 휘두르고 있던 놈은 제대로 그것을 파악하지 못했고, 하렝데스카는 그대로 녀석의 명치 부근에 날카로운 소리를 내며 박혀 들어갔다.

그 탓에 녀석의 움직임은 잠시 멈추어졌고, 난 다시 안장에 있는 하렝데스카를 집어서는 녀석을 향해 집어 던졌다.

보이는 족족 잡아 녀석을 향해 하렝데스카를 날렸고, 몇 개는 그의 주위로 빗나갔지만 일곱 자루 정도의 하렝데스카가 녀석의 갑옷을 뚫고는 몸에 박혀 들어갔다.

미친 황소처럼 혼자 달려와 이십여 명이 넘는 우리들을 상대하려 했던 것부터 미친놈이라고밖에 설명할 수 없는 놈이었으니 이렇게 당하는 것은 당연한 일인 것이다.

간신히 정신을 차렸을 때 녀석은 하렝데스카를 꽂은 채 시간이 멈추어 선 듯이 서 있는 모습이었다.

"죽었나?"

말에 매여 있던 하렝데스카는 상당히 질이 좋은 무기였는지 갑옷을 뚫고 깊숙이 박혀 들어갔기 때문에 죽은 것이 아닐까 하는 생각이 들었다.

물론 전의 괴물 같은 행동을 보면 이 정도로 절대 죽지 않을 것이라는 생각이 들었는데, 아니나 다를까, 한순간 투구 사이로 붉은 빛이 비추어지는가 싶더니 녀석의 몸이 움직이기 시작했다.

"죽여 버리겠다. 끄아아아!!"

"역시!!"

역시 그 정도로는 오우거 같은 놈의 명을 끊을 수 없었던 것이다. 도대체 어떻게 해야 녀석을 쓰러뜨릴 수 있을 것인가 하는 생각을 하며 난 말을 몰아 달려드는 녀석을 피할 수밖에 없었는데, 피를 쏟으면서도 녀석은 달려드는 기세를 멈추지 않았다.

"끄앗!!"

카강!! 캉!!

호위 기사들이 달려들어 공격했지만, 계속되는 타격에도 상관없이 그대로 황소처럼 나에게만 달려드는 놈이었으니 섬뜩한 마음이 들었다.

"미치겠군!!"

저놈은 뭐랄까? 전장의 미친 황소라 불려도 이상할 것이 없는 놈이었다. 어떻게 된 게 저런 상태에서도 달려든단 말인가.

“레크라스! 멈추어라!!”

녀석을 피해 도망치려 할 때 누군가 그에게 멈추라 소리쳤다.

“응?”

난 멈추라 소리친 자를 무의식적으로 쳐다보았는데, 그는 다크 데블 나이츠의 단장 에르가 백작이었다. 그는 날카로운 살기를 드러내며 레크라스를 노려보았고, 방금 전까지만 해도 미친 황소처럼 달려들던 녀석은 그의 목소리에 멈추어 섰다.

“에르가 단장……..”

“난 너에게 삼황자의 목을 베라 했지, 미친개처럼 설치라는 명령을 내리진 않았다.”

“에르가 단장……..”

“도블렌!”

“예, 단장!”

“레크라스를 데리고 가 치료하라!”

“예.”

에르가의 말에 인골을 투구처럼 쓰고 있는 도블렌 자작이 십여 명의 기사와 함께 다가와서는 부상당한 레크라스를 말에 태우고는 사라졌다.

그들이 온 곳을 본 난 크게 놀랄 수밖에 없었다. 전장이 아군의 피로 붉게 물들어 있었고, 레빈은 이백여 명 정도에 불과한 기사들과 함께 적과 대치하고 있었기 때문이다.

레크라스에게 정신이 팔려 있는 사이에 2천에 가깝던 기사들 대부분이 목숨을 잃고 만 것이다.

“그런……..”

　다크 데블 나이츠의 최정예라고는 알고 있었지만, 설마 이렇게 빨리 샐러만더 나이츠와 나의 기사단에 전멸에 가까운 피해를 줄 수 있으리라고는 생각지도 못했기에 등줄기에선 식은땀이 흘러내렸다.

　"의외로군. 아멘의 이드리샤 공작이 삼황자와 같이 있다니 말이야."

　"큭……."

　에르가의 말에 난 입술을 깨물고 말았다. 역시나 녀석은 나의 정체를 알고 있었던 것이다. 이런 나를 보며 녀석은 잠시 생각에 잠기는 듯하다 천천히 입을 열었다.

　"어떻게 할 것인가? 그대가 원한다면 마지막 한 명이 남을 때까지 본 기사단은 그대들과 검을 겨룰 것이나 그렇지 않다면 이쯤에서 물러나도록 하지."

　"뭣이?"

　그러나 다음 순간 나온 그의 제안에 나로선 크게 놀랄 수밖에 없었다. 이미 전멸에 가까운 피해를 입힌 상태에서 설마 하니 녀석이 나를 보내주리라고는 생각지도 못했기 때문이다.

　"나를 놓아주겠단 말인가?"

　"황제의 위가 정해지기 전이라면 그대의 목을 베었겠지만, 지금에 와서는 그리 가치가 없으니까."

　"……."

　황제의 위가 정해지기 전 게리오스가 죽임을 당했다면 유서는 가치가 없어질 수밖에 없었다. 즉 유서에서 칠황자를 황제로 임명한다 해도 당사자가 죽음을 당했다면 장자의 우선권에 의하여 황태자가 황제가 되었을 것이다.

　그렇기 때문에 나와 레빈이 게리오스가 황도로 가고자 할 때 황태자가 중간에 게리오스를 죽일 수 있다 생각하여 최대한 많은 병력을 끌고 왔던 것이다. 하지만 지금에 와서는 나를 협박하든 죽이든 이미 시기는 지나 버린 것이다.

황제의 위가 결정된 지금 황태자에게 남은 것은 오직 힘의 우위로 인한 쟁탈뿐이었다.

하지만 그렇다고 해서 나를 살릴 필요는 없었을 텐데, 오히려 지금껏 자신들의 일을 방해했던 나를 죽이는 것이 당연한 일이 아닌가?

"그대가 선택권을 준다면 난 물러서는 것을 택할 것이다."

"과연……."

나의 말에 그는 고개를 끄덕이고는 천천히 기수를 돌려 자신의 기사단 쪽으로 가서는 손을 들어 올렸고, 그 순간 팔백여 기의 기사단이 레빈과 나의 기사단을 포위하던 것을 멈추고는 진열을 갖추기 시작했다.

"뭐야, 저놈은……."

멀리 사라져 가는 에르가를 보며 난 황당함과 함께 뭐라 말할 수 없는 굴욕감이 밀려왔다. 지금의 나는 마치 녀석에게 목숨을 구걸한 꼴이 된 게 아닌가?

아멘의 대귀족인 내가 야만족에게 목숨을 구걸하다니! 치욕감에 눈물까지 나올 지경이었다. 하지만 그렇다고 해서 내 선택을 후회하는 것은 아니다.

치욕을 느끼고는 있지만, 그것이 내 생명보다 중요하지 않음은 잘 알고 있었기 때문이다.

그들 전부가 사라진 것은 십 분도 채 걸리지 않았다. 워낙 최정예로 이루어진 기사단인지라 일사불란하게 움직였기 때문이다.

물론 팔백 기 정도에 지나지 않기는 했지만, 방금 전까지 2천 기에 가까운 적들과 상대했다고는 믿어지지 않는 모습이었다.

"공작 각하……."

"으드득… 부상자들을 수습하고 이곳을 떠나도록 하자. 언제 근위 기사단이 닥칠지 모른다."

"알겠습니다."

이런 나를 보며 호위 기사인 빌이 다가왔고, 난 이곳을 떠나자 말하고는 전장의 수습에 들어갔다.

간신히 부상자들을 추슬렀을 때 남아 있는 병력은 사백 명을 넘지 못했다.

중경상을 입은 기사의 숫자가 거의 삼백여 명에 가까웠고, 삼황자의 샐러만더 나이츠의 경우 단 한 사람도 남아 있지 않았으니 다크 데블 기사단은 철저하게 샐러만더 나이츠만을 상대로 살행을 했던 것이다.

이 정도의 숫자라도 살아남은 것이 천운이라고 해야 할까? 아니면 녀석의 자비라고 해야 할까? 상대해 주지 않은 것에 고맙다고 해야 하나? 젠장!!

욕밖에 나오지 않았다. 처음부터 다크 데블 나이츠는 우리들은 전혀 안중에 두지 않고 있었던 것이다.

"사위……."

"영주님."

사라진 녀석들을 생각하고 있을 때 나의 곁으로 레빈과 필리아가 다가왔다.

"둘 다 무사했군."

"……."

나의 말에 두 사람은 아무 말도 못하고 있었다. 사라진 녀석들을 보건대, 우리가 해치운 자의 숫자는 거의 없다고 해도 과언이 아님에도 녀석들은 우리 대부분을 전멸시키다시피 했으니 그로서도 할 말이 없겠지.

하지만 엄청난 실력 차를 생각한다면 이해할 수 있었기에 난 레빈과 필리아가 안전한 것에 만족하기로 했다.

"죄송합니다, 영주님… 마법을 썼다면……."

"아니다. 만약 마법을 썼다면 살아 있는 너의 모습을 볼 수 없었을 것이다."

필리아에게 난 다크 데블 나이츠가 삼황자의 기사단을 공격하던 시점부터 이 싸움에 절대로 끼어들지 말라는 지시를 내렸다.

그녀의 손에 피를 묻히고 싶은 마음이 없기 때문도 있지만, 만약의 경우를 위해서 나만이라도 위기를 벗어날 수 있게 위험해진 순간 마법을 사용해 주길 부탁했기 때문이다.

만약 에르가가 나를 죽이려 했다면 분명 그녀가 마법을 써 나를 보호하려 했겠지만, 그가 물러섬으로 마법을 사용할 기회를 놓친 것이다.

레크라스 때는 호위 기사단이 가깝게 붙어 있었고, 그의 공격이 빠르게 이루어졌기 때문에 그녀는 마법을 사용할 기회가 없었다.

뭐 이러고저러고를 떠나 사실 레크라스나 에르가를 상대하기에는 그녀의 마법 실력이 떨어졌기 때문에 그리 기대도 하지 않았다.

그렇게 타격을 받고도 멀쩡히 달려드는 놈을 필리아가 무슨 수로 쓰러뜨릴 수 있겠는가?

"녀석이 우리를 살려둔 이유가 무엇이라 생각하는가?"

레빈을 보며 에르가가 나를 살려둔 이유를 묻자 레빈은 잠시 생각에 잠기는 듯하다가 천천히 입을 열었다.

"글쎄, 황제의 위가 결정된 시점에서 자네를 죽여봤자 그리 이득이 없고 오히려 자네의 죽음으로 게리오스가 대군을 이끌고 황태자와 싸울 가능성이 아주 조금 있지 않을까 하는 점도 있겠지만, 내 생각에는 게리오스의 현재 상황 때문이라 생각하네."

"게리오스?"

"게리오스에게 자네는 한 가지 의미가 있네. 그것이 무엇인지 아는가?"

"의미?"

"그에게 제국이 아닌 곳 중 유일하게 머무를 수 있는 장소가 바로 자네의 영지라는 것이네."

"……."

확실히 게리오스는 황도에 있는 것을 껄끄러워했고, 그 때문에 나의 영지에 있고 싶어하는 것은 알고 있었다.

하지만 그것이 에르가가 나를 살려둔 이유가 되는지는 알 수가 없었다.

"황제는 이미 게리오스로 결정이 됐네. 하지만 그는 황제의 위를 한 사코 사황자에게 넘겨주려 하고 있지. 황태자로서는 이미 정식으로 황제의 위에 오르는 것이 불가능한 시점이니 게리오스가 사황자에게 황위를 넘겨주고 자네의 영지로 떠나는 것을 바라고 있을 것이라 생각하네."

"내 영지로?"

"황태자가 황제가 되기 위해서 필수적인 요소는 바로 황도의 장악이네. 그 자신이 스스로 황제 행세를 할 수도 있지만, 그저 명분없는 행세에 지나지 않겠지. 그러나 황도에서 스스로 황제의 대관식을 올린다면 명분은 떨어진다 해도 상당한 호응을 얻을 수 있네. 제국의 황도란 상징적인 곳이니까."

“그것은 알겠지만, 황도의 장악과 게리오스의 일이 무슨 상관이 있
다는 것이지?”

“현재의 시점에서 황도의 신료들은 모두 게리오스를 따르고 있네.
하지만 게리오스가 사황자에게 황제의 위를 물려주고 사라지면 신료들
은 두 부류로 나누어지겠지. 사황자를 황제의 위로 올려야 된다는 무
리와 그렇지 않다는 무리로 말이야. 그렇게 되면 자연히 황도는 두 파
의 분쟁으로 혼란스럽게 되네. 황태자가 이 기회를 놓치지 않고 신료
들을 포섭하거나 분쟁의 명분을 쟁취할 수 있다면 황도는 자연히 그의
손으로 들어올 것이니, 자네를 살려둘 수밖에.”

“그렇군……..”

이미 주궁에서의 일로 황태자 역시 게리오스가 황제의 위에 앉는 것
을 원치 않음을 알고 있다. 그리고 그의 단호한 결심도 확인한 상태였
기에 나의 존재라는 것은 게리오스에게 있어 탈출구가 되고 그것을 알
고 있는 그가 나를 죽일 리 없었던 것이다.

에르가는 그것을 알기 때문에 나에게 살 기회를 준 것이고, 난 그것
을 선택한 것이다.

게리오스 때문에 죽을 위기를 겪었었지만, 게리오스 때문에 살게 되
니 세상일은 정말 모르는 것이라는 생각이 들었다.

“휴… 어쨌든 살아남았으니 이것으로 만족할 수밖에. 빨리 지겨운
제국에서 떠나기나 하자고.”

“그러는 것이 좋겠군.”

삼황자야 알아서 잘 도망쳤을 것이라 믿은 난 레빈에게 돌아가자고
말했다. 이제 제국에서 더 이상 내가 할 일이 존재하지 않았고, 하루빨
리 영지로 돌아가고 싶은 마음이 가득했기 때문이다.

그것은 단순히 제국에서 고난을 당했기 때문이 아니었다. 제국의 여정을 통해 내가 느낀 것은 바로 강한 힘, 그것을 위해서라도 하루라도 빨리 영지로 향하고 싶었다.

천여 명에 가까운 기사들이 이곳에 와서 살아남은 것은 사백 명 남짓, 게리오스의 호위 기사단을 생각한다면 거의 삼 분의 일 이상이 이곳에서 죽임을 당한 것이 되어버렸다.

물론 나의 기사들이 쓰러뜨린 적의 숫자보다 적기는 하지만, 한 사람의 병사도 아까운 나로선 그들의 죽음이 안타까울 수밖에 없었다.

하지만 다크 데블 나이츠라는 존재 때문에 반드시 취해야 할 것이 무엇인가를 결심할 수 있었다.

지금까지 내가 가지고 있는 정예 기사라면 오직 게리오스의 호위 기사단뿐이고, 난 지금까지 그것으로 만족한 생각도 있었다. 그러나 다크 데블 나이츠를 만난 후 내 가문의 기사단인 크로우 나이츠를 반드시 취해야 함을 절실히 느끼게 되었다.

본국의 두 공작은 아멘의 7대 기사단 중 네 개 기사단을 소유하고 있었으니 만약 지금과도 같은 일이 또 벌어질 시에는 그들의 정예 기사단으로 인하여 상당한 피해를 입을 것이 분명했기 때문이다.

그 때문에 상대의 정예 기사단을 견제할 기사단이 반드시 필요했고, 현재 내가 할 수 있는 최선의 일에 열중하기로 결심했다.

바로 소드 익스퍼트 최상급, 아니, 가능하다면 소드 마스터에 올라 자신의 힘으로 크로우 나이츠를 내 것으로 하는 일을 말이다.

제 2 3 장 왕도(王道)

영지로 돌아가는 여정에서 난 검술 수련에 박차를 가했다. 과거 엡실론에게 훈련받은 방법을 토대로 풀 플레이트 메일을 입고 장시간 달리기를 통해 체력과 지구력을 보강하면서 하루 1천 번 이상 검을 휘두르는 것을 잊지 않았다.

제국의 황도로 가는 여정 땐 마차 안에서 편하게만 움직인 탓에 몸이 상당히 굳어 있었기에 처음에는 상당한 무리가 따랐다.

필리아에게 마법을 부탁하고 싶은 마음도 없지 않았지만, 흑마법을 익힌 필리아에게 피로를 없애는 마법 따위가 있을 리 없었다.

그 때문에 근육이 비명을 지르는 와중에서도 계속 훈련을 강행해야 했다. 하지만 일주일 정도가 지나 몸이 어느 정도 적응되어 가기 시작하자 난 조금씩 훈련량을 늘려갔다.

그렇게 수주의 여정이 지나 제국을 벗어나 셔먼의 알펜 성에 도착했을 땐 처음 시작했던 훈련량을 그 두 배로 끌어올릴 수 있었다.

하지만 검을 잡은 손에는 아직도 이렇다 할 느낌 같은 것은 오지 않았다.

아니, 예전에 비한다면 오히려 검속은 느려진 것과 같은 느낌이 들었기에 알펜 성에 도착하면 청록의 숲의 수장인 아서 이스페온에게 조언을 구하려 했지만, 아쉽게도 그는 이미 알펜 성을 떠난 이후였다. 우리가 제국으로 떠나고 한 달 뒤 아무도 눈치 채지 못하는 사이에 사라졌다고 한다.

그가 사라진 것이 아쉽기는 했지만, 그렇다고 멈출 수는 없는지라 할 수 없다는 생각을 하며 내 영지로 돌아가기 전 알펜 성의 연무장에서 검술을 수련했다.

한참을 그렇게 검을 수련하고 있는데, 그때 연무대의 한쪽에서 박수 소리가 들려왔다.

“웅? 레빈?”

“역시나 젊은 사람이라 다르군. 검속이나 검의 정밀도 역시 상당히 늘었어.”

“웅? 검속이?”

아무런 변화도, 아니, 훨씬 더 느려진 검속 때문에 고민하고 있는 상황에서 그의 검속이 빨라졌다고 하는 말에 나로선 이해할 수가 없었다.

“무슨 소리야? 내가 보기엔 검속이 느려진 것 같은데.”

“웅? 무슨 개소리야? 전에 봤을 때에 비해서 두 배 정도는 빨라진 느낌인데?”

“그럴 리가?”

그의 말에 난 놀랄 수밖에 없었다. 검속이 늘기는 한 건가? 하지만 손에 느껴지는 감각이나 다른 것은 전혀 문제가 없는데 말이야.

그런 생각을 하며 레빈을 뚫어져라 쳐다보자, 그는 잠시간 당황하는가 싶더니 이내 손뼉을 치고는 말했다.

"아! 아무래도 자네가 한 가지 착각을 한 듯하군."

"착각?"

"아마 자네의 눈이 지금의 검속을 능가한 것이 아닐까 생각하네."

"눈이 검속을 능가하다니?"

레빈의 말에 난 도무지 이해를 할 수가 없어 다시 되물어볼 수밖에 없었다. 눈이 검속을 능가한다는 것이 무슨 말일까?

"보통 검사와 마나를 다루는 검사의 차이를 알고 있는가?"

"마나로 인한 체력의 증가?"

"확실히 그런 면도 있지. 검사의 마나라는 것은 마법사의 마나와는 조금 다르다네. 마법사는 심장에 마나를 모으고, 혈관을 통해 마나가 급속히 몸속을 회전하게 되네. 나도 들은 이야기이지만, 마나의 활성화라나 뭐라나? 아무튼 심장을 통해 온몸을 돌고 있는 마나는 빠른 유동력으로 인해 활성화가 이루어진다네. 마법사의 주문은 이러한 마나의 활성화를 급속도로 빠르게 하지. 그들의 체력이 약한 이유는 마나의 활성화로 인하여 피에 에너지가 공급되지 않아 생기는 현상 때문이라네."

"……?"

레빈은 절대 이렇게 똑똑하지 않은데, 도대체 무슨 소리를 하는지 이해를 할 수가 없었다.

"이에 반해 검사의 마나는 몸의 근육에 잠재되어 있지. 마나가 도움이 되려면 활성화라는 단계가 반드시 필요한데 검사들의 마나 활성화는 근육의 움직임과 마찰을 통해 이루어지지. 그러니 마나를 얻기 위해선 반복된 연습이 반드시 필요한 것이네.”

“오!”

“하지만 여기서 깨달음이란 문제가 생기네.”

“깨달음?”

“검사들은 어느 한 단계를 넘어갈 때 갑자기 자신의 마나가 급속하게 늘어나는 것을 느끼게 되네. 적게는 두 배에서 많게는 십수 배까지 늘어나게 되니 이것을 깨달음이라고 하네. 그런데 말이야, 이 깨달음에 대해서 생각해 보면 과연 체내로 마나가 한꺼번에 들어오는 것일까?”

“그렇지 않다는 말인가?”

“그릇이란 말일세, 그 크기에 적당한 양이라는 것이 있네. 인간의 몸이란 것은 하루아침에 갑자기 두세 배의 마나를 받아들일 그릇이 아니라는 것이지. 그렇다면 이상한 것이 아닌가? 분명 깨달음을 얻어 마나가 급상승하는 것을 느끼니 말이야.”

“음…….”

뭔 이야기인지는 모르겠지만, 복잡하게 얽히고설킨 것이 아무래도 나의 능력으로는 감당할 수 없는 문제였다.

나야 검사의 마나가 뭐건간에 그저 능력만 조금 상승했으면 하는 바람뿐이었지 이렇게 자세한 내용까지 공부하지는 않았기 때문이다.

“이래서 내린 결론이란 것이 깨달음을 통해 몸의 마나가 많아진 것이 아니라 혹시 활성화된 마나의 양이 늘어난 것이 아닐까 하는 것이네.”

“활성화된 마나?”

"그래. 인간이라는 존재는 자신의 능력을 십분 사용할 수 있지 못하다는 이야기가 있네. 그 말을 기본으로 생각한다면 깨달음이란 것은 자신의 능력의 한계를 확장했고, 그것을 통해 몸에 잠재되어 있는 마나의 활성화 비율을 높였다고 할 수 있다는 것이지."

"오오오!"

"검사의 육체 능력의 향상에 따라 몸의 감각 역시 그에 적응하게 되는데, 내가 생각하기에는 자네가 계속된 전투로 체력은 그대로이지만 몸의 감각, 즉 오감이 한순간 크게 상승되었던 것 같네."

"오감만 상승하는 것이 가능하긴 한 건가?"

"사실 나 역시 그런 이야기는 들어본 적이 없네. 원래 육체적인 능력이란 것은 오감도 같이 포함되니까."

그렇다. 난 별종이었다. 하지만 내 검속이 늦어졌다고 생각한 것이 사실은 눈이 그 움직임을 넘어섰기 때문이라는 생각에 기분이 좋아졌는데, 어쨌든 성장하긴 성장한 것이 아닌가?

그때 레빈이 나를 보고 고개를 내저으며 중얼거렸다.

"뭐야?"

"그런데 말이야, 사실 이런 문제를 가장 잘 알 수 있는 사람은 바로 당사자라네."

"무슨 소리야?"

"아무리 오감이 상승했다고 해도 자신이 검속의 빨라짐을 느끼지 못한다는 것은 어디 말이나 되겠는가? 평소의 수련을 생각해 본다면 보통 사람이라면 검속이 빨라짐을 느꼈을 텐데, 어떻게 그것을 느끼지 못하고 검속이 느려졌다 생각했는지 신기해서 하는 말이네."

"…뭐야, 그 말은……."

"평상시 하는 행동은 약삭빠르고 간교한 놈이 왜 갑자기 둔감한 모습을 보이는지 이해가 안 되는군."

"……."

할 말이 없었다. 아무래도 검술 면에선 내가 조금 자질이 떨어지나? 소드 익스퍼트 초급에 오른 것이 다른 사람보다 빠른 것을 생각한다면 그렇지만도 않은 것 같은데?

음… 정말 둔감한 것이라면 큰일이다. 이러다가 영영 크로우 나이츠를 놓칠 수도 있으니 말이다.

어쨌든 잡생각은 검을 수련하는 데 하등 도움이 되지 않는다는 것을 아는 나로선 그래도 실력이 나아졌다는 것에 안도하며 계속 검술을 수련할 수밖에 없었다.

알펜 성에서 일주일 정도 머무른 난 백여 명의 호위 기사와 함께 내 영지로 향했다. 여정은 순탄하게 이루어져 어느 사이엔가 드래곤 산맥의 대로에 도착했고, 필리아가 가족과 만난 지가 상당히 오래됐음을 아는 난 열 명 정도의 기사만을 대동한 채 엘프들의 마을로 향했다.

"어서 오십시오, 이드리샤 공작."

엘프 마을의 초입 즈음에 다다랐을 때 마치 기다리고 있었다는 듯이 세 명의 엘프가 우리들의 앞에 모습을 드러내었는데, 선두에 선 자가 엘프 마을의 장로인 엘라스트라는 것을 확인한 난 미소를 지으며 말했다.

"오랜만에 뵙소이다, 엘라스트 장로."

"엘프들에게 이 정도의 시간이야 한순간에 지나지 않는답니다."

역시나 엘프다운 인사를 하는 엘라스트였다. 하지만 그의 말 한마디 한마디는 마치 나의 마음을 어루만져 주는 듯한 따뜻한 음색이기에 오랜만에 마음이 편해지는 것을 느꼈다.

"장로님께선 그동안 평안하셨는지요."

"오랜만이구나, 필리아."

엘라스트는 필리아의 인사 역시 미소를 지어 답하고는 우리들과 함께 엘프 마을로 걸음을 옮겼다.

오랜만에 본 엘프 마을은 과거에 보았던 것과 전혀 다를 바 없는 모습을 하고 있었다. 인간 세상은 십 년이면 강산도 변한다고 했건만 역시나 천 년 가까운 세월을 살아가는 엘프들은 인간에 비해 그 변화가 느릴 수밖에 없었던 것이다.

"필리아!!"

"어머니!!"

엘프 마을에 도착하자 한 엘프 여인이 소리를 지르며 달려오는 것을 볼 수 있었는데, 그녀는 바로 필리아의 모친인 렌디샤였다.

역시나 엘프라고 해도 모녀의 관계는 변하지 않는데, 렌디샤가 달려오자 필리아도 지금까지 보였던 모습과는 달리 기뻐하는 모습을 감추지 않고는 그녀에게 달려갔다.

모녀의 애뜻한 상봉 장면이랄까? 역시나 감동적인 모습에 눈물이 다 나올 지경이었다.

"필리아."

"예, 영주님."

"오랜만이니, 이곳에 있는 동안은 네 모친과 같이 지내도록 하거라."

"감사합니다, 영주님."

　나의 말에 그녀는 크게 기쁜 표정을 지으니, 그녀의 어머니인 렌디샤도 고맙다는 표정으로 인사를 올렸다. 인사 말고 다른 것을 주면 좋겠다는 생각이 들었지만, 차마 그런 말은 할 수가 없으니 눈물을 흘릴 수밖에… 그런데 왜 침도 같이… 쩝.

　엘프 장로를 따라 고목 위의 저택으로 올라가는 고행을 다시 한 번 거친 난 역시나 적응이 안 되는 출입구 앞에서 숨을 헐떡이며 문을 열고 안으로 들어갔는데, 그곳에서 예상 밖의 일을 접하게 되었다.

　"응?"

　장로의 저택 안에는 놀랍게도 나 외에 인간이 한 명 더 있었다.

　백발이 성성한 그자는 긴 수염을 기르고 백색의 로브를 입고 있는 것이 마치 이야기 속에서나 나오는 마법사 같다는 생각이 들었다.

　"오! 엘라스트 장로, 이 사람이 자네가 말한 이드리샤 공작이란 인간인가?"

　"그렇소."

　"음…….'

　장로와는 꽤 친한 사이인지 말이 편하게 오가고 있었는데, 백발의 노인은 미소 지은 채 나를 보며 말했다.

　"반갑소이다. 본인은 이스페든이라 하오. 여기 있는 엘라스트 장로와는 백 년 전 현자 수업 때부터 친하게 지낸 사이지."

　"백 년?"

　그의 말에 난 조금 당황할 수밖에 없었다. 조금 나이를 먹었다고는 생각했지만 백 년 전에 엘라스트 장로를 만났다니, 그럼 백 살이 넘는다는 것이 아닌가?

　그나저나 이스페든이란 이름을 어디선가 들어본 기억이 있는데, 어디서 봤더라……. 난 이름이 낯설지 않아 어디서 들었는지 잠시 생각해 보았는데, 다음 순간 그 이름을 생각해 내고는 크게 놀라 소리칠 수밖에 없었다.

"헉! 설마 위현자(僞賢者) 이스페든?"

위현자 이스페든, 아니, 바로 말하면 망상론자라고 할 수 있는 인물이었다.

대륙 서쪽의 소국인 비르덴 고위 귀족의 아들로 태어난 그는 나이 스무 살에 대륙 최고의 현자라는 칭호를 받은 뛰어난 인물이었다. 하지만 그는 결코 귀족으로서 가지지 말아야 할 사상을 가지고 있었다.

그가 한 가장 최초의 실수는 바로 농노 제도의 폐지였다. 당시 비르덴 국왕의 측근으로 들어간 그가 가장 먼저 행한 일은 국가 노동력의 근본이라고 할 수 있는 농노 제도의 폐지로 최하층의 농노를 없애고 평민에게 땅을 분배하여 세금으로 나라의 재정을 이루는 것이었다.

무지한 비르덴 국왕이 현자라는 그의 껍데기에 속아 농노 제도를 폐지하려다 당연히 국가의 지도 계층인 귀족의 반대를 샀으나, 이스페든은 그것을 강경하게 밀어붙여 마침내 농노 제도를 폐지하였다.

하지만 농노 제도의 폐지는 왕도를 중심으로 하여 극히 국한된 지역에서만 행해졌을 뿐, 지방의 영주들은 그것에 반대하며 농노 제도를 계속 유지하였고, 이에 이스페든은 해서는 안 될 일을 저지르고 말았다.

중앙군을 움직여 자신의 뜻에 반대한 자들을 숙청하기 시작한 것이다. 이른바 피의 숙청이라 불리는 이 사건으로 비르덴 삼 분의 일에 해당하는 귀족들이 죽임을 당하고 그 영지는 중앙으로 흡수되어 버렸다.

위기감을 느낀 귀족들은 당연히 힘을 합쳐 중앙에 반기를 들었으나 이스페든은 자신의 뜻을 굽히지 않고 또다시 말도 안 되는 법안을 통과시켰는데, 바로 귀족 제도의 폐지였다.

국가의 지도 계층인 귀족 제도를 폐지하고 국왕 아래 만인이 평등한 국가라는 어이없는 논리를 앞세운 그는 중앙군과 농노로 이루어진 군대를 앞세워 반기를 든 귀족 연합을 토벌하려 한 것이다.

이러한 비합리적인 논리는 그때까지 귀족이란 허울을 쓰고 평민들에게까지 가혹한 세금을 부여했던 악덕 영주들의 영지에서 반란을 일으키게 하였지만, 애석하게도 그러한 각지의 민중 반란은 그때까지 귀족의 의무를 다하고 있던 선량한 귀족들의 영지에서도 일어나게 되었다.

귀족이라는 계층에 대한 막연한 동경을 갖고 있던 자들에 의해 만민의 평등이라는 말에 속아 평민은 물론 농노들에게도 자비를 내려 적은 세금으로 편히 살게 해준 영주까지도 귀족이라는 이유 하나로 죽임을 당해야 했다.

하지만 이스페튼은 만인이 평등을 이루기 위해선 반드시 그에 합당하는 대가가 필요한 것이고 이것은 피의 숙청을 통해 이루어진다는 말도 안 된다는 이론을 내세워 마침내 비르덴의 귀족들을 모두 숙청하는 데 성공하고 그가 이야기하던 만인의 평등을 이루게 되었다.

그러나 그가 한 가지 간과한 것이 있다면 귀족이라는 지도층은 필연적이었다는 것이다. 인간이 살아남기 위해선 각각의 행위가 필요하듯이 노동자의 계층이 있다면 그 노동으로 산출된 재화를 바르게 분배할 지도층의 존재는 반드시 필요하다는 것이다.

이스페튼은 평등의 원칙을 이루며 평민 계층에서 뛰어난 인물들을 뽑아 그들로 하여금 노동으로 이루어진 재화를 고르게 분배하게 하였다. 처음에는 평민의 한 사람으로 재화를 바르게 분배하던 평민들은

권력과 자신이 다루게 되는 막대한 재화에 욕심을 품게 되고, 타락하게
되었다.

귀족이라는 계층을 동경하고 있던 자들이 평민이나 농노였던 만큼
그들의 행위는 점점 도가 심해져 가고, 이들은 피의 숙청을 통해 생겨
난 막대한 군사력을 이용하여 점점 귀족화되기 시작한 것이다.

이 때문에 이스페든은 타락한 지도 계층을 징벌하고자 중앙군으로
그들을 숙청하게 하였지만, 이미 평등이라는 악에 물들어져 있던 그들
은 왕의 권위조차도 평등이란 이름으로 무시하며 자신을 숙청하려 하
는 중앙군과 싸우게 된 것이다.

피의 숙청을 이루어낸 후 왕의 실권조차 약화시키기 위해 중앙군 절
반 이상을 해산시켰던 이스페든은 지방 실권을 장악한 자들의 힘을 막
을 수가 없었고, 비르덴은 내전에 휩싸이며 국가는 피로 물들여지게 되
었다.

그리고 내전으로 약화된 국가는 주변 국가들의 공격을 받게 되니,
그들은 비르덴에 만연한 만민의 평등이라는 엉터리 이념이 자신들의
국가에까지 퍼져 나가자 그것을 막기 위해 불가피한 선택을 하게 된
것이다.

주변 국가들의 공격으로 인하여 비르덴은 이스페든이 재상이라는
직위를 맡은 지 삼십 년 만에 대륙에서 그 이름이 사라지게 되었고, 사
람들은 그때부터 이스페든을 위현자라 부르고 그의 만민 평등의 사상
이 담긴 서책을 금서로 내세워 불태웠다.

또 이러한 사상이 퍼지는 것을 막고자 대륙의 각 나라는 이스페든
의 행위와 함께 만민 평등 사상의 폐해를 적은 책을 퍼뜨렸고, 나 역
시 그것을 읽은 적이 있기에 위현자 이스페든의 정체를 알 수 있었던

것이다.

하지만 그것은 족히 수십 년도 더 된 이야기, 설마 위현자 이스페든이 살아서 내 앞에 모습을 보이리라고는 생각지도 못했다.

"아직까지도 나의 이름을 알고 있는 사람이 있을 줄은 몰랐구려."

"큭… 현자의 탈을 쓴 망상론자 이스페든, 당신이 엘프의 땅에 무슨 일로……."

"현자의 탈을 쓴 망상론자라…… 하하하, 틀리지 않은 말이오. 이드리샤 공작이라 알고 있소이다. 자, 일단 자리에 앉아서 이야기를 하도록 합시다."

"음……."

내 말에 긍정하며 웃음을 터뜨린 그는 자리에 앉아서 이야기하자고 했다. 뭐 늙어 빠진 노인에게 위협을 느끼는 것도 아닌 터라 그의 제안대로 난 천천히 자리에 앉았고, 이스페든은 미소를 지으며 나에게 말했다.

"이 늙은이는 그저 이곳에 옛친구인 엘프를 잠시 만나기 위해 온 여행자에 불과하니, 이드리샤 공작은 너무 경계치 말게나."

그의 말대로 현재 그의 모습은 조금 분위기있는 노인에 불과했다. 하지만 한 나라를 멸망시킬 정도의 인물이니만큼 나에게도 악영향을 끼칠 수 있는지라 조금 거리를 두어야 함을 잊지 않았다.

허황된 망상이란 것은 무엇인가를 갈구하는 자에게는 마치 꿀과 같은 달콤함으로 비칠 수 있기 때문에 현재의 나에게 이러한 늙은이가 가장 위험했다.

이렇게 경계를 늦추지 않고 있을 때 예전에 보았던 엘라인이라는 엘프가 나의 앞으로 엘프의 차를 가져다 주었고, 그것을 한 모금 입에 머금자 맑은 기운이 머리를 감싸고 도는 것이 조금 마음이 편해지는 것을 느꼈다.

"유일한 인간 친구인 이스페든에 이어 이드리샤 공작까지 이곳을 방문하니 아무래도 엘프들의 동요가 심상치 않더군요."

"균형의 엘프에게 나 같은 망상론자나 여기 계신 이드리샤 공작과 같은 귀족의 사상을 지닌 인간은 그리 탐탁지 않겠지. 허허허."

엘라스트의 말에 이스페든은 너털웃음을 흘리며 답했는데, 아무래도 내가 있을 자리가 아닌 느낌이 들었다.

이스페든이 위현자라고는 하지만 상당한 학식을 지닌 사람이었고, 엘라스트 역시 오랜 세월을 살아온 사람. 그에 비해 난 공작이긴 하지만, 그에 합당한 교육을 받지 못한 상태였기 때문에 그들의 대화에 끼어들 엄두가 나지 않았기 때문이다.

자칫 말실수라도 한다면 망신이기 때문이다.

그런 이유로 그저 두 사람의 대화를 들으며 차나 홀쩍홀쩍 마실 수밖에 없었다.

"그래, 자네는 그동안 무엇을 하고 지냈는가?"

"나 같은 망상론자가 어디 한곳에 머무를 때가 있겠는가? 그저 여기저기 떠돌아다니며 세상을 구경하고 있을 뿐이네."

"인간의 세월로 치면 60년이란 세월은 결코 적지만은 않을 텐데, 그 정도의 시간을 돌아다녀도 부족한 것인가?"

"그러게 말일세. 그 때문에 인간이란 존재는 너무나 미약한 것을 느꼈지. 벌써 60년을 돌아다녔으면서도 아직 세상의 반도 채 구경하지 못했으니 말이야."

60년, 내 나이의 두 배에 달하는 시간을 떠돌아다녔다는 말에 탄복

하지 않을 수 없었는데, 그 정도의 시간으로도 아직 모자라다니 황당한 노인네였다.

하지만 그의 말에 난 조금 다른 생각이 들었기에 그를 보며 천천히 입을 열었다.

"무엇 때문에 세상의 모든 것을 알려 하는 것인지 모르겠군."

"허허허, 그저 하릴없는 늙은이의 소일거리일 뿐이지."

"소일거리? 흥! 웃기는군. 아직도 헛된 망상에 사로잡혀 있는 것은 변하지 않았나 보군."

"허허허… 이드리샤 공작께서는 무슨 다른 생각이라도 가지고 있나 보군. 한번 말해 보시게."

나의 말에 그는 또다시 웃음으로 무마하고는 나의 생각을 물어보았기에 난 잠시 헛기침을 하고는 말했다.

"다른 생각이란 것은 없소. 난 당신처럼 그저 소일거리 삼아 먼 세상일에 눈을 돌리기에는 내 앞에 닥친 일이 급하니 그것을 처리하는 데 급급하여 다른 것은 생각해 본 적이 없소이다."

"허허허, 공작의 생각하시는 바가 옳소이다. 인간이란 작은 그릇으로 세상을 모두 담으려 했던 그 자체가 애초부터 불가능한 일이었으니 말이오."

"응?"

나의 말에 그는 오히려 동감을 표시하고 있었기에 조금 당황할 수밖에 없었다.

"그렇다면 당신은 무슨 이유로 떠돌아다니는 것이오?"

"말하지 않았소이까. 그저 늙은이 소일거리 삼아 세상 구경하고 있다 말입니다."

“…….”

“가진 것 없고 가질 것도 없는 늙은이에게 무슨 급한 일이 있겠소이까?”

“…….”

확실히 나야 지금 당장 영지를 발전시켜야 하고, 내가 하고자 하는 일이 산더미같이 쌓여 있기에 여러 가지 일로 복잡하지만 그의 말대로 내가 하고자 싶은 것이 아무것도 없다면 급한 일이란 있을 수가 없었다.

하지만 나로선 그런 무의미한 삶이란 조금 거리감이 느껴졌다. 아니, 이전의 나의 삶이 그런 무의미한 것이기에 거부감이 들었다.

알리샤가 나에게 오기 전까지는 그저 귀족이란 껍질에 둘러싸여 허무하기까지 한 삶을 살아왔기 때문이다.

“이해할 수 없군. 한때는 만민 평등이라는 허무맹랑한 망상으로 한 나라의 재상이란 지위에 있던 사람이 아닌가? 그때의 혈기를 모두 잊었단 말인가?”

“그저 늙은이의 과거 일일 따름이오이다.”

“흥!!”

그의 답에 난 콧방귀를 낄 수밖에 없었다. 위협자라 조금 두려움을 가지고 있었지만 지금 보는 그는 그저 세상 구경이나 하며 돌아다니는 늙은이에 지나지 않았기 때문이다.

저런 자에게 잠깐이라도 두려움을 보였다는 생각이 들자 수치심이 밀려왔다.

“이거 본인이 아무래도 공작의 심기를 어지럽힌 것 같구려.”

“알면 됐소이다!!”

미안한 듯이 말하는 그에게 한 방 쏘아준 난 더 이상 말하기도 싫은 표정을 지으며 찻잔을 입에 가져갔다. 그럼에도 불구하고 이스페든은 웃음을 감추지 않았다.

나로선 저 웃고 있는 낯짝을 한 대 패주고 싶은 마음이 들었지만, 엘프의 장로인 엘라스트와 친분이 있는 그에게 차마 그런 짓을 할 수가 없어 노기를 누를 도리밖에는 없었다.

"공작께서는 귀족의 삶을 사실 생각이시오?"

"내 자신이 귀족의 신분으로 태어났으니 신분에 따른 의무를 이행할 생각이오."

갑작스런 그의 말에 난 당연하다는 듯이 말했는데, 그런 나를 보며 이스페든은 뜻밖의 말을 내뱉었다.

"그렇다면 왜 영지를 늘리시려 하는 것이오? 분명 그대에게 영지를 빼앗긴 귀족들 역시 귀족의 신분에 따른 의무를 이행하는 자일 텐데?"

"응? 그야 그자들이 나의 땅을 노렸기 때문이지. 구태여 영지를 늘리고 싶은 생각은 없었소이다."

"그렇다면 그들이 왜 공작의 땅을 노렸다 생각하시오?"

"흥! 그거야 당연하지 않소이까! 자신의 것에 만족할 줄 모르고, 게다가 주제도 모르고 더 많은 것을 탐하기 때문이 아니오이까!!"

"그런 자들에게 공작은 징벌을 가하고 그들의 땅을 뺏었구려."

"도대체 무슨 말을 하려 하는가!!"

계속되는 그의 말에 난 자리에서 일어나 소리쳤다. 지금 이스페든이란 자는 나를 아메로스나 션우드 같은 자들과 같이 취급하려 한다는 생각이 들었기 때문이다.

어떻게 같이 취급할 것이 없어 그런 악적들과 나를 같은 놈 취급한

단 말인가?

"허허허, 노여움일랑 그만 풀고 자리에 앉으시구려."

"흠……."

그 말에 화를 내는 내 꼴도 좋아 보이지는 않는지라 할 수 없다는 생각이 들어 자리에 앉자 그는 계속 말을 이었다.

"사람이란 일어서 있으면 앉고 싶고, 앉아 있으면 눕고 싶은 것이니, 이 늙은이는 그저 그런 것이 싫어 아무것도 가지지 않고 세상 구경이나 하고 있다는 것을 말하고 싶을 뿐이었소."

이스페든의 말에 난 잠시 생각에 잠겼다. 하긴 저자는 모든 권력의 중심에 있었던 자이니만큼 나보다 그러한 썩은 세상을 더 많이 접했을 것이 분명했다.

그런 때문에 세상일이 싫어 떠돌아다니는 것일까? 하지만 그렇다고 해서 아무것도 하지 않고 세상을 살아간다는 것은 나에게는 이해가 되지 않았다.

"물론 이 늙은이가 하는 일이 맞는다고 할 순 없으나 귀족은 귀족 나름대로의 의무를 다하고 평민은 평민 나름대로의 의무를 다한다는 것처럼, 부디 이 늙은이는 그저 아무것도 가진 것이 없으니 떠돌아다니는 여행자로서 의무를 다한다는 것으로 생각해 주시면 안 되겠소이까?"

"음……."

"허허허, 이 늙은이의 궤변이 마음에 들지 않는가 보오."

"궤변인 것을 아는 걸 보니 지각이 없는 자는 아니군."

"허허허, 이 늙은이는 헛된 망상가일 뿐이라오."

내가 전에 했던 말을 비유해서 자신을 변호하는 그를 보며 역시 위현자라고는 해도 똑똑한 늙은이임에는 변함이 없다는 생각이 들었다.

그런데 저 늙은이가 말하는 것을 들으니 자애의 여신의 성자라는 요
슨이 생각났다. 그리고 적어도 내 앞에 있는 망상가보다 직설적으로
욕을 하는 요슨이라는 놈이 나은 것 같으니 아무래도 나도 요슨과 같
은 부류가 아닐까 하는 생각이 들었다.

"공작께선 점성술을 알고 계시오?"

"별을 보고 길흉을 점치는 것을 말하는 것이 아니오."

"이 늙은이가 점성술을 볼 줄 아는데, 어떻소이까?"

이스페든의 말에 난 조금 호기심이 들었다. 점성술에 대해 이야기는
들어보았지만 그것은 마법사 중에서도 일부 계층만이 익히고 있는 학
문의 한 종류라 할 수 있었기 때문이다.

하지만 점성술이라고 하는 것에, 아니, 점이라고 하는 것에 그다지
믿음이 없는 나로선 호기심만 있을 뿐 그다지 믿음은 가지 않았다.

그때 이스페든이 나를 보며 미소를 짓고는 말했다.

"공작께선 보통 사람이 육안으로 볼 수 있는 별의 숫자가 어느 정도
나 되는지 알고 있소이까?"

"음… 한 만 개 정도?"

"허허허, 보통 사람이 육안으로 볼 수 있는 별의 숫자는 10만 개가
넘소이다."

"……!!"

그 말에 난 조금 놀랐다. 별의 숫자가 많다고는 알고 있었지만, 설마
그 정도의 숫자나 되리라고는 생각지도 못했기 때문이다.

"마나를 다루는 자들이 볼 수 있는 별은 한 별종 마법사가 원거리 마
법을 사용하여 그 숫자를 십 년 동안 세어보니 족히 천만 개가 넘는다
고 하더군. 그렇다면 말이오, 과연 인간 신체 능력의 수백 배, 아니, 수

천 배를 넘어서는 드래곤이 마법으로 볼 수 있는 별의 숫자는 어느 정도 될 듯하오?"

"…그건 또 어떤 하릴없는 드래곤이 셌는지 그것이 더 궁금하군."

드래곤이란 존재는 1만 년을 살아가는 지상계 최강의 생물, 그러니 시간이야 많이 남아돌기는 하겠지만, 하릴없이 수십 년, 아니, 수백 년간 별을 셀 별종 드래곤이 있을까 하는 생각에 코웃음부터 나왔다.

"허허허, 인간이 어찌 드래곤에게 그런 것을 물어볼 수 있겠소. 하지만 말이오, 하늘을 일정한 간격으로 나누어본 후 그 하나의 간격의 별의 숫자를 세어본 후 나누어진 간격을 전부 곱한다면 어렵지만 대략적으로 숫자가 나오기는 하오."

"오!"

그런 방법이 있을 것이라곤 생각지도 못했다. 하지만 그것이 완벽하다고 볼 수는 없을 것이란 생각이 들었다.

"하지만 한 간격 안에 있는 별의 숫자가 모두 같으리라는 법은 없지 않소?"

그런 생각에 난 이스페튼을 보며 반문했는데, 그는 미소를 지으며 말했다.

"허허허, 어떠한 생명체이건 하늘은 무한히 넓게 보이지 않는다네. 물론 하늘은 무한히 넓지만 생명체의 눈으로 모두 헤아릴 수 없으니 말이야."

"음……."

"그 하늘에 수십억 개가 넘는 별들이 있다면 어느 한 간격 안에 별의 숫자가 많든 적든 간격의 숫자가 많아질수록 규칙적으로 별이 나누어져 있지 않는 한 결론적으로 오차는 그리 차이가 나지 않소."

“……”

이건 또 무슨 개소리야? 알아듣지도 못하는 이야기를 장황하게 나열하는 그를 보며 미간을 찌푸릴 수밖에 없었다.

“허허허, 이 늙은이가 어려운 말을 한 모양이군. 간단히 말하면 드래곤이 본 별의 숫자는 120억에 달한다고 하오.”

“120억?”

설마 드래곤의 눈과 인간의 눈의 차이가 이렇게 크다고는 생각지도 않았다. 그렇다면 드래곤이 아니라 신의 눈으로 본다면 하늘의 별은 모두 몇 개나 된다는 것일까?

아마 헤아릴 수 없을 만큼 엄청난 숫자일 것은 분명하니 절로 감탄사가 흘러나왔다.

“그런데 점성술과 하늘의 별의 숫자가 무슨 상관이 있다는 것이오?”

“허허허, 이거 늙은이가 정신이 없군. 자네가 말한 대로 보통 인간과 마법을 사용하는 인간, 드래곤이 보는 별의 개수는 모두 차이가 있소. 그렇다면 말이오, 하늘의 별을 보고 길흉을 점치는 점성술이란 것은 과연 신빙성이 있는 것일까 하는 것이오.”

“…아!”

그제야 난 그가 무슨 말을 하는지 이해할 수 있었다. 점성술이라는 것은 인간이 만든 학문, 하지만 실제로 인간의 눈에 보이는 별의 숫자가 모두가 아니니 점성술이라는 것은 그저 육안으로 확인할 수 있는 별만으로 길흉을 점친다는 것이 아닌가.

그런 생각이 들자 그의 말대로 점성술에 의심이 드는 것은 당연한 일이었다.

“허허허, 점성술은 믿을 것이 못 되겠지?”

"…당신의 이야기를 들어보면 그런 것 같군."

"그렇게 본다면 일흔여덟 장의 카드로 보는 타로 카드나, 손금을 통해 보는 점, 얼굴의 생김새로 보는 점과 같은 것들도 신빙성이 떨어지는 것이 아니겠소?"

"그렇군……."

"하지만 대대로 대륙의 역사를 통해 본다면 이러한 뛰어난 점쟁이로 이름난 이들은 족히 수백 년 후의 미래까지 점으로 알 수 있다고 하니, 단순히 신빙성이 떨어진다고는 볼 수 없겠지요?"

확실히 그의 말대로 위대한 예언가 중에서는 카드 점을 통해서 미래를 예언한 자들도 있었다. 그리고 그들이 남긴 예언서 중 '타마로스'와 같은 예언서는 비교적 정확하게 미래를 예언하고 있었는데, 타마로스라는 예언서를 남긴 기튼은 대륙에 존재하는 모든 점술법을 마스터했다고 알려져 있었다.

"음……."

"그렇게 보면 점이라고 하는 것은 상당히 묘한 구석이 있다는 것이오."

"젠장! 도대체 당신이 하고 싶은 말이 무엇이오!"

"허허허, 사람 참, 급하기도 하오. 내가 점성술을 통해 미래를 점쳐 주겠다는데 그다지 반기지 않는 얼굴을 하길래, 그저 심심풀이로 이야기한 것뿐이오."

"이 빌어먹을……."

그 따위 생각으로 내 머리를 복잡하게 하는 녀석을 보며 난 분노가 치솟아올랐다.

"잠시만 자리에서 일어나 보겠소?"

“…뭣 때문에 내가 일어서야 하지?”

“말했지 않았소? 점성술로 공작의 길흉을 알아보겠다고.”

“……..”

그의 말에 솔직히 내 앞날의 길흉이 조금 궁금하기도 하기에 자리에서 일어났다.

“허허허, 고맙소. 공작의 길흉을 상당히 알아보고 싶었소. 자, 그럼 그 자리에서 마나를 주위로 뿌려보시오. 소드 익스퍼트의 실력자라고 들었으니 그 정도는 어렵지 않을 것이란 생각이 드는데 말이오.”

“흥!”

그의 말에 난 주위로 마나를 뿜어보았는데, 그는 이런 나를 잠시 노려보듯이 바라보고는 잠시 후 고개를 끄덕이며 말했다.

“이제 되었으니 자리에 앉으시오.”

“휴…….”

그의 말에 뿜어내었던 마나를 정리한 난 자리에 앉았고 이스페든은 내가 했던 일을 설명하기 시작했다.

“사람마다 고유의 마나 패턴을 지니고 있다는 것을 알고 있소?”

“고유의 마나 패턴?”

“그렇소. 그것은 사람의 출생 시기와 체격, 그리고 그 사람의 출생에서부터 현재까지의 생에 따라 다른 마나의 패턴을 지니게 되오. 이 늙은이가 하는 점성술은 하늘의 별자리를 사람의 마나 패턴과 대조하여 길흉을 점치고 있소. 예로부터 하늘의 별은 각기 하나의 운명을 지니고 있는데 그것을 통해 운명을 알아보는 것이지.”

“음…….”

처음 들어보는 이야기였다. 나 역시 점성술에 대해서 조금은 들어보았지만, 이와 같은 방법이 있다고는 들어본 적이 없었다.

보통은 출생 시기를 통해 자신의 별자리를 알아본다 들었기 때문이다.

"그래, 나의 운명은 어떻소?"

"그대의 마나의 색은 백금색, 예로부터 금광은 고귀한 자를, 백광은 성스러운 자를 나타내니 백금의 마나 빛은 실로 가장 고귀하고 성스러운 빛이라 할 수 있소."

"오……."

그의 말을 들으니 조금 기분이 좋아졌다. 당연히 나 같은 인물이야 고귀하고 성스럽지. 후후후!

"하지만 그대의 마나 빛은 백금광임에도 어두운 빛이 존재하오. 그것은 공작의 성정 중 어두운 면을 뜻하니, 공작이 마음을 바로잡지 않는다면 백금광은 서서히 검은빛으로 변할 것이오. 검은빛은 악을 뜻하니 지금부터 어떻게 하느냐에 따라 운명은 크게 바뀔 것이오."

이건 또 무슨 개소리야? 어두운 빛이 존재한다고? 흥!

"공작이 지닌 마나가 북동쪽으로 짙게 이루어져 있음은 운명에 길한 방위는 바로 북동쪽이라는 것이오. 듣자 하니 공작의 영지가 아멘 왕국의 북동쪽에 위치해 있으니 운명에 가장 길한 곳이라 할 수 있소."

"음……."

"그대의 마나 패턴은 각기 두 개의 운명의 별로 이루어져 있소. 하나는 귀족의 별이요, 하나는 왕의 별이오."

"왕?"

왕이라는 말에 난 조금 흠칫하지 않을 수 없었다. 그렇다고 한다면 나의 운명은 한 나라의 국왕의 길로도 이어져 있다는 것이 아닌가?

솔직히 귀족도 좋긴 하지만 한 나라의 왕이 되는 것도 그리 나쁘지 않다는 생각이 들었다.

"귀족의 별과 왕의 별, 이렇게 두 개의 운명의 별 중 어느 것을 선택하느냐에 따라 공작의 곁에 있는 자들의 운명 역시 크게 바뀌게 되오."

"휴……."

이놈의 늙은이는 잘 나가는가 싶으면 후반에 재수없는 곳으로 확 빠지는 경향이 있는 것 같은지라 한숨밖에 나오지 않았다.

"귀족의 별을 택한다면 공작의 곁에는 언제나 충성스러운 부하와 사랑하는 자가 따를 것이지만, 왕의 별을 택한다면 공작의 곁에는 단 하나의 친우만이 남을 것이오."

"단 하나의 친우?"

"그 한 명의 친우는 죽음의 순간까지 그대를 지킬 것이지만, 그의 죽음 뒤에는 지극히 외로운 삶을 살게 될 것이오."

"그건 또 무슨 악담이야!!"

진짜 재수없는 늙은이였다.

"허허허, 운명이 그렇게 나온 것을 나보고 어찌하란 말이오. 공작은 어찌 선택할 것이오? 귀족의 별을 선택할 것이오? 아니면 왕의 별을 선택할 것이오?"

"흥! 당연히 왕……."

"그대의 곁에 사랑하는 여인도, 그대를 따르는 충성스러운 자들도 남아 있지 않을 텐데?"

"어! 그럼 귀……."

"남자가 야망이 그렇게 없소?"

"이런 빌어먹을 늙은이가! 도대체 뭘 선택하라는 거야!!"

말하려고 할 때마다 툭툭 시비를 거는 늙은이 때문에 화가 치솟아올랐는데, 녀석은 그저 웃음으로만 때우고 있는지라 미간이 찌푸려졌다.

"허허허, 공작의 운명은 공작이 선택하는 것이지, 어찌 이 늙은이에게 닦달하는 것이오. 허허허."

확실히 내 운명은 내가 선택한다 쳐도 중간에 초 칠 필요까지는 없는 것이 아닌가?

"한 가지만 묻겠소. 그대가 왕의 길을 가고자 한다면 사랑하는 이의 목을 자신의 손으로 벨 수 있겠소?"

"……."

그 말에 조금 생각해 보았지만, 역시나 어려운 일이라는 생각이 들었다. 왕이 되고 싶어서 알리샤를 죽인다고?

지금의 나를 만들어준 사람이 있다면 그녀는 바로 알리샤였고, 그녀의 존재는 나에게 힘이 되는 것을 잘 아는 나로선 이스페든의 말에 고개를 저을 수밖에 없었다.

"솔직히 한 나라의 왕이란 자리에 그다지 관심이 없군."

"허허허."

내 말에 이스페든은 너털웃음을 짓고는 자애스러운 미소를 지으며 말했다.

"왕의 길은 피의 길이오. 진정으로 왕이 되고자 하는 이는 스스로의 손으로 사랑하는 이의 목을 벨 수 있을 정도의 결심이 없다면 한 나라의 왕이 되는 것은 어려운 일이오."

위현자라는 오명을 쓰기는 했지만, 한 나라의 재상까지 지냈던 이스페든이라면 누구보다도 왕에 대해서 잘 알고 있을 것이기에 틀리지 않을 것이란 생각이 들었다.

　확실히 그의 말대로 아멘의 역사를 보더라도 왕의 자리를 위해서 천한 신분이었던 아내를 죽이고 대귀족의 딸을 왕비로 맞은 사례도 있었고, 심지어는 모친마저 죽인 패륜 왕도 있었기 때문이다.

　미친 짓이지. 왕의 자리가 무엇이 그리 좋다고 아내를 죽이고 어머니를 죽이고까지 그 자리를 탐한단 말인가?

　나 역시 내 것에 대한 욕심이 많긴 하지만 그렇다고 왕의 자리 때문에 사랑하는 이를 죽일 정도는 아니었다.

　적어도 어느 것이 더 나에게 중요한 것인가는 알고 있기 때문이다.

　"그렇다면 나에게 있는 것은 오직 귀족의 별뿐이겠군."

　단호한 표정의 나의 말에 이스페든은 미소를 지으며 말했다.

　"운명은 알 수 없는 것이오. 공작이 지금 귀족의 별을 선택했다 하더라도 그때의 운명은 알 수 없는 법이니까. 하지만 이 늙은이는 그대가 지금의 결심을 잊지 않길 바랄 뿐이오."

　"흥!"

　위현자에게 충고 같은 말을 듣자 절로 콧방귀가 나오는군. 어쨌든 녀석의 궤변에 빠진 것도 아니고 그저 충고에 가까운 말인지라 그저 그러려니 넘어가기로 했다.

　"이드리샤 공작, 한 가지 부탁이 있는데 들어주겠소?"

　"무엇이오?"

　"그대의 영지에서 잠시 거하고 싶은데 허락해 주시오."

　"응?"

　그의 갑작스러운 말에 조금 당황될 수밖에 없었다. 내 땅에서 머무르고 싶다니, 다른 이라면 모를까 위현자 이스페든이라는 존재는 자칫 위험이 될 수도 있는 일이었다.

"허허허, 이드리샤 공작은 힘없는 늙은이조차 감당할 수 없을 만큼 자신감이 없는 것은 아니겠지요?"

"큭……."

역시나 악마 같은 늙은이, 빠져나갈 수 없는 구덩이를 만들어놓는 것을 잊지 않았다.

제 2 4 장 왕도에서 온 감사관

사람 중엔 대하기 쉬운 사람과 대하기 어려운 사람이 있다. 언중유골이라고 할까? 이스페든은 그런 자에 속했다.

말 한마디마다 자신을 낮게 평가하고 있으면서도 뭔가 의미가 있었고, 그때문에 그 의미를 생각하지 못할 때마다 나 자신에 대한 평가도 떨어진다는 생각이 들었다.

빌어먹을 늙은이.

어쨌든 그 재수없는 늙은이의 내 영지에 머물고 싶다는 말을 거절하지 못했기 때문에 그와 동행할 수밖에 없었다.

드래곤 산맥의 숲길을 지나 드디어 내 영지에 도착했을 때, 뭐랄까, 감개가 무량하다는 생각이 들었다.

"허허허, 그대의 표정이 밝은 것을 보니 고향에 돌아온 것이 기쁜가 보오."

“흥!”

이런 나의 모습에 이스페든은 너털웃음을 보이며 말했다. 나야 그저 콧방귀를 뀌며 그의 말을 무시할 뿐이었는데, 그럼에도 불구하고 녀석은 말을 멈추지 않았다.

“돌아갈 곳이 있는 사람은 행복하다오. 멀리 떨어져 있다 해도 그에게는 마음의 안식을 얻을 수 있는 휴식처가 있으니 말이오.”

“……..”

“이 늙은이에게도 과거에는 그런 곳이 있었다오…….”

역시나 나이 먹은 티를 내는 늙은이였다. 하긴 60여 년간 대륙의 곳곳을 여행 다닌 그에게 마음의 휴식처가 있다고 해도 잊혀진 지 오래겠지.

위현자라는 인물도 나이를 먹으면 어쩔 수 없는가 보다 하는 생각이 들었는데, 그때 영지의 저편에서 일단의 무리들이 다가오는 것을 볼 수 있었다.

“음……”

다가오는 기마 무리들 중에 보이는 가문의 문장기가 이드리샤 가문의 문장기임을 안 난 사람들이 마중 나왔음을 알 수 있었다.

아니나 다를까, 기마들이 서서히 다가옴에 따라 선두에 서 있는 자의 모습이 눈에 들어왔으니 그는 바로 슈펠트였다.

내 앞으로 다가온 슈펠트는 급히 말 위에서 내려서는 정중히 기사의 예를 표하고는 인사를 올렸다.

“영주님께 기사 슈펠트가 인사드립니다.”

“수고했네. 그동안 영지에 무슨 문제는 없었던가?”

“그것이…….”

영지에 무슨 일이 없었느냐는 나의 말에 슈펠트가 조금 미간을 찌푸리는 것이 아무래도 무슨 일이 있는 듯했다.

"무슨 일이지?"

"왕도에서 감사관 일행이 와 있습니다."

"감사관?"

"예. 아무래도 보석 밀무역 건이 왕도 쪽에 보고 들어간 것 같습니다."

"이런……."

그의 말에 난 눈살을 찌푸릴 수밖에 없었다. 본래 외국과의 무역에서는 관세라는 것을 물게 되어 있었다. 이것은 귀족 역시 당연한 일이었지만 현재에 와서는 평민 상인들에게만 관세를 물 뿐, 귀족들은 관세를 거의 물지 않고 있었다.

물론 그에 합당한 뇌물이라는 것이 필요했지만 나야 원래부터 중앙에서 멀리 떨어져 관심을 받지 못했던 존재였고, 공작인 내가 관세 같은 것을 물어야 한다는 생각조차 하지 않았었다.

왕도의 무도회를 통해 내 얼굴이 드러난 이상 두 재수없는 공작 녀석이 어떤 방법으로든 내 영지를 조사하려 할 것이라는 생각은 들었지만, 그것이 감사관이라고는 생각지 못했다.

이미 선우드와의 전투를 통해 그의 땅과 녀석에게 빌붙어 있던 데니언 남작의 영지를 흡수하여 그동안 있었던 영지의 방패가 사라진 덕에 영지에 대한 소식이 중앙으로 많이 새어 나갔을 것이다.

"감사관은 지금 어디 있는가?"

"영주님 성의 접빈관에 거하고 계십니다만 행패가 말이 아닙니다. 영주님이 안 계시다는 것을 알고는 영지 곳곳을 쑤시고 다니는 것이……."

"녀석들이 영지에 온 지는 얼마나 됐지?"

"일주일 정도 전이었습니다."

"다행이군."

일주일 정도라면 아직 완전하게 나에 대해 파악하지 못했을 것이 분명했기에 고개를 끄덕인 난 슈펠트를 보며 계속 말을 이었다.

"영지로 돌아가자. 내가 직접 녀석을 만나보아야겠다."

"예."

휴… 재수없게 돌아오자마자 감사관이라니, 아무래도 녀석을 상대하려면 골치 좀 썩어야 하겠다는 생각이 들었다.

내 성에 도착하자 우리들이 오고 있다는 소식을 들은 알리샤와 리안나가 아이들과 함께 성문 앞으로 나와 있는 것을 볼 수 있었다.

"영주님!"

"알리샤! 리안나!"

사랑스런 아내들을 보자 감사관의 일 때문에 틀어졌던 기분이 금세 바뀌는 듯했다.

"내가 없는 동안 잘 지냈는가?"

"예, 영주님."

"다행이군."

내 말에 미소 짓는 두 여인을 보며 난 세 아이들에게 고개를 돌렸다. 자식 놈들은 내가 떠났을 때와는 비교도 안 될 정도로 몸집이 불어 있었기에 절로 미소가 흘러나왔다.

"엡실론은 어디 있는가?"

"감사관과 함께 시튼 마을로 나가셨습니다."

　감사관이라고 해서 마음 놓고 활개 치게 할 수는 없는 노릇이니 영주 대리를 맡겨놓았던 엡실론이 동행을 하는 것은 당연한 일인지라 고개를 끄덕인 난 슈펠트를 보며 말했다.

"시튼 마을로 가겠다."

"예."

"알리샤, 저녁에 감사관과 함께 식사를 할 것이니 준비를 해줘."

"예, 영주님."

　알리샤에게 저녁 준비를 부탁한 난 슈펠트와 함께 시튼 마을로 향했다. 시튼 마을은 내 영지 서쪽에 새로 만들어진 마을로 셔먼의 유민들 마을 중 하나였다.

　물론 지금은 내 영지의 주민이긴 하지만 말이다.

　마을에 도착하자마자 역시나 중앙에서 온 기사단의 모습을 볼 수 있었다.

"멈추시오!"

　슈펠트와 내가 다가가자 병사들이 앞을 막아섰기에 난 미간을 찌푸릴 수밖에 없었다.

　지금 내가 입고 있는 것이 여행자의 복장이기는 하지만, 이들이 슈펠트조차 못 알아볼 리 없었기 때문이다.

"비켜라!"

"신분을 밝히시오. 이곳은 왕도에서 오신 감사관 밀리톤 자작께서 계신 곳이오."

"자작 따위가 있다고 본작의 앞을 막는단 말인가? 겁도 없는 녀석들! 슈펠트!!"

"예!"

나의 명령에 슈펠트는 검을 뽑아 들어 건방지게 내 앞을 막고 있는 병사들의 창을 후려쳤고, 그들의 창은 두 동강이 나서는 땅으로 떨구어졌다.

"어서 비켜라! 이분은 이곳의 영주이신 이드리샤 공작 각하이시다!"

"헉!"

슈펠트의 외침에 크게 놀란 병사들은 급히 뒤로 물러섰다.

아무리 그들이 모시고 있는 자작이 중앙에서 온 감사관이라 할지라도 공작과 자작의 차이가 얼마나 큰지 정도는 알고 있기 때문이다.

"건방진 것들! 가자!"

"예!"

감히 내 앞을 막아선 녀석들을 보며 날카로운 목소리로 소리친 난 슈펠트와 기사단과 함께 마을 안으로 들어갔다.

마을의 중앙에 있는 광장 쪽으로 향하자 엡실론의 모습이 보였는데, 그의 곁으로 조금 마른 체구의 남자가 미간을 찌푸리며 중얼거리고 있는 모습이 보였다.

난 건방지게 엡실론의 앞에서 중얼거리고 있는 그를 보며 단번에 그가 감사관이라는 것을 알 수 있었다.

"멈추시오!!"

우리들이 다가서자 감사관의 기사들이 말을 몰아 달려오는 나를 막아섰는데, 그때 나의 모습을 확인한 엡실론이 다가와서는 정중히 기사의 예를 올리며 말했다.

"영주님께 인사드립니다."

"엡실론, 내가 없는 동안 수고했다."

"예."

기사들은 엡실론의 말에 내가 이곳의 영주라는 것을 알고는 놀란 표정을 짓곤 물러섰고, 난 엡실론에게 수고했다는 말을 하고는 말에서 내려 감사관 쪽으로 걸음을 옮겼다.

감사관은 내가 다가서자 정중히 귀족의 예를 표하고는 재수없는 미소를 지으며 말했다.

"이드리샤 공작 각하께 밀리톤이 인사드립니다."

아무리 왕도에서 온 감사관이라 할지라도 공작인 나에게 예의를 표하는 것은 당연한 일이었기에 난 손을 들어 그의 인사를 받고는 말했다.

"그래, 왕도에서 온 감사관이라 했는가?"

"그렇습니다. 이곳 영지에서 불법으로 밀무역이 행해지고 있다는 소문이 있어 폐하께서 저를 직접 감사관에 임명하시어 이곳으로 보내셨습니다."

"밀무역? 흥! 그렇다면 밀리톤 자작은 본작이 밀무역을 행했다 하는 것인가?"

"저야 그저 소문의 진의를 파악하기 위해 왔을 뿐이지 어찌 공작께 그런 의심을 할 수 있겠습니까."

나의 말에 정중히 답하는 그였으나 감사관 자체가 마음에 들지 않는 나로선 아무리 정중해도 비꼬는 말로밖에 들리지 않았다.

"감사관 임명장을 보여주게."

"여기 있습니다."

임명장을 보자는 말에 그는 품에서 양피지를 꺼내어서는 두 손으로 건네었고, 난 그것을 받아 읽어보았다.

역시나 양피지에는 왕실의 인장과 함께 밀리톤을 감사관으로 임명했다는 글이 쓰여 있었다.

"틀림이 없는 것 같군. 밀리톤 자작!"

"예."

"본작은 방금 여행을 끝낸 탓에 조금 피곤하군. 이번 일에 대한 자세한 이야기는 내 성에서 저녁을 들며 이야기하도록 하지."

"알겠습니다."

"엡실론! 슈펠트!"

"예."

"밀리톤 자작과 기사 분들을 정중히 성으로 안내하도록 해라!"

"알겠습니다."

내 말에 엡실론과 슈펠트는 한결 가벼운 표정으로 미소를 띠었다. 내가 온 이상 이제 밀리톤이 설치고 다닐 수 없기 때문이다.

내가 정중히 성으로 모시라고 한 것은 그들이 더 이상 내 영지를 쑤시고 다니지 않게 하기 위해서였고, 엡실론은 공작인 나의 명령을 이행한 것뿐이니 더 이상 감사관에게 끌려 다닐 필요가 없다 생각했기에 미소를 지은 것이다.

슈펠트가 데리고 온 기사와 병사들은 족히 이백여 명이 넘기 때문에 백 명이 넘지 않는 감사관의 기사들은 당연히 내 병사들에게 포위당한 모습으로 성으로 끌려가야 했다.

"슈펠트, 밀리톤 자작에 대해서 알고 있는가?"

"감사관으로 왔을 때 사람을 보내어 조사해 보니, 페이든 공작 쪽의 귀족인 듯합니다."

역시나 예상대로 두 공작 중 한 사람인 페이든이 수를 쓴 듯했다. 하긴 션우드 자작의 영지가 내 것이 된 이상 녀석들도 조금 불안감을 느끼겠지. 흥!

그들과 함께 성으로 향하면서 난 밀리톤을 어떻게 처리해야 할까 고심할 수밖에 없었다. 내가 하는 보석 교역이 엄밀히 말하면 밀무역임에 틀림없는 상황에서 그가 어떤 방법으로 나를 몰아붙일까 하는 생각 때문이었다.

물론 자작 따위가 나를 밀어붙인다고 해서 그리 무서움 같은 것은 느껴지지 않았지만, 자칫 중앙에 꼬투리를 잡힌다면 일이 재미없게 풀려갈 수도 있기 때문이다.

아직 나의 말에 따르는 것을 보면 엡실론이 일을 잘 처리한 모양이지만, 그렇다고 안심할 수는 없는 일이다.

"보석 교역 건은 어찌 되었는가?"

"다행히 감사관이 도착하기 전에 교역단이 도착했기 때문에 큰 문제는 없었습니다."

만약 감사관이 이곳에 있을 때 보석을 가져온 교역단이 영지에 도착했다면 문제가 생겼을 테지만, 다행히 그런 일은 없었다고 하니 안심할 수 있었다.

"영지 내에 녀석들이 보낸 첩자들이 돌아다닐 수도 있다. 병사들을 배치하여 수상한 움직임이 없는지 확인하고 만약 그런 자들이 존재한다면 그 자리에서 죽여 흔적을 남기지 말아라."

"알겠습니다."

저렇게 형식적인 감사관만 보낼 리가 없다는 것을 잘 아는 나로선 분명 영지를 따로 조사하는 무리들이 있을 것이란 생각이 들었다.

처음부터 나에게 감사관이라는 존재는 말이 안 되는 것이다. 폐하의 명령에 따라 감사관을 맡을 수 있는 작위는 자작이나 남작에 불과하기 때문이다.

백작 이상의 고작들은 나를 제외한다면 중앙에서 핵심에 속하거나 지방에 있다 하더라도 상당한 고위 직을 역임하는 경우가 많기 때문에 자작이나 남작에 불과한 감사관의 직책이 있는 자가 아무리 허물을 찾는다 하더라도 상대를 벌준다는 것은 불가능할 뿐만 아니라 자칫하면 죽임을 당할 수도 있는 일이기 때문이다.

그 때문에 감사관이 감사를 맡는 부류는 비등한 작위에 속하는 자작이나 남작들뿐 백작 이상의 고작에게 감사관이 붙는 일은 거의 전무하다고 할 수 있었다.

그럼에도 불구하고 내 영지에 감사관이 왔다는 것은 상당히 나를 무시하는 일일 수밖에 없었다.

물론 나도 그렇게 호락호락하게 당하고 싶은 생각은 없었다. 영지의 병사들에게 명령하여 밀리톤 자작을 비롯한 감사관들을 사실상 연금하다시피 하여 그가 허튼짓을 하지 못하도록 하였다.

하지만 페이든이 백 명도 되지 않는 감사관 일행만으로 나를 염탐하도록 하지 않았을 것은 분명한 일이었다.

그래서 난 밀리톤을 저녁 식사에 초대하여 그의 의중을 조금 떠보기로 한 것이다.

오랜만에 영지로 돌아온 때문인지 알리샤는 평소와는 다른 진수성찬을 차려놓고 기다리고 있었는데, 조금 마음에 안 드는 점은 이스페든이 자리를 하고 있다는 것이다.

"당신은 왜 여기 있는 거지?"

"허허허. 이 늙은이가 먹으면 얼마나 먹겠소이까. 허허허."

"……."

하기야 음식 축내는 것은 얼마 되지 않겠지만 내가 말한 요점은 그 것이 아니라는 데 문제가 있는 것이다. 뻔뻔스런 늙은이 같으니라 고…….

잠시 기다리고 있자 밀리톤과 감사관 보좌 역을 맡고 있는 셀프런 남작이란 자가 식당 안으로 들어오는 것을 볼 수 있었다.

밀리톤은 식당에 도착하자마자 나를 보며 정중히 오른손을 가슴에 올리는 귀족의 예로 인사하고는 미소를 지으며 말했다.

"공작 각하께서 이렇게 저녁 초대를 해주시니 감사드립니다."

"내 영지에 온 손님이니 당연한 일이 아니겠소이까."

그의 인사에 형식적으로 답한 난 그들이 자리에 앉기를 기다리고는 손을 들어 보였고, 잠시 후 하인들이 은 쟁반 위로 에피타이저(식전에 입맛을 돋우는 음식)를 가져와 사람들 앞에 내려놓았다.

론 백작과 같은 자가 영지로 오는 경우도 있을 수 있기 때문에 영지 가 어느 정도 안정 궤도로 돌아선 후 난 하인들에게 정식으로 예절 교 육시키는 것을 잊지 않았기 때문에 그들의 동작에는 전혀 문제가 없었 다.

그 때문에 만족한 맘이 들었는데, 에피타이저를 본 순간 조금 놀랄 수밖에 없었다. 내 영지의 요리사라고 해봤자 서면의 유민 중에서 식 당을 해보았던 자를 데리고 와 고용했던 것이기 때문에 요리는 그저 그런 편에 속했었다.

그것이 내가 떠나기 전까지의 모습이었는데, 지금 나온 에피타이저 는 한눈에 봐도 일류 요리사가 했다고밖에는 볼 수 없을 정도로 모양 도 화려하고 맛 역시 일품이었다.

"음……."

에피타이저야 그저 한입거리밖에 되지 않는다고는 하지만, 밀리톤이나 셀프런의 표정을 보니 상당히 놀라는 것을 보면 솜씨가 장난이 아닌 것 같았다.

"알리샤."

"예."

그 탓에 난 가까이에 앉아 있는 알리샤에게 물어보았다.

"요리사가 바뀌었나?"

"후후후, 영주님께서 모르시면 누가 알겠어요?"

"응?"

그녀의 말에 난 영문을 알 수가 없었는데, 알리샤의 맞은편에 앉아 있던 이스페든이 갑자기 너털웃음을 짓더니 나를 보며 말했다.

"허허허, 이 늙은이 솜씨라오."

"……."

"주방에서 이스페든님이 직접 요리하신 것이랍니다. 처음 맛보고 어찌나 놀랍던지 저도 이스페든님께 요리를 배우고 싶을 정도예요."

새삼 이스페든의 능력에 다시 한 번 놀랄 수밖에 없었다.

"고민하지 말게, 공작. 한 달에 백 골드라면 전속 요리사가 되어주겠소. 이 늙은이도 먹고살아야 되지 않겠는가?"

"음……."

그 말에 난 갈등에 빠질 수밖에 없었다. 내가 아무리 먹는 것에 욕심이 없다고 하더라도 이것은 욕심의 차원을 넘어서 예술이기 때문이다.

또 그가 계속 내 성의 요리사를 한다고 하면 다른 요리사 역시 상당히 실력이 늘 것은 분명했기 때문에 그의 재수없고를 떠나 지금 상황에서 필요한 것은 사실이었다.

"오십 골드……."

"허허, 공작이나 되는 사람이 이렇게 짜서 어디다 쓰겠는가? 팍팍 써주게."

"칠십 골드……."

"허허, 칠십 골드면 알디하렌 특선 요리는 꿈도 꾸지 마시오."

"휴… 알았소. 백 골드를 드리지……."

역시나 난 지고 말았다. 알디하렌 특선 요리가 무엇인지는 모르겠지만 저 늙은이의 솜씨라면 어떤 것일지는 누구나 짐작할 수 있는 것이 아니겠는가?

이스페든과 월급에 대해서 싸움을 끝낸 후 고개를 들자 멀리 식탁의 저편에 있던 밀리톤과 셀프런의 표정이 묘하게 변해 있는 것을 볼 수 있었다.

"이런……."

하긴 공작이나 되는 귀족이 식탁에서 요리사와 월급 액수에 대한 거래를 하고 있으니 조금 황당하기도 하겠지. 쳇! 그렇다고 저런 멍한 얼굴을 하고 있는 것은 뭐야.

괜히 조금 창피한 기분도 들었다.

에피타이저가 끝난 후 양송이 수프가 나왔는데, 아무래도 난 이런 고리타분한 식사에는 조금 약한 기분이 들었다.

그냥 평소에 먹는 대로 먹었으면 하는 기분이 들었지만 감사관 녀석들이 뻔히 보고 있는 상황에서 격식이 떨어지는 모습을 보일 수 없는지라 그저 한숨밖에 나오지 않았다.

하지만 그럼에도 불구하고 이스페든이란 늙은이는 개가 밥 퍼먹듯

제멋대로 수프를 떠먹고 있었다.

"이스페든… 좀 더 예의를……."

"허허허… 늙은이가 조금 배가 고파서 그런 것을 어찌하겠소?"

저 빌어먹을 늙은이가 남의 영지 망신을 시켜도 유분수지… 큭…….

사실 조금 부럽긴 하다. 솔직히 이렇게 정식으로 식사 예절을 지키는 것은 나 역시 몇 번 되지 않기 때문이다. 이스페든 늙은이보다는 조금 격식있게 식사를 하기는 하지만, 지금처럼 딱딱 굳어 있는 모습은 아니지만서도…….

나야 어린 시절부터 간단한 식사가 기본이었으니 당연한 것이 아닌가? 몰락하는 공작가에서 태어난 덕이라고는 하지만. 휴…….

그런데 조금 의외인 것은 무한의 인내심을 발휘하고 있는 나에 비해 알리샤와 리안나는 전혀 문제없이 식사를 하고 있다는 것이다.

리안나야 아메로스 남작가의 영양이라 그렇다 쳐도 알리샤는 언제 저렇게 식사 예절을 배웠는지, 역시나 오랫동안 영지를 떠나 있었더니 변한 게 많긴 많구나 하는 생각이 들었다.

끈덕지게 인내심을 발휘하여 겨우 저녁 식사를 마친 난 후식을 끝으로 안도의 한숨을 쉬며 부드럽게라는 일념으로 민트 차를 마실 수 있었다.

모든 식사를 마치자 밀리톤은 자리에서 일어나서는 다시 한 번 예의를 차려 인사했다.

"그럼 저는 이만 물러가도록 하겠습니다. 공작 각하의 저녁 식사 초대, 감사했습니다."

"아… 알겠네."

손을 들어 가볍게 내가 인사를 받자 그는 보좌관과 함께 물러갔다. 그의 모습이 사라진 것을 확인한 후에야 난 안도의 한숨을 쉴 수 있었다.

"휴……."

"허허허, 공작은 저녁 식사조차 힘들게 하시는구려."

"……."

"이 늙은이도 잘 먹었으니 이만 물러가도록 하겠소이다. 아! 공작부인, 이 늙은이 잠자리나 좀 안내해 주시구려."

"예, 이스페든님."

이스페든의 말에 알리샤는 살짝 미소를 지으며 자리에 일어서니, 갑자기 울분이 터져 나오는 듯한 기분이 들었다.

알리샤야 예전부터 노인에게는 지극히 친절한 모습을 보이고 있다고는 하지만 저 재수없는 늙은이가 마치 제집 안방 드나들 듯이 행동하고 있는 것이 마음에 들 리 없었다.

하지만 엘프의 마을을 떠나올 때 엘라스트의 당부도 있었고, 그래도 한때는 한 나라의 재상이었던 자를 홀대할 수는 없는지라 눈물이 앞을 가릴 수밖에 없었다.

"그건 그렇고 저 늙은이 점점 말을 놓네? 으드득……."

정말 이럴 땐 공작이란 고작의 자리가 너무 싫어…….

원래는 저녁 식사 시간 동안 밀리톤의 의중을 떠볼 생각이었는데 이놈의 식사 예절과 재수없는 늙은이 때문에 나의 계획은 산산조각이 나고 만 것이다.

"죽어라!! 죽어라!! 죽어라!!"

오랜만에 영지의 연무장에 온 난 연습용 검을 휘두르며 스트레스 발산을 했다. 이스페든을 베어버려야 한다는 일념 아래 열심히 검을 수

런하고 있는데, 그때 뒤쪽에서 길게 한숨 소리가 들려왔다.

"응?"

고개를 돌리자 검을 들고 있는 엡실론의 모습을 볼 수 있었다.

"흠흠… 어서 오게, 엡실론."

"영주님, 검을 연습할 때 잡념이 섞이면 안 된다고 몇 번이나 이야기를 했습니까?"

"하하하……."

나로선 그저 헛웃음으로 때울 수밖에 없었다.

"실력이 많이 느신 듯한데, 대련을 해보시는 것이 어떻습니까?"

"오랜만에 자네와 대련이라. 좋지."

엡실론의 말에 고개를 끄덕인 난 검을 들어서는 기사의 예를 취한 후 자세를 잡았다. 역시나 소드 마스터인 엡실론의 자세에는 전혀 빈틈이란 것이 보이지 않았다.

"합!!"

하지만 빈틈이 없다면 그것을 만들어야 하는 일, 난 빠른 속도로 대시를 하여 검을 휘둘렀고, 날카로운 소리가 울리며 그의 검과 충돌했다.

"성급한 공격입니다. 대시를 들어올 때 허점이 많이 노출되는 것이 실전이었다면 카운트 어택을 당하실 수 있었을 것입니다."

"알겠네."

"검과 검이 이렇게 마주쳤을 때는 힘으로 대치하여 일단 적에게 밀리지 않는 것이 중요합니다. 하지만 상대의 힘이 자신보다 앞서고 있을 땐 그 힘을 흘리는 방법이 있습니다."

그와 함께 엡실론은 가볍게 손목을 움직여서는 검을 원을 그리듯이 옆으로 돌렸고, 그 순간 힘의 균형이 옆으로 쏠리면서 나의 검은 그의 검에 따라 회전하기 시작했다.

그리고 다음 순간 검이 옆으로 크게 치우쳐짐과 동시에 목 쪽으로 엡실론의 검이 다가왔다.

"이런 식으로 상대의 검을 옆으로 흘린 후에 드러난 허점을 공격하는 것입니다."

"음… 그렇군."

역시나 엡실론이었다. 그래도 소드 익스퍼트 중급에 달해 있었는데도 그와의 대련은 마치 어른과 어린아이의 싸움밖에 될 수 없었다.

"그동안 훈련을 소홀히 하시지 않았는지 검에 힘이 살아 있습니다. 하체 역시 안정되어 있으니 조금만 수련에 열중하신다면 크게 실력이 향상되실 듯합니다."

"고맙네."

"그런데… 그전에 해결해야 할 일이 있는 것 같군요."

"응?"

그의 말에 난 영문을 알 수가 없었는데, 그때 엡실론이 들고 있던 검을 한쪽을 향해 빠른 속도로 집어 던지고는 소리쳤다.

"누구냐!!"

검은 푸른색의 마나에 휩싸여서는 빠른 속도로 뻗어 나갔고, 잠시 후 연무대 근처에 있던 나무에 꽂히자 순간 누군가의 신음 소리가 들려왔다.

"큭!!"

놀랍게도 엡실론이 날린 검은 나무를 뚫고 들어가서는 뒤에 숨어 있던 녀석에게 상처를 입힌 것이다.

슈숙!!

신음 소리가 들림과 동시에 나무 뒤에 숨어 있던 자는 빠른 속도로 움직여서는 도주하기 시작했고, 엡실론은 연무대에 있던 검을 하나 들어서는 나를 보며 말했다.

"감사관의 첩자인 듯합니다. 제가 처리할 테니, 영주님께서는 안전한 곳으로 피하십시오."

역시나 감사관의 첩자가 나를 노리고 있었던 모양이다. 몸의 움직임으로 봐선 상당한 훈련을 받은 자라는 것을 알 수 있었기에 고개를 끄덕인 난 첩자를 쫓는 엡실론을 뒤로하고 성 쪽으로 뛰어갔다.

연무대를 벗어나 성 내부로 들어서며 두 병사의 모습을 확인한 난 급히 그들을 보며 말했다.

"성내로 감사관의 첩자가 들어온 듯하다. 슈펠트에게 연락해 성내를 수색하게 하라."

"알겠습니다."

내 명령에 고개를 끄덕인 병사를 보며 난 성 안으로 들어서려고 했는데, 그 순간 퍼뜩 한 가지 생각이 들었다.

"넌 누구지?"

"내성 경비대 3조 두르안입니다."

이들 병사 중 한 사람을 보며 누구냐고 물어보았는데, 녀석은 갑작스러운 질문에 당황하는 모습을 보이며 급히 자신의 소속과 이름을 밝혔다. 하지만 난 다시 한 번 녀석을 보며 물었다.

"누구냐고 물었다!"

"예? 내성 경비대……?"

소속을 밝혔는데도 다시 묻는 것에 영문을 알 수 없다는 표정을 하고 있는 두 사람이었다. 난 그 탓에 녀석들이 내 병사가 아니라는 것을 알 수 있었다. 아무래도 첩자 놈들이 나를 너무 우습게 보는 것 같았다.

"합!!"

그들에게서 다른 대답이 나오기도 전에 몸을 날린 난 그대로 검을 들어서는 한 병사의 복부를 향해 검을 내질렀다.

푸욱!!

"끄윽!!"

빠르게 검을 날린 덕에 검은 녀석의 복부를 헤집고 들어갔고, 나의 검에 당한 녀석은 피를 뿜으며 자리에서 쓰러졌다.

"젠장! 들켰나!!"

나머지 한 녀석은 동료가 죽는 것을 보고는 정체가 들켰다는 것을 깨닫곤 들고 있던 창을 들어서는 집어 던졌다.

왼발을 축으로 녀석이 던진 창을 피한 난 몸을 날려 녀석마저 쓰러뜨리려 했지만, 상당히 재빠른 녀석인지 이미 녀석은 멀리 도망가고 있었다.

"경비병!! 경비병!!"

도망치는 녀석을 보며 난 경비병을 불렀고, 잠시 후 십여 명의 경비병이 내가 있는 곳으로 달려왔다.

"영주님! 무슨 일이십니까!"

"넌 누구야?"

"예? 전 내성 경비대 5조 닐슨 부조장입니다."

"누구냐고!!"

"이드리샤 공작령 내성 경비대 5조 부조장 닐슨 에블런입니다!"

"내성 경비대로 변장한 첩자가 들어왔다. 넌 다른 녀석들과 함께 놈을 추적하고 한 녀석은 슈펠트에게 내성 경비대에 다른 첩자가 있을 수도 있으니 수색하라 전하라!"

"예."

만약의 경우를 위해 내성 경비대의 경우에는 한 가지 사항을 추가시킨 적이 있었다. 내성 경비대는 신분이 확실한 사람만을 추천하여 받아들이고는 있지만, 원래부터 조직된 지 오래되지 않아 실력이 크게 떨어지는 사람이 많은지라 영지가 발전하면 첩자가 들어올 수 있기 때문이다.

그 때문에 만약의 경우를 위해서 처음에는 조금 어설픈 관등 성명을, 두 번째는 정식 관등 성명을 대는 것으로 암호를 만들어놨다.

이러한 질문의 방식은 나와 슈펠트, 엡실론 모두 물어보는 경우가 다르기 때문에 내성 경비대 훈련을 받지 않은 자는 이 신분 확인 방법을 알 리가 없었고, 그 때문에 난 첩자가 내성 경비대로 숨어들어 온 것을 알 수 있었던 것이다.

다른 사람들이 보기에는 그저 상관이 병사들의 군기를 잡기 위해 다그치는 것으로 볼 수 있기 때문에 첩자 녀석들은 그런 것을 간과하고 그저 소속과 이름만을 알고 있었기에 나에게 정체를 들킨 것이다.

병사들을 도망친 첩자들을 추적하라 보낸 난 성안으로 들어가 집무실로 향했다. 분명 내성 경비대로 변장한 녀석이 있다면 내 집무실을 노리고 들어온 놈도 있으리라 생각했기 때문이다.

아니나 다를까, 집무실 안으로 들어가자 서류들이 엉망으로 늘어져 있는 것이 누군가 한바탕 쓸고 지나갔음을 알 수 있었다.

"빌어먹을!"

어질러진 집무실을 보며 난 미간을 찌푸렸는데, 물론 녀석들이 내 집무실에서 아무 소득도 올리지 못했을 것은 알고 있었기에 그리 실망하지는 않았다. 녀석들이 노릴 물건이 무엇인지는 알고 있었기 때문이다.

그때 집무실 문이 열리며 슈펠트와 견습 기사 네 명 정도가 안으로 들어와서는 나를 보며 소리쳤다.

"공작 각하!"

"슈펠트! 성으로 첩자가 숨어들어 오다니, 도대체 경비를 어떻게 한 건가!"

"죄송합니다."

나의 다그침에 내성 경비의 책임을 맡고 있는 슈펠트는 죄송스러운 표정으로 고개를 숙였고, 난 그를 보며 계속 말을 이었다.

"내성 경비로 변장했던 놈들 중 한 놈을 베었지만 나머지 한 놈은 도망갔고, 집무실에 있던 녀석 역시 어디론가 사라졌다. 아마 이 녀석은 성을 빠져나가지 못했을 것이니 샅샅이 수색해서 녀석을 찾아내도록 해라!"

"예!"

내 명령에 큰 소리로 대답한 슈펠트는 견습 기사들과 함께 사라졌고, 난 어질러진 집무실을 보며 한숨을 쉬고는 내 방으로 돌아가려고 했는데, 그때 등 뒤에서 차가운 기운이 느껴짐을 알 수 있었다.

"공작 각하, 잠시 실례를 해야겠군요."

"이런……."

어느 사이엔가 등 뒤로 다가선 놈이 단검을 등에 가져다 대고 있었다. 방심했다는 생각에 미간이 찌푸려졌다.

"네 녀석이 집무실을 엉망으로 만든 놈이군."

"죄송스럽게 됐습니다. 하나 아직 찾고자 하는 물건을 찾지 못했으니 공작 각하의 신세를 져야겠습니다."

"홍! 찾고 싶은 것이 무엇이냐?"

"비밀 금고까지 안내해 주셔야겠습니다."

"비밀 금고? 홍!"

녀석은 역시 내 방에서 그것을 찾고 있었던 것이다. 보통 귀족들은 중요한 물건은 자신의 저택이나 성의 비밀 금고에 숨겨놓기 때문이다.

하지만 애석하게도 그가 모르는 것이 하나 있었으니, 난 고개를 저으며 말했다.

"이거 미안하게 됐군. 본 성에는 비밀 금고가 없다."

"응?"

"내 성에는 비밀 금고 자체가 없단 말이야. 도대체 있어야 안내를 해줄 것 아닌가."

"그런? 그럼 장부는! 보석 교역에 관한 비밀 장부는 어딨지!!"

역시나 감사관의 첩자 녀석이었다. 하지만 이것을 어쩌나. 보석 교역에 관한 장부는 처음부터 내 영지에는 존재하지 않았다.

보석 밀무역의 장부가 있는 곳은 바로 내 거래처의 상대인 레트론의 드워프 상점이었기 때문이다.

유사 인종인 드워프들은 엘프들과 마찬가지로 거짓을 모르는 존재, 엘프가 진실의 종족이라고 한다면 드워프들은 자존심이 강한 종족이기에 인간을 상대로 보통 거짓을 말하지 않고 그것이 자신들의 손에서 만들어진 것이라면 더 더욱 거짓을 말하지 못한다.

그 때문에 난 구태여 장부 같은 것을 만들지 않고 드워프 노인장이

나에게 물품을 팔고 작성하는 녀석의 장부를 그대로 사용하고 있었고, 지금까지는 별문제가 없었기 때문에 내 성에 장부 같은 것을 만들 생각을 하지 않은 것이다.

"그 딴 것은 없다. 하지도 않은 보석 교역의 장부가 있을 것 같은가?"

"이런… 그런 식으로 나오면 섭섭하지요, 공작 각하."

하지만 녀석은 나의 말을 믿을 생각을 하지 않고 등 뒤에 가져간 단검에 힘을 주니 따끔한 통증이 밀려왔다.

미친놈! 없는 것을 없다고 하지 그럼 도대체 어떻게 하라고! 어찌해야 한목숨을 부지해 볼까 하는 생각에 고심할 때 난 과거의 기억이 생각났고, 그때의 창피했던 자신이 생각나자 노기가 터져 나왔다.

"하하하하!"

그런 생각에 절로 비웃음이 흘러나왔고, 내가 큰 소리로 웃음을 터뜨리자 협박하고 있던 녀석의 손이 흠칫하는 것을 느낄 수 있었다.

"물러가라! 그렇다면 목숨만은 살려주지."

"무슨 소리냐!"

"그런 단검으로 감히 아멘의 대공작인 나 이드리샤를 협박할 수 있다 생각한 것인가!!"

나의 갑작스러운 호통에 상대는 크게 놀란 듯했지만, 이내 안정을 되찾고는 차가운 목소리로 말했다.

"목숨이 아깝지 않으신가 보군요, 이드리샤 공작 각하."

목숨? 당연히 아깝지. 하지만 그것보다도 난 감히 아멘의 땅에서 공작의 신분을 지닌 나를 누군가가 협박하고 있다는 그 자체가 마음에 들지 않았다.

"하하하! 우습군. 아멘 건국가의 자손인 내가 그까짓 협박에 목숨을 구걸하리라 생각했더냐? 검을 치워라! 그리고 예를 취하라!"

녀석의 말에 큰 소리로 소리친 난 검을 찌르든 말든 그대로 뒤로 돌아서 녀석을 노려보았다. 하지만 이내 단검은 나의 등을 떠나 턱을 향해 빠른 속도로 밀려들어 왔다.

"이런… 내가 너무 상대를 얕보았던 것 같군."

턱 밑으로 단검을 겨누고 있는 복면인은 차가운 기운을 뿜고 있는 듯했다.

"흥!!"

마치 얼음덩이와 같은 모습의 상대였지만, 난 콧방귀를 뀌며 턱 쪽을 향하고 있는 녀석의 단검 날을 손으로 잡고는 말했다.

"무릎을 꿇고 예를 취해라! 네 녀석의 눈앞에 있는 본작은 대 아멘의 건국가 가주 이드리샤다!!"

"큭!!"

뜨거운 기운이 손을 자극하여 절로 미간이 찌푸려지고 붉은 피가 단검을 따라 흐르고 있었지만 난 녀석의 눈을 노려보며 위엄있는 목소리로 말했고, 순간 그의 눈동자가 흔들리는 것을 볼 수 있었다.

큭! 그런데 손바닥이 더럽게 아프군.

죽일 생각이 없으면 이 정도에서 좀 물러나 줬으면 하는 생각이 들었다.

근래 들어 너무 자주 부상을 입은 터라 이 정도는 이력이 났긴 했지만, 아픈 것 좋아하는 인간이 어디 있으랴?

고통보다 더 중요한 것이 있다면 바로 나 자신이 공작이라는 것이다. 나는 공작가의 자손임에도 불구하고 제대로 된 교육도 가문의 검술조차 익히지 못했다.

가장 낮은 작위인 남작가의 자손보다도 못한 처지로 살아가야 했던 나였지만, 어린 시절부터 이제는 세상에 없는 아버지나 어머니에게서 유일하게 배운 것이 있다면 내가 바로 건국가의 자손이라는 것이다.

아멘의 왕이 될 수 있음에도 그것을 거부한 것은 바로 무가의 자존심이었다.

내가 가장 존경하고 있는 아멘 왕국의 건국 공신인 알텐님은 아멘 왕국의 건국왕인 빌헬름의 수하들에게 죽임을 당할 위기에 처한 적이 있었다.

그때 빌헬름의 수하들 중 한 명이 알텐님께 아멘을 떠난다면 목숨은 살려주겠다는 말을 했지만, 알텐님은 수백 명에 이르는 자들이 자신의 목숨을 노리고 있음에도 물러서지 않았다고 한다.

그 싸움으로 두 다리가 잘려져 나가 더 이상 전장에 설 수는 없었지만 알텐님은 물러서지 않았고, 그 의기에 빌헬름의 수하들은 스스로 무릎을 꿇었다고 한다.

죽임을 당할망정 무가의 자손으로서 물러섬은 용서될 수 없다는 것이 라피나르 제국에 이어 아멘 왕국까지 이어진 전통 무가 가문인 이드리샤 가문인 것이다.

그런 알텐님의 의기를 어린 시절부터 들어왔던 나에게 물러선다는 것은 죽음보다 더한 치욕이었고, 어린 시절부터 목숨을 잃을망정 그 의기만은 잊지 않을 것이라 맹세해 왔었다.

그런 나에게 하찮은 첩자 따위가 감히 목숨을 담보로 협박하다니, 그저 헛웃음밖에 나오지 않았다. 도대체 본 가를, 이 이드리샤 가문의 현 가주인 나를 어찌 보고 협박을 한단 말인가?

웃기지도 않는 일이다.

무가의 자손은 때를 기다리며 물러서는 것은 용서되어도, 협박 아래 목숨을 구걸하는 것은 용서가 되지 않는다.

승패는 무가에 흔히 있을 수 있는 일이었지만, 한목숨 살기 위해 적에게 굴복한다는 것은 무가에선 존재할 수 없는 일이었다. 내가 녀석의 협박에 웃음을 터뜨린 것은 다크 데블 나이츠의 단장 앞에서 목숨을 구걸한 생각이 들었기 때문이다.

그때의 생각에 아직도 부끄러움이 사라지지 않았고, 나 자신에 대한 실망감을 그렇게나 강하게 느껴본 적이 없었기 때문이다.

그리고 다시는 어떠한 자가 나를 협박한다 해도 목숨을 구걸하는 행동을 하지 않으리라 다시 한 번 결심했었다.

"후후후후…… 이런, 아무래도 제가 진 것 같군요."

"응?"

그때 첩자 녀석이 스스로 패배를 인정하는 말을 내뱉었기에 난 조금 의외였다. 어리석은 녀석, 나 같으면 그대로 단검에 힘을 주어 내 목에 꽂아 넣었을 텐데, 아무래도 이놈은 첩자로서의 소양이 안 된 놈 같았다.

"플로렌 폰 나이다르 이드리샤 공작 각하, 소인은 이만 물러가도록 하겠습니다."

녀석은 내가 명령했던 대로 귀족에 대한 예를 취하고는 그대로 뒤로 몸을 날렸고, 놀랍게도 그 순간 그의 주위로 연기와 같은 것이 자욱하게 일렁이는가 싶더니 순식간에 나의 눈앞에서 모습을 감추었다.

"뭐야, 저놈은……."

어쨌든 죽지 않았다는 사실에 안도감이 들기는 했지만, 첩자 놈들이 내 성에서 활개 치고 돌아다닌다는 것이 마음에 들지 않았다.

도대체 성의 경비가 얼마나 허술하면 내 집무실까지 저런 잡것들이 돌아다닌단 말인가.

"공작 각하!!"

그때 집무실로 누군가가 황급히 소리치며 들어오는 것을 볼 수 있었는데, 바로 연무대에서 부상당한 첩자 녀석을 쫓던 엡실론이었다.

"이런!!"

엡실론은 안으로 들어오자마자 어질러진 집무실을 보고는 미간을 찌푸리며 중얼거렸기에 난 그를 보며 말했다.

"성의 경비가 너무 허술하군."

"죄송합니다, 공작 각하."

"방금 전까지 나를 협박하다 사라진 녀석이 있다. 경비를 강화하고 성내에 잠입해 있는 첩자들을 색출하라!"

"예."

그날 밤 성엔 대대적인 첩자들의 색출 작업이 시작됐다. 물론 발견된 첩자들은 단 한 명도 없었지만, 첩자들에 의해 죽임을 당한 자들은 열두 명 정도였기에 상당한 숫자가 성내로 들어섰음을 알 수 있었다.

놀라운 것은 첩자들에 의해 죽임을 당한 병사들은 죽은 지 족히 오일은 됐음에도 불구하고 오늘까지 멀쩡히 살아 있다고 알려져 있었으니 그들의 변장술이 얼마나 뛰어난지를 반증하고 있었다.

페이든의 휘하에 이 정도로 뛰어난 자들이 있다는 것을 안 나로선 쉽게 방심할 수 없다는 생각이 들었다.

다음날 나를 비롯한 영지의 수뇌부들이 모여 긴급 회의를 열었다.

열두 명 이상의 첩자들이 성내로 잠입해 있었으면서도 그것을 몰랐다는 것은 상당히 문제가 있는 일이기 때문이다.

"열두 명 이상의 첩자들이 잠입해 왔음에도 그것을 몰랐다는 것이 말이 되는가?"

"……."

나의 다그침에 엡실론을 비롯한 영지의 수뇌부들은 아무 말도 못하고 고개를 숙일 뿐이었다. 어제의 일로 내가 목숨을 위협당했다는 것이 얼마나 큰일인지 알고 있기 때문이다.

"페이든이 우리를 향해 손을 뻗은 이상 지금까지와 같은 나태한 생활은 용납될 수 없는 일이다. 내성 경비대를 강화하고 외성 경비대와 각 마을의 자경대에 명령해서 성으로 들어오는 외지인에 대한 신분 조회를 철저히 하도록 하라."

"예."

"슈펠트."

"예."

"내성 경비대의 숫자를 지금의 두 배로 늘린다. 물론 신원이 확실한 자들로 선별하고 외성 경비와 각 마을 자경대에 견습 기사 다섯 명씩을 파견하도록 하라."

"알겠습니다."

"엡실론."

"예."

"기사단의 훈련에 박차를 가해라. 적어도 일 년 안에는 견습 기사 중 백 명 이상을 정규 기사 수준으로 끌어올려야 할 것이다."

"알겠습니다."

성의 병력이 어느 정도 되기는 하지만, 페이든과 같은 자를 상대하기에는 역부족일 수밖에 없었다. 또 기사단의 경우에는 게리오스의 호위 기사단이 사라진 이후 정규 기사의 숫자가 턱없이 모자랐다.

현재 정규 기사의 숫자는 레빈의 용병단 출신과 뛰어난 성장을 보이고 있는 자들 중 삼십여 명 정도를 정규 기사로 임명하고 있었지만, 그들의 실력이 정규 기사에 달해 있는 것은 아니었기 때문에 기사단 강화는 반드시 필요한 것이다.

한 명의 정규 기사를 만드는 것이 그리 쉬운 것은 아니었다. 견습 기사라면 검술만 뛰어나면 상관이 없겠지만, 정규 기사는 전시에는 병사들을 지휘하는 지휘관의 역할을 겸임해야 하기 때문에 검술은 물론 전술도 능숙하게 익혀야 하니 일 년 안에 백 명의 정규 기사를 만드는 것은 거의 불가능에 가까운 일이었다.

하지만 엡실론이나 나나 시간이 없다는 것을 잘 알고 있기 때문에 일 년 안에 백 명은 못 되더라도 그에 버금가는 숫자의 정규 기사를 만들어야 함은 잘 알고 있었다.

"휴… 게리오스가 아니더라도 아무 마법사라도 있다면 좋을 텐데……."

만일 게리오스가 있다면 지금과도 같은 일은 쉽게 처리해 주었을 테지만, 그가 없는 이상 문제가 상당히 많았다.

특히 성의 마법사 문제가 그랬는데, 현재 내 영지의 마법사는 오직 필리아 한 사람뿐, 5서클 익스퍼트 수준의 흑마법사 필리아가 도움이 되기는 하지만, 네라드나 페이든을 상대로 하기에는 너무나 실력이 떨어지는 사람이었다.

내가 게리오스에 대해서 중얼거리자 그때 엡실론이 무슨 생각이 났는지 나를 보며 말했다.

"영주님, 그러고 보니 데리언 학파의 마법사라는 자에게서 서한이 왔었습니다."

"응? 데리언 학파?"

그 말에 놀란 표정을 지었는데, 데리언 학파는 바로 게리오스가 수장으로 있는 마법 학파였기 때문이다.

"집사! 집사!!"

"예, 영주님."

"데리언 학파의 마법사에게서 왔다는 서한을 가져오게."

"예."

여행을 끝마치고 오면서 피로한 감을 많이 느꼈기에 지금까지 나에게 온 서한 같은 것을 뒤져 본 적이 없어 난 집사에게 서한을 가져오라 지시했다.

지금으로선 한 명의 마법사라도 더 필요한 시점이었기 때문에 데리언 학파의 악명 높은 마법사라도 영지에 있었으면 하는 심정이었다.

잠시 후 집사가 가져온 서한을 받아 읽어본 난 조금 미소를 지을 수 있었다.

"무슨 내용입니까?"

"데리언 학파의 마나 사제 델포스란 자가 온다는군."

"델포스라면… 혹시 대륙 서쪽에 위치한 오스람 국에서 마법사의 신전을 만들었다는 사악한 마법사가 아닙니까?"

과거 게리오스에게서 데리언 학파의 마법사들에 대해 들었을 때 그들에 대해서 몇 가지 조사해 본 적이 있었다.

한 명, 한 명이 상당히 악명 높은 자들이었는데, 그중 마나 사제 델포스는 오스람 국에서 마나 신전이라는 마법사가 신전을 만드는 말도 안 되는 행각을 벌이고 있는 자였다.

하지만 오스람 국에서 마나 신전을 믿고 있는 신도들의 숫자는 수만 명에 이를 정도였기 때문에 델포스는 하나의 사이비 교주라고 해도 과 언이 아닌 자였다.

그런 이유로 오성신을 믿고 있는 각국에서는 델포스에게 입국 금지 령을 내렸는데, 그런 자가 내 영지로 온다니 엡실론이 놀라는 것은 당 연한 일이었다.

"그를 받아들여서는 안 됩니다. 그자는 오스람 국을 제외한다면 대 륙 전체에 입국 금지령이 내려져 있는 자입니다. 만약 그자가 본 영지 로 온다는 것이 알려진다면……."

"알고 있다. 신성 교단 측에서 상당히 반발을 하겠지. 아니, 그것을 꼬투리 잡아 네라드나 페이든 같은 자들이 본 영지를 침범할 수도 있 을 것이다."

델포스는 상당히 위험한 자였다. 다른 데리언 학파의 마법사인 진법 사나 연금사, 저주사 같은 자들보다는 실질적으로는 안전한 자이겠지 만 정치적으로 본다면 종교적인 문제가 포함되어 있고, 본국이 유일신 을 믿고 있는 왕국인 이상 사이비 교단의 중심에 있는 델포스라는 존 재는 상당히 위험할 수밖에 없는 것이다.

솔직히 정치적인 입장을 생각한다면 델포스 같은 자를 받아들이는 것은 바보 같은 짓일 수밖에 없지만, 난 일단은 그를 만나보고 결정하 기로 했다.

"일단 그를 만나보고 결정하도록 하겠다."

"하오나!"

“그자가 오스람에서 마나 신전을 만들었다고는 하지만, 지금까지 단 한 번도 그 신전의 교도들이 사이비 교회에 희생되었다는 말은 들어본 적이 없다. 용병 길드에 알아보니 오히려 마나 신전에 소속된 신도들은 오스람의 다른 오성신의 교도들에 비해서 윤택한 삶을 살고 있다고 하더군. 본 영주는 소문에 현혹되지 않고 직접 그를 만나 진실을 보고자 한다.”

“…알겠습니다.”

나의 강경한 발언에 수뇌들은 할 수 없다는 표정을 지으며 나의 의견을 받아들여야 했다.

“공작 각하, 각하와 함께 영지로 온 이스페든이란 자는 어떤 자입니까?”

“응? 그 늙은이가 무슨 일이라도 저질렀는가?”

“그것이 그자가 알리샤님께 한 가지 부탁을 했다고 합니다.”

“부탁?”

위현자 이스페든을 영지의 요리사로 받아들이기는 했지만, 워낙 사상이 불순한 자인지라 방심할 수 없다 생각했는데, 그가 알리샤에게 부탁했다는 그것이 무엇인지 궁금했다.

“예. 공작 각하께서 여행을 떠나신 이후로 알리샤님께서는 신전의 셀든 사제님과 함께 고아들을 가르치는 야학을 만드셨습니다.”

“음… 야학이라… 나쁘지 않군.”

알리샤가 이런 일을 행했다면 말리고 싶은 생각은 없었다. 영지의 공작 부인으로서 그녀에게도 그 정도의 권한이 있었기 때문이다.

“알리샤님께 그 말씀을 들은 이스페든이란 자가 야학을 운영하여 사람들을 직접 가르치겠다고 합니다.”

"뭣이?"

"알리샤님께 들어보니, 이스페든이란 자는 학식이 깊고 지혜로워 현자와 같은 사람이라 했고, 제가 직접 대화를 나누어보니 확실히 왕궁에서도 보기 어려울 정도로 학문이 뛰어난 사람이었습니다."

확실히 그는 현자이긴 했다. 문제는 위현자로 사상이 불순하다는 것이 문제였다. 하지만 사상 문제를 제외한다면 확실히 한 나라에서도 흔히 찾아볼 수 없는 학식의 소유자였으니 난 고개를 끄덕이고는 슈펠트를 보며 말했다.

"그자의 과거에 대해선 본작이 비밀에 부칠 것을 약속했기 때문에 말해 줄 수 없다. 하나 한 가지 말한다면 자네의 생각대로 그자는 현자라 불리어도 이상할 것이 없는 사람이니 후에 내가 직접 이 문제에 대해서 이야기를 나누도록 하겠다."

"알겠습니다."

그 밖의 자잘한 문제들은 모두 엡실론에게 맡긴 난 회의를 마치고는 알리샤를 찾아갔다.

성의 아이들을 가르치는 야학에 대해선 별문제가 없었지만, 거기에 이스페든이 끼어드는 것에는 당부해 두어야 할 것이 있었기 때문이다.

하녀들에게 물어 알리샤가 성의 서재에 있다는 것을 확인한 난 그곳으로 걸음을 옮겼는데, 아니나 다를까, 서재에서 알리샤와 리안나가 아이들과 함께 이스페든과 이야기 나누는 것을 볼 수 있었다.

"흠흠……."

서재로 들어선 내가 헛기침을 하자 그제야 내가 들어온 것을 안 알리샤와 리안나는 자리에서 일어났다.

"영주님, 어서 오십시오."

“차를 준비해 주시오.”

“예.”

리안나에게 차를 부탁한 난 서재에 있는 의자에 앉아서는 알리샤를 보며 물었다.

“성내에 고아들과 아이들에게 글을 가르치는 야학을 만들었다 들었다.”

“예.”

“그것은 공작가의 부인으로서 잘한 일이라 할 수 있으니 칭찬하고 싶구나.”

“송구스럽습니다, 영주님.”

나의 말에 그녀는 살짝 미소를 지으며 부끄러운 표정을 지었다. 역시나 나의 칭찬에 얼굴을 붉히며 부끄러워하는 알리샤는 진실로 아름다운 여인이었다.

하나 어쩔까. 옆에서 재수없게 웃음을 짓고 있는 이스페든을 보니 기분이 상하는 것을 말이다.

이상하게도 이스페든의 미소는 마치 나를 비웃는 느낌이 들었다.

“이스페든.”

“허허허, 무슨 일이오, 공작.”

“이야기를 들어보니, 자네가 야학에서 학문을 가르치고 싶어한다고 들었는데, 사실이오?”

“그렇소이다. 그래도 이 늙은이가 조금 아는 것이 있어 도움이 될까 하여 여기 계시는 공작 부인께 부탁한 것이외다.”

표정 하나 변하지 않으며 말하는 그를 보니 전에 내가 영지에서 함부로 설치지 말라고 했던 말은 잊은 듯 보였다.

엘프의 장로 엘라스트에게서 당부를 받은지라 뻔뻔스런 늙은이에게
해를 가할 순 없는 나로선 그저 한숨밖에 나오지 않았다.

"그래, 그들에게 어떤 것을 가르칠 생각이오?"

"허허, 그저 이 늙은이가 세상을 돌아다니며 얻은 몇 가지 지식을 가
르칠 것이니 공작은 너무 심려치 말게나."

"솔직히 마음에 들지 않지만 당신이 현자라는 것은 인정하고 있소.
다만 내 영지의 사람들에게 위현자로서의 가르침은 삼가주셨으면 하
오. 영지민에게 감당 못할 사상이 들어가는 것은 사양하고 싶으니 말
이오."

현재의 내 입장에선 이용할 수 있는 것은 최대한 이용해야 했다. 영
지를 관리하는 사람이 극도로 부족한 상황이기 때문에 현자의 가르침
을 받는 자가 있다면 나에게 이득이 되는 일이기도 했다.

"공작이 염려하는 것은 이 늙은이도 알고 있으니 걱정하지 말게나.
이제 과거의 일은 이 늙은이도 모두 잊었으니 말이야."

하지만 난 그 순간 이스페든의 표정이 잠시간 바뀌는 것을 볼 수 있
었다.

방금 뭐지? 분명 표정의 변화가 있었던 듯한데… 하지만 이스페든의
표정은 평상시와 같이 만면에 미소만이 가득해 있었다.

혹시나 착각이 아닐까 하는 생각이 들었는데 그때 알리샤가 이스페
든을 보며 미소를 지으며 말했다.

"역시나 이스페든님은 현자셨군요. 앞으로 많은 지도를 부탁드립니
다."

"허허허, 현자라는 말은 과분하지만, 이 늙은이 최선을 다하도록 하
겠네."

휴… 알리샤는 위현자라는 말을 들었음에도 불구하고 저러니 한숨이 나올 수밖에 없었다. 하긴 위현자라는 것이 누구를 칭하는지 알지 못하는 그녀로선 당연한 일이기는 했지만 말이다.

"공작 부인을 보니 예전에 세상을 떠난 마누라가 생각이 나는군. 마누라도 상당히 미인이었는데 말이야."

"별말씀을 다 하세요."

미인이라는 말에 살짝 미소를 짓는 그녀의 모습은 진실로 사랑스럽기 그지없었다. 뭐랄까, 남자가 보면 당장이라도 안아주고 싶은 미소라고나 할까? 그런 생각에 그녀가 나의 부인이라는 것이 상당히 기분 좋았는데, 문득 이스페든의 얼굴을 보니 약간 볼이 빨갛게 변한 것을 볼 수 있었다.

이 늙은이가 설마…….

물론 알리샤는 남자라면 누구나 사랑스럽다고 생각하는 여인이기는 했지만, 백 살도 넘은 늙은이가 아직 약관도 되지 않은 여인을 보며 얼굴을 붉히다니 세상 말세로군, 말세야.

"그럼 전 점심을 준비해야 하니 이만 일어서도록 하겠습니다."

알리샤가 살짝 미소를 지으며 말하고는 자리에서 일어나 서재를 빠져나가자 이스페든 역시 자리에서 일어나서는 나를 보며 말했다.

"이 늙은이도 요리사니 가봐야겠지? 허허허."

그는 너털웃음을 흘리며 일어서서 나의 옆을 지나다가 문득 무엇인가가 생각났는지 걸음을 멈추고는 나의 어깨를 치며 말했다.

"공작… 자네는 복받은 사람이야. 허허허."

"뭐야…….."

괜히 요리사로 임명한 것이 아닐까 하는 생각이 들었다. 아무래도 알리샤가 식사 준비하는 것을 막아야 할 것 같다는 생각이다. 저 늙은 이가 어여쁜 알리샤에게 뭔 짓을 저지를 것 같은 분위기가 느껴졌기 때문이다.

하긴 공작 부인이나 되는 사람이 식사를 준비한다는 것부터가 문제 이긴 했지만, 그녀가 한사코 나의 식사는 자신이 직접 준비하고 싶다고 말했었기 때문에 지금까지 허락하고 있었던 것이다.

"그건 그렇고 저 늙은이!! 은근히 기회를 봐서 말을 놓잖아!! 저것도 레빈하고 같은 부류 아니야!!"

리안나가 준비해 준 차를 마시며 잠시간 서재에서 시간을 보낸 난 그녀와 함께 세상 모르고 잠을 자고 있는 자식 놈들을 잠시간 구경하 고는 집무실로 향했다.

오랫동안 자리를 비운 탓에 집무실에는 해결해야 할 서류들이 잔뜩 쌓여 있어 그저 한숨밖에 나오지 않았다.

"아! 게리오스의 빈자리가 이렇게 크다니……."

게리오스가 있었다면 그에게 맡길 일이지만, 애석하게도 그는 멀리 알디하렌의 땅으로 떠나 있었으니 눈물이 앞을 가린다.

선우드 자작과 데니언 남작의 격파로 인하여 영지는 크게 늘어나 있 었다. 하지만 갑작스럽게 늘어난 영지가 달가울 수 없는 이유는 자산 을 모두 휩쓸고 도주한 놈 때문에 영지 문제가 장난이 아니기 때문이 다.

본국의 보석 매매를 장악하고 있었던 선우드가 떠난 시점에서 현재 본국의 보석 가격은 천정부지로 치솟고 있었다.

아멘 왕국에서 보석이 생산되지 않는 것은 아니지만, 최상급의 보석

산지는 알디하렌뿐이기 때문에 주요 공급선이 끊어진 상태에서 당연한 일이었다.

보석은 단순히 장식용으로 쓰이는 것만이 아니라 마법사들의 주요 마법 재료로도 쓰이고 있는 탓에 매년 상당한 양의 보석 공급이 불가피한 것이 사실이다.

하지만 내가 가지고 있는 보석은 장식용만으로 가공된 것을 서먼 왕국의 드워프에게서 사들이고 있는 탓에 마법사들의 연구 재료 공급에는 상당히 문제가 있었다.

마법사들은 가공된 보석도 원하기는 하지만, 그거보다는 원석 자체를 구하기 때문이다.

서먼의 드워프는 가공한 보석 이외에는 원석 자체를 팔지 않기 때문에 원석 공급원 자체가 없다는 것이 문제였다.

"음… 역시나 제국에 거래선을 터야 하겠는데……."

솔직히 제국에 거래선을 트는 것은 그리 어려운 일은 아닐 것이다. 이미 삼황자 쪽과 선이 있는 데다가 게리오스에게 편지를 보내 보석 공급을 부탁하는 것도 나쁘지 않을 것이고, 그의 도움을 얻는다면 드워프들과 연이 있는 육황자와도 연을 맺을 수 있을 것이다.

하지만 문제는 나의 신분에 있다.

아멘과 알디하렌은 건국 시기부터 앙숙이라 할 수 있는 존재였다. 물과 기름이라고 할까? 서로 섞일 수 없는 나라가 바로 아멘과 알디하렌이다.

선우드야 자작 정도의 신분인 탓에 알디하렌에서 보석을 공급받을 수 있었고, 본국에서도 지속적인 보석 공급이 필요한 탓에 그리 제재가 가해지지 않았지만, 아멘 삼대공작 중 한 사람인 내가 숙적인 알디하렌과의 교역에 가담한다는 것은 여러 가지 문제가 있었다.

자칫 잘못하면 본국의 역적으로 몰릴 수도 있는 상황이기 때문이다.

"그렇다고 한다면 역시나 서먼을 중계점으로 하여 원석 공급을 할 수밖에 없겠군……."

레빈이 있는 알펜 성은 너무 거리가 멀기 때문에 중계점으로 좋은 곳이 아니다. 그렇다고 한다면 남은 곳은 레트론뿐이었다.

"휴… 어쩔 수 없지. 재수없는 요슨 늙은이가 싫기는 하지만 중계 거점으로 가장 좋은 곳이니 원석 공급도 그곳을 통해 이루는 것이 좋겠군."

상황이 이렇게 되고 보니, 자식 놈 중 한 녀석도 레트론의 성전으로 가야 하는 만큼 지금부터 터를 닦아놓는 것도 나쁘지 않다는 생각이 들었다.

매년 약간의 헌금을 레트론의 성전에 기부한다면 요슨 늙은이의 잔소리도 조금 줄어들겠지.

대충 원석 공급의 문제를 해결하고 다음 서류를 보자 알리샤의 이름으로 신전의 기부금을 늘려달라는 요청이 있었다.

자세한 내용은 고아들은 물론 영지의 어린아이들까지 글을 가르치다 보니 장소가 너무 협소하고 여러 가지 교재와 같은 부가적인 것들이 부족하다는 이야기이니 기부금 좀 늘려달라는 소리였다.

"휴… 공작 부인으로서의 가치관 문제인가? 그 정도의 자금이라면 자신이 직접 운용해도 내가 뭐라 하지 않을 텐데, 어쨌든 알리샤가 처음으로 직접 나서는 일이니 최대한 지원을 해주어야겠군."

아직 자신이 공작 부인이라는 자각심이 없는 알리샤 때문에 한숨이 나왔다. 대공작가의 첫 번째 마나님이라는 것은 단순히 직함뿐이 아니었다. 영지의 제2실세라고도 할 수 있는 사람인데, 워낙 신분이 천한 계집이었다 보니 아직까지도 자신의 신분에 대한 자각이 없다는 것이 문제였다.

신전 기부금 정도야 공작 부인의 직함 하나로도 간단히 넘어갈 수 있는 문제인데, 그것이 아니더라도 나에게 직접 부탁을 해도 들어줄 수 있는 문제인데… 생각한다고 하는 것이 분명하겠지만 이래선 곤란했다.

앞으로 영지가 발전해 중앙으로 진출하게 되면 그녀의 이런 성격 때문에 사교계에서 그리 환영받지 못할 것이 분명했다.

적어도 아멘의 사교계는 만만한 곳이 아니기 때문이다. 그러고 보면 지금 사교계에서 한참 날리고 있는 리안나의 동생인 시미온은 타고났다고밖에 말할 수가 없었다.

그 후로도 쌓여 있는 업무를 끝낸 난 점심 식사를 하기 위해 성의 식당으로 향하고 있었는데, 그때 슈펠트가 오고 있는 것을 볼 수 있었다.

"영주님께 인사드립니다."

"그래, 무슨 일인가?"

슈펠트가 집무실 쪽으로 오고 있다는 것은 나에게 볼일이 있다는 것이기에 이유를 물어보았다.

"중앙에서 온 감사관인 밀리톤 자작이 감사를 끝냈다고 합니다."

"응?"

그들이 온 지 그리 많은 시간이 흐르지 않았다는 것을 아는 나로선 의외라는 생각이 들었지만, 사실상 연금 상태에 빠졌으니 갑갑하기도 하겠지라는 생각도 들었다.

어차피 공작가에서 감사를 한다는 것 자체가 문제였으니 당연한 일이라고 할 수 있지만 말이다.

"보내줘라. 녀석을 계속 잡고 있어봤자 득 되는 일도 없으니까."

"알겠습니다."

나의 말에 고개를 숙이며 인사하고는 물러나는 슈펠트였다. 마음 같아서는 녀석들에게 감히 내 영지에 감사를 온 대가로 약간의 피의 송별식을 베풀어주고 싶은 마음도 없지는 않았다.

하지만 중앙에서 온 감사관이 내 영지에서 죽게 된다면 당연히 문제가 생길 것이 분명하기 때문에 아직 네라드나 페이든에게 대적할 힘이 없는 상태에선 그냥 보내줄 수밖에 없었다.

삼황자에게 약속받았던 정병 5만이 내 영지에 흡수된다면 감사관 정도야 목을 베어도 상관이 없기는 하지만, 아직까지 내 영지의 병력이 적은 상황에서 모험을 하고 싶은 생각은 없었다.

그리고 네라드와 페이든에게 대적하기에 앞서 난 다른 한 녀석을 먼저 처리할 생각이다. 바로 아멘의 북방 정규군의 수장인 론 백작.

북방 정규군의 숫자는 대략 3만 명 정도, 내 영지는 선우드와 데니언의 영지를 흡수함으로써 영지민만 25만 명이 넘었지만 자금 문제 등 여러 가지 문제 때문에 아직 병력은 1만을 넘지 못하고 있었다.

엡실론과 슈펠트를 중심으로 한 기사단은 정규 기사 오십 명에 견습 기사 삼백 명, 영지 경비병의 숫자는 3천 명에 자경대의 숫자는 5천 명 정도였다.

그 때문에 론 백작에게 다소 눌려 살 수밖에 없지만, 삼황자가 약속한 정병 5만이 오게 된다면 상황은 역전될 수밖에 없었다.

네라드나 페이든은 사방군단 중에서 각기 하나 정도를 자신의 세력으로 하고 있는 상황에서 나에게 남은 것은 론 백작의 노턴 코프뿐이니, 가장 허접한 군단이지만 그것을 내 것으로 해야 북부의 세력을 나의 것으로 할 수 있었다.

드래곤 산맥이라는 천혜의 방어벽 덕분에 북방의 땅은 아멘에서도 가장 척박한 땅 중의 하나였다. 그 탓에 네라드나 페이튼의 관심이 적고, 우리 가문이 유배된 이유도 이러한 척박한 땅이 가장 큰 이유라 할 수 있었다.

척박한 땅이라 할지라도 북부의 땅을 내 세력으로 할 수 있다면 나로서는 상당한 힘이 될 것은 분명했지만, 애석하게도 북부의 패주는 내가 아닌 론 백작이니 그를 제거해야 하는 것이 당연한 일이다.

하지만 노턴 코프의 정규 병력이 3만이라 할지라도 그를 돕고 있는 북부의 귀족들이 있기 때문에 실제 병력은 그것보다 두세 배는 많다고 볼 수 있었다.

남은 것은 속전속결이었다. 물론 그전에 론 백작을 치는 데 필요한 명분 정도는 얻어야 하지만, 전형적인 타락 귀족인 론 백작이라 그 정도의 명분 찾기는 그리 어려운 일이 아니다.

"응?"

그런데 내가 왜 이런 곳에 있는 거지? 분명 점심을 먹기 위해 식당으로 향하고 있었던 것 같은데?

내 머리를 대신할 게리오스가 없다 보니 영지 문제 때문에 상념에 빠질 때가 많은 듯했다.

지금까지는 게리오스 덕분에 골치를 썩는 일이 거의 드물었는데 말이다. 휴…….

현재 내가 서 있는 곳은 성의 서쪽 탑의 꼭대기였다. 도대체 성의 삼층에 위치한 집무실에서 여기까지 올라올 정도로 정신이 없었다니. 이

왕 여기까지 올라왔으니 경치 구경이나 해야겠다는 생각에 탑의 가장
자리에 자리를 잡고 앉아서는 성을 내려다보았다.

그러고 보니 지금까지 이렇게 내 영지의 경치를 살펴본 적이 없었다
는 생각이 들었다. 적황색의 척박한 땅 때문에 울긋불긋한 모습이 그
리 좋은 경치는 아니지만, 이곳이 내 영지라는 것은 틀림없는 일이었
다.

"아무리 내 영지라고는 해도 정말 볼품없군."

이런 영지이니 그냥 될 대로 되라 한 것이겠지. 온통 푸르르거나 황
금색 들판이었으면 오죽 좋았겠는가? 그럼 나도 힘있게 살았을 텐데
말이다.

"영주님, 여기 계셨습니까?"

"응? 알리샤?"

"식사 시간인데 오시지 않아 찾아보았더니 영주님이 서쪽 탑에 오르
셨다고 해서요."

"뭐, 일이 그렇게 되었다. 자, 이리 와서 내 옆에 앉도록 하거라."

"예."

점심 시간이 되어서도 내가 오지 않아 걱정되어 찾아온 그녀의 밝게
미소 짓는 모습을 보자 난 그녀를 옆에 앉히곤 말했다.

"정말 볼품없지 않나? 내 영지가 말이야."

"그래도 영주님의 영지인걸요. 그리고 제가 살아온 고향이고요."

"그렇게 생각하면 신기할 뿐이다. 이렇게 척박한 땅의 힘없는 영주
에서 지금에까지 이르렀으니 말이야. 그런데 그것을 아는가? 나의 시
작은 바로 알리샤 너와 함께였다는 것을?"

"모두가 영주님의 영명하심 때문이지요."

"당연한 말이지. 나의 뛰어남이 아니면 어떻게 이렇게 영지가 발전할 수 있겠느냐. 하지만 난 십수만의 병사나 거대한 영지를 두고 알리샤냐 그것이냐를 선택하라고 한다면 너를 선택할 것이다. 그것들은 나의 힘으로 충분히 얻어낼 수 있는 것이지만, 나에게 끝없는 운과 애정을 줄 수 있는 사람은 너뿐이니까 말이야."

"영주님……."

사탕발림 말에 감격한 알리샤는 조심스럽게 나의 품에 몸을 기대왔다. 귀여운 것. 그건 그렇다 치고, 내가 이렇게 말을 잘했었나?

제 2 5 장 전설의 시작

　중앙에서 온 감사관이 떠난 지 한 달, 영지는 순조롭게 흘러가고 있었다. 션우드와 데니언의 영지를 흡수함으로써 생긴 엄청난 영지민의 숫자는 내가 영지를 나가 있는 사이에 늘어나 거의 28만에 이를 정도였다.

　이것은 서먼에서 유민들이 끊임없이 내 영지로 들어오고 있기 때문에 당연한 결과였다. 또한 엡실론과 슈펠트를 중심으로 영지의 병력을 증강시키는 데 주력했기 때문에 한 달 동안 자경대의 숫자는 2만 이상으로 늘어나 이제는 노턴 코프와 겨룬다고 해도 전력상으로 크게 밀리지는 않을 것이다.

　아멘 북부의 패자인 론 백작에게 유일하게 대결할 수 있는 사람은 바로 나라고 할까? 아직 모자라기는 하지만 삼황자가 약속한 5만의 정병이 영지로 들어온다면 본격적인 북부의 패권을 장악하기 위한 싸움이 시작될 것이다.

하지만 내가 영지에 도착하면 보내주겠다던 삼황자의 병력은 이상하게도 도착할 생각을 하지 않고 있었기에 조금 답답한 기분이 들 수밖에 없었는데, 그것은 내 영지로 셔먼의 유민 1만 명이 들어오면서 그 이유를 알 수 있었다.

그날 역시 집무실에서 점점 늘어나는 셔먼의 유민들을 위한 처우 대책을 논의하고 있었다.

"근 한 달 만에 유민의 숫자가 2만 이상 늘어났습니다. 이렇게 급속도로 유민의 숫자가 늘어난다면 영지의 재정으로 도저히 감당할 수 없을 것입니다."

"음……."

엡실론의 말에 나로서는 조금 난감한 생각이 들었다. 확실히 한 달만에 2만의 숫자가 늘어났다고 하는 것은 조금 무리가 있는 일이기 때문이다.

자애의 여신 신전과의 협약을 통해 유민들을 막지 않고 계속 받아들이고는 있지만, 이렇게 가다가는 그것으로 인해 영지 자체가 몰락할 우려가 있었다.

"그런데 조금 이상하군. 내가 돌아올 때까지만 해도 기껏해야 1만 정도밖에 늘어나지 않았던 영지민의 숫자가 왜 갑자기 2만 이상이 늘어난 거지? 그동안 꾸준히 셔먼의 유민을 받아들였음에도 이렇게 숫자가 갑자기 늘어난 일은 없었지 않은가?"

나로선 갑자기 셔먼의 유민들 숫자가 늘어난 것이 이상할 수밖에 없었다. 물론 내전으로 인하여 발생되는 셔먼의 유민들 숫자는 수십만을 넘어서고 있지만, 그들 모두가 내 영지로 들어오는 것이 아니기 때문이다.

아무리 유민이라 할지라도 제 나라를 떠나고 싶은 자들은 많지 않았기 때문에 근처 평화로운 영지로 분산되는 것이 보통이고, 그중 그곳에서도 제대로 살지 못하는 자들이 자애의 여신의 신전으로 가서 내 영지로 흡수되기 때문이다.

"기사 한 명을 이번에 오게 될 유민에게 보냈으니 곧 내전의 상황을 알 수 있을 것입니다."

유민이 늘어난 것에 대한 이유 중 가장 가능성이 높은 것은 내전의 심화였다. 지금까지는 왕당파나 귀족파 모두 내전이 전면전으로 확장되는 것을 두려워한 나머지 국지전에 국한시키고 있었는데, 만약 이것이 전면적으로 바뀌었다면 유민들의 숫자가 많아지는 것도 이해할 수 있는 일이었다.

덜컹!

그때 집무실 안으로 기사 한 명이 들어와서는 엡실론에게 무엇인가를 이야기했고, 엡실론의 표정이 크게 바뀌는 것을 볼 수 있었다.

"무슨 일인가?"

"공작 각하, 아무래도 서면의 내전이 전면전의 양상으로 바뀐 것 같습니다."

"역시……."

엡실론의 말에 역시나 예상했었던 사태가 벌어졌다는 생각에 크게 놀라지는 않았지만, 전면전으로 내전이 확산됐다고 한다면 앞으로 내 영지로 들어올 유민들의 숫자는 홍수처럼 불어날 것이 분명한 일이었다.

또 가장 큰 문제는 알펜 성에 있는 레빈과 성지 레트론이다.

알펜 성은 서면에 있는 내 영지라고 해도 과언이 아니기에 그곳을 뺏기게 된다면 서면에서의 내 힘을 잃는다는 것이고, 레트론은 보석 교역의 중심 지점이기 때문에 그곳이 귀족파에 들어간다면 내 영지의 재정은 거의 동결되다시피 할 수밖에 없었다.

아직 확실하게 서면 내전의 양상을 알 수 없었기 때문에 일단 회의는 다음날로 미루고 엡실론과 슈펠트는 이번에 들어온 서면의 유민들을 중심으로 정보를 입수하기 시작했다.

또 알리샤와 친분이 있는 민체스터 학파의 수장 빌 포우의 도움을 얻어 통신 구슬을 통해 서면 내전의 상황을 입수하는 데 전력을 기울였기에 간신히 다음날 서면 내전의 상황을 어느 정도 알아볼 수 있었다.

회의장에 사람들이 모이자 엡실론은 자리에서 일어나서는 서면의 전략 지도를 펼치고는 현 상황을 설명하기 시작했다.

"가장 먼저 공작 각하의 장인이신 레빈 백작님의 알펜 성 상황을 설명하겠습니다. 현재 내전이 전면전으로 본격화되면서 그 불씨는 지금까지 조용했던 서면의 북서부까지 확장됐습니다. 민체스터 학파의 마법사들에게서 얻은 정보에 따르면 알펜 성은 현재 남쪽의 일루이드 백작과 프렌스 자작의 연합군과 대치하고 있습니다. 자세한 병력은 알 수 없지만 압도적으로 연합군의 병력이 우위를 차지하고 있다고 합니다. 다행히 주변에 중립을 표방한 귀족들이 위기를 느껴 레빈 백작님을 돕고는 있지만 그다지 큰 도움은 되지 못할 것입니다."

"음… 레트론의 상황은?"

"레트론은 신성 도시 체제를 유지하고 있고, 다행히 요슨 성자님의 존재로 인하여 각지에서 민병대들이 모여 방어 체제를 이루고 있지만 상황은 그리 좋지 않은 듯합니다. 유민들에게 얻은 정보를 통해 알아본 결과 민병대의 숫자는 대략 1만 정도, 레트론의 기존 병력과 합친다면 총 1만 3천 정도의 병력이 주둔하고 있다고 합니다.”

“적의 병력은?”

“현재 레트론을 노리고 있는 자들은 귀족파의 크리민스 남작입니다. 영지 자체는 크지 않고 실제적인 영지의 병력 역시 3,000 정도에 지나지 않지만 문제는 그의 뒤로 귀족파의 헤르멘 백작이 버티고 있다는 것입니다. 들리는 말에 의하면 헤르멘은 레트론을 지키기 위해 움직이는 왕당파의 비먼 자작의 1만 병력을 차단하고 크리민스에게 약 5,000 정도의 원병을 보냈다고 합니다.”

그 말에 조금 미간이 찌푸려졌다. 민병대라는 존재는 그저 이름뿐이지 농사나 짓던 자애의 여신의 신도들이 모여 만든 병력에 불과하다. 그런 자들이 삼류병사들에게도 당하지 못할 것은 분명하니 크리민스와 헤르멘 백작의 병력 8,000을 막는다는 것은 어려운 일일 수밖에 없었다.

또 레트론은 다른 도시와는 달리 남쪽 일부분에 성벽이 없다는 것이 큰 문제였다. 이것은 신성 도시가 갖는 지리적 특성 때문인 탓도 있었으니 만약 8,000의 병력이 성벽이 없는 남쪽을 노리고 들어온다면 레트론의 함락은 시간문제라고 할 수 있다.

왕당파나 귀족파나 레트론의 함락은 큰 의의를 지니고 있었다.

유일신을 믿고 있는 서먼에서 성지로서 제대로 된 역할을 할 수 있는 곳이 유일하게 중립권에 위치한 레트론이기 때문이다.

귀족파가 속한 곳의 성지가 한 곳, 그리고 왕당파의 중심지라는 왕도에 한 곳, 이렇게 세 곳에 성지가 있는 현 상황에서 귀족파가 레트론을 손에 넣는다면 신성이란 이름을 등에 업을 수 있다는 것이다.

또 한 가지 의의를 든다면 바로 요슨 성자였는데, 재수없는 늙은이라는 나의 생각과는 달리 서먼의 국민들 사이에선 상당한 지지를 받고 있어, 차대 교황 물망에 오른 자이기도 했다.

예전에 보았던 자애의 여신의 강림을 생각해 보더라도 그가 얼마나 신에게도 사랑을 받고 있는 사람인지 증명하고 있으니 귀족파의 입장에선 차대 교황을 자신의 세력권 안에 둔다면 내전을 유리하게 이끌 수 있는 것이다.

자애의 여신의 교황은 이런 이유로 요슨 성자를 중립지라고 할 수 있는 레트론에 보낸 것이니 확실히 그의 존재는 상당히 중요하다 할 수 있었다.

"마치 약속이라도 한 듯 귀족파의 귀족들이 일시에 왕당파의 귀족들에게 공세를 취했다고 합니다."

"음… 알디하렌의 황위 계승도 많은 관련이 있겠군."

"그렇습니다. 일단 칠황자 기론테우스에게 황위가 돌아간 이상 이황자나 오황자로선 서먼의 힘이 반드시 필요한 상황이니까요."

나의 입장을 말하자면 이황자건 오황자건 서먼을 장악하는 것은 바라지 않는다는 것이다. 그저 지금의 대치 상황을 그대로 유지하는 것이 나에게는 이득이었다.

"셸든 사제의 생각은 어떻소?"

"…개인적인 생각을 바라신다면 저의 입장에선 영주님께서 레트론에 원군을 파견해 주시기를 바랍니다."

자애의 여신의 신전의 입장은 이번 내전에서 중립을 유지하는 것이라 들었다. 하지만 전쟁이라고 하는 것은 마음대로 풀리는 것이 아니기에 자연히 어느 한쪽으로 힘이 실릴 수밖에 없는 게 현실이었다.

하지만 레트론만 어떻게 중립으로 유지할 수 있다면 중립을 지키는 것도 그리 어려운 일이 아니었으니, 한참을 생각에 잠겼던 난 고개를 끄덕이며 말했다.

"레트론에 원군을 보낸다."

"영주님!"

하지만 이런 나의 의견에 엡실론은 반대하며 소리쳤다.

"위험한 일입니다. 물론 5,000 정도의 병력이야 어떻게든 끌어내어 레트론에 원군을 보낼 수는 있겠지만, 이 일이 자칫 네라드나 페이든의 귀에 들어간다면 영주님이 위험해질 수도 있는 일입니다."

엡실론의 말도 틀린 말은 아니다. 그의 말대로 국제 정세 때문인지 아멘은 서면의 침공에 회의적인 사람들이 많았고, 그중 대표적인 인물이 네라드와 페이든 공작이다.

만일 삼공작 중의 한 사람인 내가 레트론을 돕기 위해 원군을 보냈다는 것이 그들의 귀에 들어간다면 자칫 심하면 역모죄로까지 몰릴 수도 있는 일이기 때문이다.

하지만 가만히 앉아서 얻을 수 있는 것은 없다는 것을 아는 난 레트론의 원군을 포기할 생각은 없었다.

"물론 레트론에 원군을 보내는 것이 큰 모험이라는 것은 나 역시 알고 있는 일이다. 하나 만약 귀족파의 손에서 레트론을 지키게 된다면, 아니, 레트론 자체를 손에 넣은 후를 생각해 보았는가?"

"예? 설마… 영주님께선……."

"그래. 서면에 내 세력을 만들 생각이다."

내 말이 끝나자마자 집무실에 있던 엡실론과 슈펠트, 그리고 빌은 크게 놀라는 표정을 지었고, 난 서먼의 전략 지도를 가리키며 말했다.

"본 영지와 가장 가까운 곳에 위치한 중립 지역은 레트론이다. 레트론이 영지의 주 수입원인 보석 무역의 중심지라는 것은 잘 알고 있을 것이라 생각한다."

내 말에 고개를 끄덕이는 그들을 본 난 알펜 성을 가리키며 말했다.

"본작의 장인인 레빈 백작이 알펜 성에 거점을 두고 있지만, 본 영지와 거리가 상당히 떨어져 있기 때문에 솔직히 서먼에서 그의 원조를 받는다는 것은 불가능에 가까운 일이지. 하지만 이렇게 하면 어찌 될까?"

그렇게 말한 난 레트론과 알펜 성의 중간에 위치한 서먼의 중요 거점 중 하나인 필로드 성을 가리키며 말했다.

"레트론을 손에 넣고, 레빈 백작이 알펜 성의 거점을 지켜내고 일루이드와 프렌스를 처리한다면 그 힘을 모아 필로드 성을 내 것으로 할 예정이다. 그렇게 되면 본 영지를 시작으로 우리 쪽과 친분이 있는 민체스터 학파가 있는 중립 세력 크레멘까지 이어지는 서먼 북동부까지 길게 이어지는 하나의 전략 노선을 손에 넣게 되는 것이다."

"아!"

이드리샤 영지, 레트론, 필로드, 알펜, 크레멘, 이렇게 이어지는 다섯 개 거점을 중심으로 한 서먼 남서에서 북동으로 이어지는 긴 전략 노선. 만약 그것이 이루어진다면 보석 무역에 필요한 알디하렌의 원석 수입도 원활하게 될 뿐 아니라 제국 측의 동맹 세력이라고 할 수 있는 게리오스나 삼황자와의 연계 체계도 확실하게 굳어지게 되는 것이다.

그리고 또 이것이 이루어진다면 단순히 본국의 제1공작으로서의 위치를 얻는 것뿐 아니라 잘만 한다면 한 나라의 패왕이 되는 것도 어렵지 않은 일이다.

“하오나 영주님께서 말씀하시는 것은 이루어질 수 없는 일입니다.”

“병력 문제 말인가?”

“그렇습니다. 알펜 성의 병력은 둘째 치고라도 본 영지의 병력은 겨우 1만을 넘는 형편인데, 레트론을 손에 넣는다 하더라도 필로드까지의 긴 영역을 고작 1만도 되지 않는 병력으로 손에 넣는다는 것은 불가능에 가까운 일입니다.”

확실히 서면의 땅이 좁은 것도 아니기에 내 영지의 병력이 알디하렌의 제1기사단과 맞먹는 힘을 가지고 있다 하더라도 힘든 일이었다.

하나 나에겐 약속된 또 다른 병력이 있었다.

“만약 본 영지의 병력 외에도 5만의 추가 병력을 손에 넣을 수 있다면?”

“예?”

“5만의 병력이 더 있어도 불가능한 일인가?”

삼황자가 약속했던 5만의 정병, 만일 그것을 손에 넣는다면 내가 생각한 계획도 그리 가능성이 떨어지는 것은 아니다.

“하지만 5만의 병력이 더 있다고 하더라도 불가능한 일입니다.”

“청록의 숲, 5만의 병력 외에 청록의 숲의 힘을 얻어도 불가능하다 할 텐가?”

“……!!”

삼황자의 병력 외에도 내가 생각하고 있는 또 하나의 원군은 바로 라피나르 제국의 잔당이자 알디하렌 제국의 반란 집단인 청록의 숲이었다.

이미 아서 이스페온이라는 청록의 숲의 수장을 알고 있는 나였기에 그들의 힘이 어느 정도나 되는지 모르겠지만, 제국과 맞닿아 있는 셔먼의 북부는 제국에서의 운신이 힘든 그들의 입장에선 상당히 달콤한 미끼가 아닐 수 없을 것이다.

다시 이어지는 말에 엡실론은 물론 주위에 있던 어느 한 사람도 입을 열지 못하고 있었다. 처음에는 무리라고 생각했던 일이 내가 하나씩 내뱉었던 힘에 따라 점점 가능성이 생기기 시작했기 때문이다.

"언제까지 이런 좁은 영지에서 발버둥 치고 있을 생각은 없다. 아멘 본국에서의 세력 확장이 불가능하다고 손을 놓고 있는다면 십 년이고 백 년이고 이 정도의 영지에 만족할 뿐이다. 엡실론, 슈펠트, 그대들은 이 정도로 만족하는가?"

"……."

"본작은 결코 이 정도로 만족할 수 없다. 네라드와 페이든, 그 버러지만도 못한 두 악적을 내 손으로 쓰러뜨리기 위해선 힘이 필요하고 그것을 본국에서 얻을 수 없다면 셔먼, 아니, 설령 그 힘이 알디하렌일지라도 손에 넣을 것이다. 물론 적에게 이용당할 생각은 없다. 난 이용할 수 있는 것은 최대한 이용하고 내 스스로 필요없다고 생각할 때는 내 것이 아니라면 모든 것을 버릴 생각이다."

잠시간의 정적이 집무실을 사로잡고 있었다. 물론 나 역시 이 계획이 반드시 성공할 것이라고는 생각하지 않는다.

아니, 처음 시작이라고 할 수 있는 레트론마저 셔먼의 귀족파에게서 지켜내지 못한다면 영지의 몰락은 피할 수 없는 일이었다.

하지만 가만히 앉아 있어서 결과가 같은 것이라면 손 놓고 구경하고 싶은 생각은 없었다. 내 손으로 일궈내지 않은 것을 얻어먹고 좋다고 기뻐하고 싶은 생각은 없었다.

“최소한 10만 이상의 병력이 필요한 계획입니다. 서먼의 귀족파들이, 아니, 자칫하면 저희 쪽과 손을 잡고 있는 왕당파까지도 적으로 돌릴 수 있는 계획입니다.”

“알고 있다.”

“공작 각하께서 정녕 모험을 원하신다면 따르겠습니다. 그것이 불구덩이 속이라 할지라도 말입니다.”

“부탁하네.”

조용히 생각에 잠겨 있던 엡실론은 역시나 나를 따르겠다는 말을 했기에 난 미소를 지을 수 있었다. 하지만 그 일이 쉽지 않을 것임은 모두가 알고 있는 일이었다.

가장 최선책으로 이루어야 하는 일은 병력의 증강이다. 28만에 이르는 영지민이 있음에도 불구하고 병력이 1만을 간신히, 아니, 자경대를 제외한다면 5,000 정도에 불과하다는 것은 문제가 있는 일이다.

적어도 병력을 2, 3만의 수준까지 끌어올리지 않는다면 레트론에 이어 필로드까지 손에 넣는다고 하더라도 현상 유지에 급급하여 자멸할 가능성이 있는 것이다.

이 병력은 적어도 반년 안에 이루어야 했고, 근시일 안에 레트론을 돕기 위한 5,000의 병력이 움직이고 그 후로 계속적인 병력의 지원이 불가피한 상황이었다.

“솔직히 마음 같아서는 엡실론뿐 아니라 슈펠트까지 같이 대동하고 레트론으로 떠나고 싶지만, 현 영지의 사정도 있고, 병력 증강이 계속 이루어져야 하는 시점에서 두 사람을 모두 데려간다는 것은 무리한 일이다. 슈펠트.”

“예, 영주님.”

"자네에게 맡기겠다. 5,000의 병력이 떠나는 시점에서 한 달 안에 레트론으로 떠난 병력만큼 영지의 병력을 증강시킬 것을 부탁하네. 물론 현 병력의 수준만큼 그들의 실력 또한 끌어올리는 것까지 말이다."

"…알겠습니다."

무리에 가까운 일이기는 했지만, 슈펠트는 나의 명령에 불가능하다는 말은 하지 않았다.

레트론으로의 원정은 비교적 순조롭게 이루어졌다.

기사 250, 기병 2,500, 보병 2,500 총 5,250명의 병력이 준비를 마친 것은 레트론의 원정이 결정된 지 삼 일 후였다. 시기적으로 늦었을지는 모르겠지만, 사흘의 시간으로 5,000여 명의 원정대의 준비를 모두 마칠 수 있었던 것은 엡실론과 슈펠트의 능력이 뛰어남을 반증하고 있었다.

하지만 원정대의 병력 중 거의 반에 가까운 숫자가 자경대로 이루어져 있다는 것은 조금 불안한 부분이었다. 물론 현재에는 정규병으로 보직을 변경시키기는 했지만, 영지의 정규병과 자경대라는 무력 면에서 차이가 나는 것은 어쩔 수 없는 일이다.

원정군의 총 대장은 나로 일단 이백오십 명의 기사단을 맡았고, 기병장은 엡실론, 보병장은 호위 기사단의 단장인 빌이 맡았다.

아멘 왕국군의 정규 병종을 생각한다면 솔직히 조금 무리가 있었지만, 내 영지에서 그 실력을 믿을 수 있는 자는 솔직히 엡실론과 슈펠트, 그리고 빌뿐이니 인력난에 허덕이고 있다 해도 과언이 아니었다.

그래도 다행인 것은 자애의 여신의 신전에 있는 셸든 사제가 대리 영주를 맡은 슈펠트를 보좌해 주기에 망정이지, 만약 그라도 없었다면 영지가 피폐하게 변할 것은 눈으로 보듯 선한 일이었다.

하지만 원정을 나서기 전에 난 가장 먼저 처리해야 할 자가 있다는 것을 잊지 않았다.

녀석은 바로 위현자 이스페든. 이렇게 불안한 영지에 감히 그런 자를 남겨둘 정도로 나는 바보가 아니다.

원정 준비가 거의 끝날 무렵 난 이스페든을 찾아 영지 곳곳을 헤매야 했는데, 거의 두 시간여 정도를 찾아 헤맨 끝에 찾은 곳은 바로 전 아메로스 남작의 저택이자 현재는 자애의 여신의 신전으로 사용하고 있는 곳이었다.

놀랍게도 그는 신전의 사제들과 함께 신전에 있는 병자들에게 쓸 약초들을 연구하고 있었는데, 거의 대부분의 사제들이 그에게 모여 있는 것으로 보아선 허투루 볼 실력은 아닌 듯했다.

"르플리스 잎에 전염병을 치료할 수 있는 효능이 있다고는 생각지도 못했습니다."

"아직까지 마법 학계에도 알려져 있지 않은 사실이니 모르는 것이 당연한 일이네. 그 외에도 르플리스에는 고뿔이나, 열병, 폐렴에도 큰 효과가 있으니 기존에 처방되어 있는 약에 르플리스 잎을 첨가한다면 약효가 크게 상승할 것이네."

"과연!!"

이스페든의 말 한마디마다 손뼉을 치며 감탄하는 사제들을 보며 역시나 위현자라도 현자는 현자구나 하는 생각이 들었다.

워낙 사제들이 모여 있는지라 말을 걸지는 못하고 그저 이야기가 끝나는 것만을 지켜보고 있었는데, 그때 이스페든이 날 확인하고는 손을 흔들며 말했다.

"허허! 공작 왔는가?"

"현자께선 이곳에서 무엇을 하시는지 모르겠군."

"그저 여행 중에 얻은 약초에 관한 지식을 여기 있는 사제 분들에게 말해 주고 있을 뿐이라네."

"그렇소? 대충 이야기가 끝났으면 준비를 해두는 것이 좋을 듯하군."

외부에는 이스페든을 현자라고 말해 놓았기 때문에 이곳 신전에서도 그가 위현자라는 것을 아는 사람은 거의 없었다.

"응? 준비라니? 무슨 말인가."

"이런, 잊으셨소? 이번 레트론 원정에 현자로서의 지식으로 도움을 주시겠다고 말하지 않았소이까?"

"엥? 내가 언제……."

"하하하하! 현자도 나이를 드시니 건망중이 있나 보우! 하지만 사제들을 보며 이렇게 약초에 대한 이야기를 하시는 것을 보니 깊은 지혜마저 망각한 것은 아닌 듯하니, 어서 오시오. 이곳 신전의 사제들도 현자가 레트론의 원정에 동참하시는 것을 안다면 크게 기뻐할 것이외다!"

그동안 이스페든과 같이 지내면서 배운 것이 있다면, 그는 대화를 교묘하게 자신이 유리한 방향으로 이끄는 경향이 있다는 것이다.

하긴 이러한 점이 상당히 재수없다 느끼게 하는 요소 중 하나였다. 녀석에 비해 지금은 멀리 사라진, 아! 눈물 난다. 아무튼 게리오스는 이스페든과는 달리 자신의 의견을 돌려서 이야기하며 나의 생각을 이끌어낸다는 점이 크게 달랐다.

물론 그런 이유 때문에 게리오스는 예쁘고, 이스페든은 재수없는 늙은이라는 것이다.

아무튼 이스페든이라는 재수없는 늙은이를 상대할 때 가장 우선되어야 할 것은 녀석의 말문을 막아야 한다는 것이다.

게리오스와 있으면서 나도 약간은 말발이 늘긴 했기 때문에 녀석이 대화를 교묘하게 자신 쪽으로 끌고 가기 전에 재빨리 녀석의 말을 끊으며 내가 하고 싶은 말을 한 후 사라지는 방법이다.

녀석이 무슨 말을 하기도 전에 대충 사제들을 내 편으로 끌어들이는 말과 함께 녀석이 빠져나갈 구멍을 막아놓은 난 미소를 지으며 계속 말을 이었다.

"원정은 내일이니 준비를 해놓으시오. 그럼 이만……."

그가 또 뭐라 말을 하기 전에 잽싸게 신전을 나온 난 회심의 미소를 지었다. 남은 것은 병사들을 시켜 그를 강제로 끌고 오다시피 하면 되는 것이었다.

물론 처음부터 이야기할 것도 없이 강제로 끌고 와도 별문제는 없었지만, 애석하게도 난 강압적인 영주는 아닌 것이다. 후후후…….

"이보게, 공작!! 공작!!"

"난 아무것도 못 들었다. 아무것도 못 듣는다."

이스페든의 절규를 외면하며 성으로 돌아온 내가 도착한 곳은 자식새끼들의 방이었다. 역시나 외지로 떠나기에 앞서 예쁜 자식 놈들 얼굴을 보아두지 않으면 뭔가 허전한 생각이 드는 것은 아비 된 자로서의 숙명 아니겠는가?

이제 한 살, 아직 제대로 생각할 수 있는 나이가 되려면 족히 십수년은 걸릴 것이니, 아직 먼 훗날일 수밖에 없었다.

하지만 십수년이라고 안심할 수 없는 것이 세월은 유수와 같은 것,

적어도 이놈들이 한 힘 쓸 정도의 나이가 되기 전까지 난 현재의 내 영지의 수준을 아멘 삼대공작가 중 하나로서 부끄럽지 않게 키울 생각이다.

흔들 침대에 누워 있는 벨루와 코넬, 프리티아를 보며 상념에 잠겨 있을 때 뒤쪽에서 인기척이 들려왔다.

"영주님."

"아! 왔는가?"

고개를 돌려보니 알리샤와 리안나가 미소 짓고 있는 것을 볼 수 있었다.

"예, 수유 시간이라서요."

귀족가에서는 유모를 두는 것이 보통이었지만, 이상하게도 알리샤는 아이의 젖만큼은 자신의 것을 먹이고 싶다고 했기 때문에 할 수 없이 젖은 알리샤와 리안나가 먹이고 있었다.

"아! 벌써 그럴 시간인가?"

"그럼."

나의 말에 미소를 지으며 답한 두 여인은 고개를 숙이며 나의 곁을 지나 유모들의 도움을 받아 아이를 자신의 품에 안고는 조심스럽게 단추를 풀어 아이에게 젖을 물렸다.

오!! 뭐랄까? 말로는 표현할 수 없는 눈빛으로 아이를 바라보고 있는 두 여인의 모습은 얼굴 생김새는 달랐지만, 분위기는 크게 다르지 않았기에 절로 미소가 흘러나왔다.

그러고 보니 나도 배고프다. 그런 생각이 들자 자식 놈들과 함께 참전을 해볼까 하는 생각도 들었지만 공작의 체면이 있지, 뻔히 유모들이 보고 있는 앞에서 어찌 그런 짓을 하겠는가.

에구! 남사스러워라.

그러고 보니 여자로서의 여인과 어머니로서의 여인이 크게 다르다
는 이야기를 들은 적이 있었는데, 지금이 바로 그런 것 같았다.

물론 마음속에서 터져 나오는 남자로서의 본능이 없는 것은 아니지
만, 감히 저 모습을 보고 덮칠 만큼 야만적이지는 못하다는 것이 대공
작으로서의 업이 아닌가 싶다.

이런 이쁜 자식 놈들과 이쁜 마누라들을 두고 싸우러 가야 한다는
것이 조금 한스럽기는 하지만 내일을 위해서라면 어쩔 수 없는 것이
아니겠는가? 눈물 나는구만.

아쉬움을 뒤로하고 다음날 드디어 레트론 원정의 첫발을 내딛게 되
었다. 5천 명이 넘는 병력을 보며 과연 내가 레트론을 지켜내고 필로드
성까지 함락할 수 있을까 하는 불안감이 들기는 했지만, 지금 물러설
생각은 없었다.

어떻게든 뜻을 이루어내어 대영주로서의 자격을 얻어낼 생각이다.

"알리샤, 리안나, 반드시 만족할 만한 결과를 가지고 그대들에게 돌
아올 것이니, 부디 몸조심하고 지내시오."

"예, 영주님. 영주님의 길에 신께서 함께하시기를 빌겠습니다."

"고맙소."

나의 말에 부드러운 목소리로 대답하는 두 여인을 보며 절로 미소가
흘러나왔다. 알디하렌에서 돌아온 지 일주일도 되지 않아 이렇게 떠나
야 한다는 것이 분할 따름이었다.

"그런데 이스페든님이 보이시지를 않네요? 영주님과 함께 원정 가
신다고 들었는데?"

"하하하, 현자께서는 이미 마차에 계시니 걱정하지 마시오."

"그렇군요."

그때 알리샤가 이스페든이 보이지 않자 물었기에 난 만족감 어린 웃음소리를 내며 말했다. 흐흐흐, 뭐 내 말이 틀리지는 않았다.

이스페든, 그 위현자 늙은이는 원정 가는 마차에 있었기 때문이다. 물론 내 지시로 두 명의 기사에게 잡혀 반연금 상태로 말이다. 흐흐흐흐.

사실 그놈의 늙은이가 아무리 헛된 생각을 가지고 있다 하더라도 요리사의 직함으로 내 영지에서 무슨 짓을 할 수 있겠는가마는, 알리샤를 보며 살짝 얼굴을 붉히는 꼴은 예전 요슨 성자와 다를 바가 없었기에 반드시 데리고 가야 했다.

그러고 보니 요슨 성자에 민체스터 학파의 수장 빌 포우, 이번에는 위현자 이스페든까지 얼굴을 붉히게 만드는 것을 보면 알리샤는 아무래도 노인에게 강한 여인이 아닌가 싶다.

아쉬움을 뒤로하고 원정대는 레트론으로 향했다. 드래곤 산맥을 넘어 레트론에 도착하기까지 걸리는 시간은 대략 일주일, 그동안 레트론이 귀족파 크리민스에게 점령당하지 않기를 바랄 뿐이었다.

레트론이 크리민스 남작의 군대에 공격을 받은 시점이 대략 일주일 정도 전이라고 생각한다면 전략 도시가 아닌 레트론은 지금쯤 그들에게 점령당했을 수도 있었다.

하지만 그나마 한 가지 희망이 있다면 레트론은 수많은 내전을 통해 핍박받던 셔먼 민중의 유일한 안식처라는 것이다.

셔먼은 건국 초기부터 알디하렌에 고개를 숙여 연명해 왔던 국가, 그런 때문인지 건국부터 시작하여 지금까지 전쟁이 계속되고 있다고 해도 과언이 아니었다.

이는 한 나라의 중심이라 할 수 있는 왕정이 제대로 된 자치권을 행사하지 못했기 때문으로 만일 셔먼이 알디하렌에 고개를 숙이지 않고 스스로의 힘으로 건국을 했다면 현재와 같은 오랜 내전 같은 일은 없었을 것이다.

셔먼은 멸망한 라피나르 제국의 후신이라 칭하며 자존심만 가득한 귀족들이기에 알디하렌에 고개를 숙인 왕정에 불만이 많았고, 제국에 고개를 숙일 정도로 힘이 없는 왕정은 지방의 호족이라 할 수 있는 귀족들의 힘을 누르지 못했던 것이다.

그 때문에 셔먼의 왕정은 지방 호족의 기세를 누르기 위해, 귀족은 왕정에 복속당하지 않기 위해 군세를 늘려야 했고, 이 모든 것이 셔먼 국민들의 희생으로 이루어졌던 것이다.

셔먼의 전신인 라피나르 제국은 성신 계열의 주신을 믿고 있었지만 이러한 왕정과 귀족파의 수탈로 인하여 주신전에 대한 신앙은 줄어들고, 가장 천대받는 민족들에게 가까이 다가가는 자애의 여신의 신앙이 급속도로 늘어나게 되었다.

다른 신전들과는 달리 자애의 여신전은 국정에 참여하지 않는 민중들만의 신앙이었기에 수탈당하며 고통받는 민중들의 유일한 안식처가 신전이 된 것은 필연적인 일이었다.

물론 현재에는 왕정파와 귀족파 모두 암암리에 신전들을 이용하여 자신들의 세를 늘리는 데 주력하고 있기 때문에 몇몇 신전들은 더 이상 민중의 안식처가 되지 못했다.

그런 이유로 중립권에 위치한 레트론은 셔먼에서 유일하게 민중이 안심하고 쉴 수 있는 도시였으니 레트론을 민중의 자존심이라 해도 과언이 아닌 것이다.

그 때문에 귀족파의 군대들이 몰려오고 있음에도 불구하고 레트론의 민중들은 스스로 레트론을 지키고자 민병대란 이름으로 모여든 것이다.

지금까지 들어온 정보에 따르면 민병대의 숫자는 거의 1만 정도라고는 하지만, 레트론의 가치를 생각한다면 민병대의 숫자는 계속 늘어날 것이 분명했다.

물론 민병대야 아무리 숫자가 많아도 제대로 된 훈련도 받지 못한 자들이기에 큰 도움이 될 수는 없겠지만, 숫자 면에서는 크게 귀족파의 군대를 넘어서고 있는지라 우리가 도착할 때까지만이라도 버텨주었으면 하는 생각이 들었다.

"아시다시피 레트론은 남쪽 성벽이 없습니다. 그렇다고 한다면 분명 크리민스 역시 남쪽을 노려 병력을 움직일 것은 분명한 일입니다."

엡실론의 설명에 난 고개를 끄덕이고는 말했다.

"레트론에 도착한 후 원정대의 작전은?"

"원정대는 두 가지 방법을 선택할 수 있습니다. 첫째, 크리민스가 저희들의 존재를 알지 못하는 상황이기 때문에 바로 크리민스의 군대를 공격하는 것입니다. 예상대로라면 남쪽 성벽을 노릴 것이니, 군세의 배치는 남동쪽 평원에 위치시켰을 터 기사단과 기병대를 이용하여 급습을 가해 적군의 예봉을 꺾은 후 레트론의 병력과 동조하여 적을 일거에 쓸어버리는 방법입니다."

"문제점은?"

"이 작전의 문제점은 남동쪽 평원 자체가 넓기 때문에 기병이라 할지라도 적이 재빨리 움직인다면 기습 자체가 어렵고, 레트론과의 연계

가 제대로 이루어지지 않는다면 아군 측이 크게 위험할 수 있다는 것
입니다."

"음……."

"두 번째 방법은 원정대를 돌려 일단 서쪽 문을 통해 입성한 후 레트
론의 군세와 합류하여 적을 상대하는 것입니다."

"문제점은?"

"만일 크리민스가 상황의 어려움을 깨닫고 후퇴라도 하게 된다면 자
칫 더욱 큰 적을 불러들일 수 있는 것입니다."

"크리민스에게 병력을 지원해 주었다는 헤르멘을 말하는 것인가?"

"예. 왕당파의 비면 자작을 막고 있다고는 하지만 그것은 자신의 측
근인 크리민스에게 기회를 주고자 함이지 비면을 막는 것이 어려워서
가 아닙니다. 헤르멘 백작은 귀족파 중에서도 상당한 무장으로 크게
알려져 있는 자로 만일 크리민스가 후퇴했다는 것을 알게 된다면 그가
직접 오거나 아니면 병력을 증강시켜 다시 보낼 수도 있는 일입니다."

"일단 레트론에서 크리민스를 괴멸시켜야겠군."

"예. 아군의 병력을 생각한다면 반드시 필요한 상황입니다."

일단 두 가지 방법을 제시하고는 있지만, 솔직히 두 방법 모두 문제
점을 안고 있었다. 내 병력의 손실을 최대한 줄이고 적을 제압하기에
는 두 번째 방법이 좋겠지만, 자칫 잘못하면 더욱 큰 적을 불러와 필로
드를 포기할 수밖에 없는 상황도 오기 때문에 잠시 생각에 잠긴 난 엡
실론을 보며 말했다.

"첫 번째 방법을 택하도록 하지. 레트론 전투뿐 아니라 필로드 함락
까지 속전과 아군과의 연계가 반드시 필요한 것을 생각한다면 크리민
스라는 자를 상대로 경험해 보는 것도 나쁘지는 않겠지."

“저 역시 같은 생각입니다. 만일 속전으로 크리민스 정도를 쓰러뜨리지 못한다면 공작 각하께서 생각하시는 전략은 그저 탁상공론에 지나지 않을 테니까요.”

“좋다.”

엡실론의 말에 만족한 모습으로 고개를 끄덕일 수 있었는데, 한쪽 구석에서 멍하니 레트론 전략 지도를 보고 있던 이스페든이 갑자기 길게 한숨을 쉬었다.

“응? 답답한가?”

“언제 죽을지 모르는 늙은이를 전쟁터까지 끌고 가려 하다니, 공작은 늙은이를 공경할 줄도 모르는구면.”

“미안하게 됐소. 하나 한 사람의 손이라도 필요한 상황에서 현자인 그대의 존재는 반드시 필요했소이다. 이제는 사라진 라피나르 제국의 용장 무스탄에게는 현자 이르톤이, 본국의 건국왕인 빌헬름 폐하의 곁에는 현자 미케네가 있었던 것처럼 현자는 학문뿐 아니라 전장에서는 아군의 머리가 되었으니 한 가닥 실이라도 잡고자 그대를 강제로 데려올 수밖에 없었소이다.”

이스페든의 말에 내가 미리 생각해 놓았던 이야기를 조금 장황하게 늘어놓으니, 녀석의 표정이 조금 바뀌어서는 놀라는 표정을 보였다.

물론 그것이 예상치도 못한 나의 장황스러운 말 때문이지만, 이스페든의 표정을 흔들어놓았다는 것에 난 만족감을 느꼈다.

“위현자라서 싫어할 땐 언제고 이제 와 딴소리인가, 공작?”

“취할 것은 취하고 버릴 것은 버리는 것이 당연한 일 아니겠소이까?”

“이구, 늙으면 죽어야지. 못 쓰게 되면 엘프 마을 쓰레기통에나 버려주시게.”

"어찌 현자를 쓰레기통에 버릴 수 있겠소이까? 현자라면 그 이름에 걸맞게 대우를 해드려야지요."

그 말과 함께 난 허리에 차고 있던 검을 가볍게 살짝 들어 올렸다. 내가 취한 행동으로 그는 필요없게 되었을 시에는 결코 살려두지 않겠다는 나의 의향을 정확하게 받아들였을 것이다.

"냉정하구면."

"내 것이 아니라면 소장 가치를 느끼지 못하니까."

녀석의 말에 가볍게 대꾸한 난 엡실론을 보며 말했다.

"전군에 급속 행군을 명한다! 적어도 오 일 안에 레트론에 도착한다!"

"공작 각하! 그렇게 하면!"

"평상 행군으로 바로 적과 대적하느니 차라리 급속 행군을 하고 하루 편히 쉬고 싸우는 것이 아군에게 도움이 될 터, 그렇다면 급속 행군도 나쁘지 않을 것이다. 빌!"

"예!"

"드래곤 산맥의 엘프 마을 장로인 엘라스트에게 불의 정령을 쓸 수 있는 엘프 다섯의 지원을 부탁하라! 마법사가 모자란 시점이니 엘프 정령사가 쓸모있을 것이다."

"알겠습니다."

끌어들일 수 있는 것은 최대한 끌어들여야 할 도박에서 엘프들을 그냥 두고 싶은 생각은 없었다.

엘프들의 궁술이야 숫자가 적어 그리 큰 효과를 보기는 어렵지만, 정령술의 경우에는 충분히 효과를 볼 수 있으리라는 생각이 들었기에 그들을 끌어들이기로 했다.

드래곤 산맥의 엘프들이 1,000명만 넘었으면 하는 생각이 들기는 했지만, 그들의 사정을 아는 내가 도움을 바라는 것은 억지인지라 일단 다섯 명 정도 가장 효과적인 불의 정령을 쓰는 엘프 정령사들을 끌어들이기로 한 것이다.

급속 행군으로 원정은 빠른 속도로 진행되고 있었지만, 마차 밖으로 보이는 병사들에게선 크게 지친 모습이 역력했다.

역시나 일주일은 걸리는 거리를 오 일 안에 주파한다는 것은 상당히 무리가 있는 일이었지만, 레트론의 상황을 생각한다면 하루의 시간이라도 줄이는 것이 급선무였다.

레트론이 아무리 전술 도시가 아니라 할지라도 공성전보다야 수성전이 훨씬 병력 손실이 적을 것은 분명한 일이기 때문이다.

원정을 시작한 지 사흘이 지나서야 간신히 드래곤 산맥을 넘을 수 있었다. 산맥 자체는 동과 서로 길게 늘어져 있는 형태였지만, 험준한 산맥의 길은 이리저리 꼬이는 탓에 상당한 시간이 소모되는 길이었다.

그 탓에 드래곤 산맥을 넘은 후 병사들의 휴식은 불가피할 수밖에 없기에 드래곤 산맥의 출구 쪽에서 원정군은 하루 휴식을 취하기로 했다.

어차피 오후 늦은 즈음에야 산맥을 통과했기 때문에 두세 시간 일찍 휴식을 취한 것밖에 되지 않았기에 그리 시간을 손해 보았다는 생각은 들지 않았다.

"엡실론, 병사들은 어떤가?"

"조금 피로해 보이기는 하지만 심각한 수준은 아닙니다. 이제 드래곤 산맥을 넘었을 뿐이니 견뎌내야지요. 그리고 그렇게 훈련시켰습니다."

"하긴 그 정도도 되지 않는다면 원정 자체가 불가능하니 말이야. 내일 새벽에 일찍 움직여야 하니 저녁은 물자를 아끼지 말고 병사들에게 나누어 주게."

"알겠습니다."

일단 먹을 것으로라도 병사들에게 만족감을 줄 필요가 있다고 생각한 난 엡실론에게 양껏 내주라 지시를 내렸다.

"공작, 우리도 술이나 한잔하세나."

"…좋소."

그때 이스페든이 술 생각이 간절히 났는지 나를 보며 말했기에 그리 나쁘지 않다는 생각에 고개를 끄덕이고는 병사에게 술을 가져오라 지시한 후 막사 안으로 들어갔다.

원정 중에 술에 취하고 싶은 생각은 없었기에 술은 간단한 와인으로 준비했는데, 몇 잔인가를 나누고 있을 때 이스페든이 나를 보며 넌지시 물었다.

"공작, 자네의 꿈은 무엇인가?"

"응? 음… 아멘 제일의 공작가를 만드는 것이라고 할까?"

"공작의 직위로 만족한단 말인가?"

공작의 직위로 만족할 수 있는가라는 말에 난 잠시 생각에 잠겼다. 사실 진짜 꿈이라면 아멘 국왕에게서 어느 정도 벗어날 수 있는 대공의 자리였다.

대공이 된다면 공국을 세울 수 있는 자격이 주어지기 때문에 내 나라라고 할 수 있는 땅을 다스리고 싶은 생각이 들었다.

물론 대공이라고 해봤자 어차피 국왕의 신하임은 변함이 없지만, 이

상하게 과거 이스페든이 한 말이 생각나 국왕의 자리는 그리 탐이 나
지 않았다.

친인을 죽여야 하는 운명이라면 차라리 공작의 자리에 만족하고 싶
었다.

"대공까지는 생각해 보겠지만, 그 이상은 별로 관심이 없소."

"호오… 그렇다면 다행이군. 이 늙은이도 자네 같은 사람이 국왕이
되는 것을 바라지는 않는다네."

"응?"

그의 말에 조금 자존심이 상하는 기분이 들었지만, 어차피 바라지도
않는 일이었기에 그냥 넘어가 주기로 했다.

그나저나 술자리에서도 팍팍 긁는구만, 이 늙은이.

"이 늙은이에게 자리 하나만 내주게."

"…응? 그건 또 무슨 소리요?"

한참의 침묵 중 갑자기 이스페든이 자다가 봉창 두드리는 소리를 했
기에 다시 되물을 수밖에 없었다.

"이 늙은이에게 자리 하나만 내어달라고 했네."

"…요리사 말고?"

"왜? 두려운가?"

두렵냐는 그의 말에 난 아니라고 말하고 싶었지만, 그것이 이 늙은
이의 뜻대로 움직이는 것임을 잘 아는 나로선 입을 다물 수밖에 없었
다.

아무래도 이 늙은이가 단단히 작정을 한 모양인데. 확실히 현자라는
직함의 그가 있다면 상당히 도움이 될 것은 분명한 일이지만, 사상이
불순한 자인지라 함부로 자리를 내어줄 수는 없는 노릇이었다.

그렇게 잠시 생각에 잠겼던 난 마음을 결정하고는 그를 보며 말했다.

"그렇다면 남작의 자리를 내어주도록 하지."

"남작?"

"내가 임명할 단승 귀족은 애석하게도 현재 아무도 없는 상황이니, 현자인 그대에게 남작의 자리를 내어주겠소. 본작에게 속한 남작의 권한이라면 그대가 만족할 만한 자리라 생각되는데?"

"음… 그리 나쁘지는 않군."

과거에 레빈에게는 자작을, 게리오스에게는 남작의 단승 귀족 작위를 내린 적이 있었다. 하지만 레빈은 알펜 성의 성주로 셔먼의 백작이 되었기 때문에 작위가 사라졌고, 게리오스는 알디하렌의 황제가 될 운명이니 남작의 자리 또한 사라졌기에 현재 영지에는 단승 귀족이 단 한 명도 없는 상황이었다.

호위 기사인 빌에게 남작의 자리를 내릴까도 생각해 보았지만, 솔직히 그의 능력은 다소 떨어지는지라 현재에는 작위를 가진 사람은 단 한 명도 없었다.

그 때문에 이스페든에게 남작의 자리를 내어줄까 하고 말한 것이다. 단승 귀족이라면 내 영지 중 일부분을 그에게 떼어주어야 했지만 내 영지에 속한 것은 분명하기에 그의 행동을 어느 정도 단속할 수도 있었고, 귀족의 자리이니 이번 레트론 전투에서 그의 조언을 가까이에서 들을 수 있는지라 제의한 것이다.

"작위의 성은 아메로스로 하지. 내 손에 죽은 자이지만 그리 나쁜 이름도 아니니 말이야."

"허허허, 허튼짓은 하지 말란 경고로구먼."

"그렇다고 볼 수 있지."

이스페든이라는 이름은 악명이 자자했기 때문에 그 이름을 함부로 사용할 수 없기에 난 그에게 아메로스라는 성을 내렸다.

물론 그 의미는 까불면 죽는다는 뜻이 가득 함유되어 있다고는 하지만, 내 둘째 아내인 리안나의 성이기도 하기 때문에 그 역시 싫어하지는 않으리라는 생각이 들었다.

다음날 난 수뇌부에 이스페든을 남작으로 임명한 사실을 알리고 또다시 레트론으로의 원정을 시작했다.

하룻밤을 제대로 쉬었던 때문인지 병사들의 움직임엔 힘이 실려 있었기에 조금 만족감이 들었으나 과연 이것이 전투까지 이어질 것인지는 알 수 없는 일이었다.

원정 오 일째, 해가 서산으로 진 후에야 우린 레트론의 근방까지 도착할 수 있었다. 이곳으로 지나오면서 보인 마을의 모습은 피폐하게 변해 있었는데 크리민스의 군대가 지나치면서 근처 마을의 식량을 모두 쓸어가 버렸기 때문이다.

물론 마을의 여자들도 보이지 않는 것으로 보아 그들 역시 병사들의 위안부로 끌려갔다는 것을 알 수 있었기에 조금 아쉬움이 들었다.

전쟁 중에 여성이라는 것은 병사들에게 상당히 힘을 주기 때문이다. 물론 당사자에게는 지옥 같은 일일 수밖에 없는 일이지만, 조금이라도 병사들의 힘을 끌어내기 위한 지휘관들의 입장에선 반드시 필요한 일인 것이다.

물론 마을에 여성들이 있었다 해도 현재 레트론을 구하기 위한 원정군의 입장인 우리들로서는 함부로 건드릴 수 없었기는 했지만, 아쉬운

건 아쉬운 것이 아니겠는가?

"엡실론, 마을 사람들에게 얼마간의 양식을 나누어 주고 크리민스의 군대에 대한 정보를 입수하도록 하라!"

"예."

레트론 전투가 얼마나 지속될지는 모르겠지만, 내 예상대로라면 단기에 끝을 맺을 것이다. 아니, 단기에 끝을 맺지 않는다면 원정은 실패나 마찬가지였다.

마을 사람들에게 음식을 나누어 주며 크리민스의 군대에 대한 정보를 입수하기 시작한 우리들은 예상보다 적의 숫자가 많은 것을 알 수 있었다.

8,000 정도라 생각했던 것이 거의 1만 이상으로 불어나 있었기 때문이다. 현재 5,000 정도의 병력인 것을 생각한다면 급습한다 하더라도 효과를 보기에는 조금 어려울 수밖에 없었다.

그날 밤 수뇌부들은 전략 지도를 통해 적 병사의 주둔지와 레트론의 상황, 그리고 다음 작전에 대해 논의에 들어갔다.

"예상대로 크리민스는 레트론의 남쪽에 주둔하고 있습니다. 다행히도 아직 성은 함락되지 않았는데, 민병대를 중심으로 성벽이 없는 남쪽에 임시 성곽을 만들어 방어에 집중하고 있다 합니다."

"적의 숫자가 1만을 넘어섰다고 들었다. 하지만 그동안 공성전을 계속했다면 상당한 피해가 있었을 텐데?"

"거의 이 주일 넘게 대치했기에 다소 피해는 있었지만, 근래에 다시 3,000의 원군이 도착하여 1만의 병력을 그대로 유지하고 있다고 합니다."

"레트론은?"

"성에서 도망쳐 나온 자의 말을 들어보면 민병대의 피해가 상당하다고 합니다. 그런 때문에 현재의 예상 병력은 약 1만을 넘지 못할 것으로 생각됩니다."

그 말에 조금 놀랄 수밖에 없었다. 평범한 백성으로 이루어진 레트론의 민병대가 서면의 정규군을 상대로 버티고 있다는 것이 믿어지지가 않았기 때문이다.

"그렇다면 어느 정도 가능성이 있겠군. 처음 작전대로 레트론에 사람을 보내어 그들과 연계하여 합공을 하도록 하는 것인가?"

나의 말에 잠시 생각에 잠기던 이스페든이 지도의 한쪽을 가리키며 말했다.

"별동대를 운용하여 이곳을 먼저 처리하는 것이 좋을 듯하군."

"그곳이라면!"

"그렇소. 귀족파 병력의 보급 물자가 있다 예상되는 곳이 아닙니까?"

엡실론의 말에 그는 고개를 끄덕이곤 말했다.

"이곳 마을의 상황을 보아서는 아무래도 귀족파의 보급 물자에 상당한 문제가 있을 것이라 예상되오. 레트론은 민중의 성지와도 같은 곳, 아무리 이곳이 레트론과 떨어진 곳이라 할지라도 잔인할 정도로 휩쓸어간다는 것은 이해가 되지 않는 일이오."

"음… 확실히 그렇군요."

"아마 크리민스는 이번 원정을 단기간으로 잡았을 확률이 높을 것이오. 하지만 예상외로 레트론이 결사적으로 저항하면서 전투는 길어졌으니 자연히 보급 물자에도 문제가 생겼을 것이오. 그것을 증명이라도 하듯 이곳 마을에 귀족파의 군대가 닥친 것은 오 일 전, 레트론 전투가 이 주일 전부터 있었던 것을 생각하면 이상한 일이 아니겠소.”

확실히 이스페든의 말이 틀리지 않다는 생각이 들었다. 전투 중에 근처의 마을을 약탈한다는 것 자체가 말이 되지 않기 때문이다.

“별동대를 운용하여 적의 보급 물자를 없앤다면 병사들의 사기가 크게 저하될 것은 분명한 일이니 전투는 아군에 유리하게 펼쳐질 것이 분명하오.”

이스페든의 말에 모두들 고개를 끄덕였다.

“이스페든 남작의 말에 동의한다면 이번 작전은 별동대와 본진을 동시에 움직이는 것으로 결정하지. 엡실론!”

“예.”

“별동대에 엘프 정령사들과 필리아를 동행시키고자 한다. 하나 보급 물자가 위치한 곳과 적 본진의 사이가 멀지 않은 것을 감안한다면 별동대가 일을 확실하게 처리해야겠지. 엡실론, 자네는 본진을 맡아주게.”

“그렇다면 공작 각하께서?”

“내가 직접 별동대와 함께 보급 물자를 전소시킬 생각이네. 솔직히 별동대를 자네에게 맡기고 싶긴 하지만 적의 본진을 레트론의 병력과 양동하여 섬멸시키는 것은 별로 자신이 없거든.”

“알겠습니다.”

“빌!”

“예.”

“지금 곧 서한을 써줄 것이니 날랜 병사 한 명을 골라 레트론의 요슨 성자에게 전달토록 하게.”

빌이 고개를 끄덕이는 것을 보며 사람들을 향해 말했다.

"작전 시행은 내일 새벽이다. 적들이 레트론 공성전을 시작했을 때가 기점이다. 본진은 엡실론과 빌이 맡고 별동대는 내가 직접 맡을 것이다. 보급 물자가 전소되는 연기를 시점으로 서한에 레트론의 병력이 아군과 양동할 것을 알릴 것이니, 레트론과의 양동에 실수가 없도록 전 병사들에게 흰 띠를 머리에 두르라 지시하게."

이들에게 지시를 끝낸 난 양피지에 요슨 성자에게 보내는 편지를 쓴 후 가문의 인장을 찍었다. 영지 내의 성전 문제로 몇 번 편지를 보낸 적이 있기 때문에 그라면 내 가문의 인장을 알 것이라 생각했다.

모든 준비를 다 끝낸 후 막사의 의자에 앉아 필리아가 준비해 놓은 차를 마시며 잠시 명상에 잠겼다.

막상 본격적인 일을 시작하려니 조금 가슴이 떨리는 것이 느껴졌다.

지금까지의 내가 했던 모든 싸움은 내 자신의 영지를 유지하기 위한 싸움이지만, 내일부터는 그 이상의 것을 찾기 위한 싸움이 될 것이다.

이것이 얼마나 걸릴지는 나 자신도 알지 못했지만, 얼마가 걸리건 난 그것을 해낼 생각이다. 지금 난 돌아설 수 없는 길에 들어서 있기 때문이다.

다음날 새벽, 5,000이 조금 넘는 병력이 집결해 있는 가운데 난 말 위로 올랐다. 별동대는 기사단 전부와 기병 1,000이었다.

"공작 각하! 모든 준비를 끝마쳤습니다."

"레트론으로의 서한은?"

"정확히 요슨 성자께 전달했다고 합니다."

엡실론의 말에 고개를 끄덕인 난 오른쪽 겨드랑이에 끼워놓고 있던 헬름을 뒤집어쓰고는 왼손을 들어 올렸고, 그와 함께 나와 함께할 별동대들이 일제히 말 위로 올랐다.

"출발!!"

나의 명령과 함께 기수병이 일제히 깃발을 들어 올렸고, 드디어 운명의 전투가 시작되었다.

레트론 전투.

왕당파와 대적 중인 귀족파가 중립 지역인 자애의 여신의 성지라 할 수 있는 레트론을 손에 넣기 위해 벌인 전투로 귀족파는 크리민스를 필두로 총 1만 1천여 명의 병력으로 하여금 레트론을 점령하게 했다.

하지만 예상외로 레트론을 지키기 위해 수많은 사람들이 모여 민병대를 조직하자, 레트론 경비병과 합하여 그 숫자가 1만 3천여 명에 이른다.

성지를 지키기 위해 서면 민중은 과감히 검을 들어 귀족파의 군대에 맞서 싸우려 하는 것이고, 시간이 지나면서 레트론으로는 더욱 많은 민중들이 모여들었다.

결전의 시작, 크리민스는 자신의 병력을 총동원하여 성벽이 없는 레트론의 남쪽을 향해 공격을 감행했지만, 자신들의 성지를 지키고자 하는 레트론의 민병대는 예상외의 힘을 발휘하며 크리민스의 공격을 이 주일이나 방어하게 되었다.

그리고 그 마지막 날 새벽을 틈타 크리민스는 병력 9,000여 명으로 하여금 다시금 레트론 공성전을 시작했다.

"와아아아!!"

남쪽 방벽은 레트론에 있던 나무나 가구들을 모아 그저 쌓아놓은 것에 지나지 않았기에 귀족파의 정병들을 상대로 제대로 된 무기조차 가지고 있지 않은 민병대가 견디었다는 것은 기적이라고밖에 볼 수 없었다.

두구두구!!

불길이 솟고 있는 레트론 성의 모습을 뒤로하고 별동대는 적의 보급 기지를 향해 맹렬하게 말을 몰아갔고, 1,000여 명이 넘는 별동대의 말 발굽 소리가 천지를 뒤흔들듯이 울리자 보급 기지에서는 북소리가 울려 퍼지기 시작했다.

아마 갑자기 나타난 1,000이 넘는 기마병에 깜짝 놀란 것이겠지. 하지만 난 녀석들이 준비할 시간을 줄 생각은 전혀 없었다.

그리고 레트론으로 원군이 올 것이라고는 생각지도 못한 그들이 기병들로 이루어진 별동대의 신속함을 따를 리가 없었다.

나무로 얼기설기 만들어진 보급 창고는 그것을 반증이라도 하는 듯 허술하기 그지없었기에 선두 기사단의 랜스와 충돌하자 둔탁한 소리와 함께 차례로 무너져 내렸다.

쿠구궁!!

"필리아! 엘프 정령사와 함께 적의 보급 창고를 불태워라!!"

"예!"

필리아는 엘프 마을에서 데리고 왔던 정령사 다섯 명과 함께 오십여 명의 기병들의 보호를 받으며 움직였고, 난 나머지 별동대와 함께 적진을 휩쓸기 시작했다.

새벽녘을 틈탄 기습이었던 탓에 갑작스럽게 깨어난 이들은 제대로 된 방어구조차 입지 못하고 있는 상태라 적을 상대하는 것은 그리 어려운 것이 아니었다.

"끄압!!"

뻐걱!!

공포로 일그러진 적병의 사이를 이전에 다크 데블 나이츠의 레크라스 남작에게 뺏은 거대한 기마로 그대로 돌진해 들어가자 두세 명의 병사들이 그대로 말의 가슴에 튕겨서는 나가떨어졌고, 난 떨고 있는 적병을 보고는 들고 있던 플레일로 머리를 부수어 버리며 적진을 휩쓸어 가기 시작했다.

중병기를 들고 있는 기마병을 상대로 보급 창고를 지키고 있던 적병들은 허수아비처럼 쓰러져 나갔기에 이제야 조금 싸울 맛이 들었다.

보급 창고를 지키고 있는 적병의 숫자와 아군의 병사 수가 비슷하다면 기병을 상대로 보병 따위가 대적할 수 없는 것은 당연한 일이었다.

"파이어 볼!!"

그때 낭랑한 목소리가 터져 나오며 강한 마나의 파동이 느껴졌고, 잠시 후 강한 폭발음과 함께 적의 보급 창고라 생각되는 임시 건물이 폭발하며 큰 불길이 솟아올랐다.

콰과아앙!!

"샐러만더!!"

흑마법사인 필리아의 파이어 볼에 이어 다섯 명의 엘프들이 일제히 불의 하급 정령인 샐러만더를 불러서는 여기저기 흩어져 있던 보급 창고를 불태우자 거대한 불꽃과 함께 검은 연기가 보급 기지를 뒤덮기 시작했다.

"도주하는 적은 쫓지 말고 보급 창고를 불태워라!!"

순식간에 전투는 아군 측의 압도적인 우세를 보였고, 보급 기지의 병사들은 달아나기 시작했다. 하지만 나의 목적은 적의 보급 창고를 불태우는 것, 적을 쫓는 병사들을 돌려 보급 창고를 태우게 하여 보급 기지는 순식간에 붉은 불길로 사방을 물들였다.

"공작 각하, 보급 기지가 불타오르는 것을 보고 적의 본진이 레트론 함락을 멈추고 병력을 이곳으로 돌리고 있습니다."

"예상하고 있었던 일이다. 병사들에게 경거망동하지 말고 진격 신호를 기다리라 전하라!"

"예."

작전은 생각대로 풀리고 있었다. 아마 보급 기지에 일어난 갑작스런 불길에 크리민스는 당혹감을 느끼고 어쩔 수 없이 레트론 함락을 포기한 모양이었다.

두그두그!!

크리민스의 병력을 기다리며 불타고 있는 보급 기지에서 레트론 쪽을 보자 천지를 뒤흔들 듯한 말발굽 소리와 함께 족히 3,000에 달하는 기마가 우리 쪽을 향해 진격해 들어오고 있는 것을 볼 수 있었다.

"기사단은 선두로! 돌격진을 편성하라!!"

나의 지시가 있자 깃발병들이 일제히 깃발을 휘두르며 진형을 편성하기 시작했고, 진형이 갖추어지는 것을 보며 난 검을 뽑아서는 크게 소리쳤다.

"돌격!!"

외침과 함께 드디어 돌격의 깃발이 올라갔고, 보급 기지를 향해 밀려오는 적 기병을 향해 일제히 별동대가 돌격을 시작했다.

쿠구구궁!!

굉음을 울리며 아군은 그대로 돌격진을 이루며 적 기병대와 충돌했다.

우리는 선두의 기사단이 랜스로 첨봉진을 이루어 적진을 꿰뚫으면 그곳를 뚫고 지나가려 했지만 워낙 숫자가 많았고, 적의 진세가 두터운 탓에 그대로 적진 중앙에서 멈추어지고 말았다.

채재쟁!! 캉!! 캉!!

그 때문에 적의 기병대 사이에 갇혀 버린 아군은 사방에서 밀려오는 적을 상대해야 했고, 전투는 기병들의 난전 형태로 변할 수밖에 없었다.

"끄아아!!"

카강!!

근처에 있던 적 기병의 검을 튕겨낸 난 다시 검을 휘둘러 상대의 허벅지를 향해 검을 내질렀고, 붉은 피가 뿜어져 나오며 뜨거운 액체가 얼굴을 적셨다.

"끄악!!"

"훙!!"

키킹!!

비명을 지르는 녀석의 투구에 마나를 끌어올린 검을 휘두르자 검은 녀석의 머리에 반쯤 박혀 들어가더니 이내 멈추어 서고 말았다.

역시나 아직은 마상전에서 검을 사용할 만큼 완력이나 마나가 충분치 못한 것이다.

검을 다시 뽑을 수 없는 상태에서 좌측으로 적병이 다가오는 것을 확인한 난 어쩔 수 없이 검을 놓아버리고는 안장의 하렝데스카를 들어 그대로 녀석을 향해 집어 던졌다.

퍼격!!

하렝데스카는 정확히 기병의 머리에 박혀 들어갔고 나를 향해 달려오던 녀석은 쓰러졌지만, 녀석을 쓰러뜨렸다고 안심할 상황이 아니었다.

“공작 각하! 레트론 성에서 병력이 나오고 있습니다.”

“됐다!!”

레트론에서 병력이 나왔다고 한다면 이제 작전은 원활히 진행되고 있다 할 수 있었다.

“본진에 신호를 보내라!!”

뿌우우우!!

레트론이 움직였다는 말을 듣고 본진에 신호를 보내라 소리치고 나팔병이 길게 나팔을 불자 잠시 후 수많은 함성 소리가 터져 나오며 매복해 있던 본진의 병력이 그 모습을 드러내었다.

별동대가 보급 기지를 공격하여 불을 지른다면 레트론을 공격하던 적이 보급 기지를 지키기 위해 병력을 되돌릴 것은 분명한 일이었다.

되돌아오는 적의 선봉을 붙잡는 것이 별동대의 두 번째 임무였는데, 성을 공격하던 본진이 쉽게 움직이지 못할 것은 당연한 일이었기에 분명 기병으로 이루어진 병력을 보급 기지로 먼저 돌릴 것이라 생각한 것이다.

이런 내 예상은 맞아떨어졌고, 별동대는 보급 기지를 점령하고 기병으로 이루어진 적의 발을 묶은 후 레트론의 병력이 움직이면 그때 아군의 본진을 움직여 적의 본진을 공격하고 양쪽에서 섬멸시키는 작전이었다.

이미 기병들이 보급 기지 쪽으로 대거 빠져나간 상태라면 거의 대부분이 보병으로 이루어진 민병대나 아군의 본진이 기병들에게 농락당할 일은 없었다.

제대로 된 군사 훈련을 받지 못한 민병대에 기병은 무서운 존재일 수밖에 없기 때문이다. 그 때문에 적의 기병을 별동대가 끌어들여 발을 묶은 후 적 본진의 앞에 민병대에 비한다면 적 기병을 상대하는 데 능숙한 아군의 본진을 움직여 기병이 민병대 쪽으로 움직이지 못하게 막아놓은 것이다.

이런 방법으로 레트론 성과 보급 기지 사이에 레트론의 민병대와 크리민스의 본진, 아군의 본진과 적 기병대, 그리고 내가 있는 별동대가 차례차례 끼어 샌드위치 모양이 되어버렸다.

1,000 정도밖에 되지 않는 별동대의 인원이 3,000이나 되는 기병을 상대로 싸우는 것은 무리한 일임엔 틀림이 없었다.

그 때문에 처음 접전 이후 별동대는 계속 밀릴 수밖에 없었지만, 적시에 아군의 보병이 적 기병의 후방에서 압박해 줌으로써 어느 정도 숨통이 트일 수 있었다.

하지만 그렇다고 마음 놓을 때는 아니었기에 피로 물들어 갑옷 안으로 끈적끈적한 액체가 스며들고 있었지만, 눅눅한 기운에 인상을 찌푸릴 시간조차 없었다.

"끄아아!!"

족히 십여 명 이상은 쓰러뜨렸다고 생각했을 때 밀려오는 피로는 장난이 아니었고, 이제 제대로 플레일을 휘두를 수조차 없을 정도였다.

다행히 이십여 명의 호위 기사들이 나를 둘러싸며 적을 막아서고는 있었지만, 그렇다고 마음 놓고 쉴 정도는 아니었다.

전장의 상황은 아군에 유리하게 흘러가고 있었다. 엡실론이 크리민스의 본대를 레트론의 민병대와 함께 양쪽에서 밀어붙이고 있었기 때문에 민병대 병사들의 실력이 떨어지긴 하지만 숫자에서 이미 크게 압도하고 있는 상황에서 전장은 아군에 유리하게 움직이고 있는 것이다.

3,000에 이르는 적 기병대는 크리민스의 본진이 민병대와 엡실론이

이끄는 아군의 본진에 양공을 당하자 본진을 돕기 위해 움직이려 하고 있지만, 별동대의 공격 때문에 우왕좌왕하고 있는 모습이 역력했다.

내가 가장 우려했던 것은 적 기병대가 아군의 별동대를 뚫고 지나가 샌드위치 모양의 현 전황을 무너뜨리지 않을까 하는 것이었는데, 다행히 적 기병을 이끄는 장수는 상황의 급박함에 병력을 돌릴 생각을 하지 못하고 있었다.

엡실론이 이끄는 본진의 병력 일부가 별동대와 싸우고 있는 적 기병대를 압박하며 들어오자 어느 정도 숨통이 트일 수 있었는데, 역시나 가장 중요한 역할을 담당하고 있는 엡실론이 잘해주고 있음을 느꼈다.

"이제 대충 쉬었군. 2차전을 시작해 볼까?"

호위 기사 덕분에 휴식을 취하고 보니 팔의 힘도 되돌아왔기에 다시 안장에 걸어두었던 플레일을 집어 들었다.

역시나 묵직한 기운이 느껴지는 것이 적의 투구를 부술 때의 느낌이 그대로 전달되는 것을 느꼈다.

솔직히 군대를 이끄는 수장으로서 이렇게 난전에 끼어들어 싸운다는 것은 조금 무모한 일이었다.

내가 죽는다면 군의 사기가 크게 떨어질 것은 분명한 일이기 때문이다. 하지만 크로우 나이츠를 차지하기 위해서라도 난 실력을 키워야 했고, 실전만큼 단시간에 실력을 키울 수 있는 것은 없었기에 직접 전투에 참여하는 것이다.

특히 난전은 어디에서 적이 들이닥칠지 모르기 때문에 긴장을 늦출 수가 없었고, 이러한 긴장감은 점점 나의 주의력을 길러주고 있었다.

"적의 기병을 뚫고 아군의 보병단과 합류한다!! 전군 돌격!!"

나의 명령이 떨어지자 긴 나팔 소리가 울렸고, 난 말에 박차를 가하며 나를 보호하고 있던 호위 기사단을 지나서는 그대로 적 기병이 보이자 말을 공중으로 뛰게 하여 앞발로 녀석을 떨구어 버렸다.

귀족들의 기본 소양 중 하나가 기마술인만큼 어린 시절부터 외부에 나갈 때는 거의 말을 타고 다녔다 해도 과언이 아닌 나에겐 레크라스의 거마라 할지라도 그저 한낱 말에 지나지 않았다.

보통 말의 두 배나 됨 직한 거대한 말은 그대로 공중으로 날아올라서는 적의 기병 하나를 앞발로 짓뭉개며 땅으로 착지했고, 그와 함께 오른쪽에서 거마의 기세에 놀란 한 녀석의 머리를 플레일로 뭉개 버린 난 아군 보병이 있는 곳으로 말을 몰아갔다.

보통 전장에서 지휘관이 선두에 서는 일은 드물었다. 하급 지휘관 정도야 기사 출신일지는 몰라도 상급 지휘관은 귀족, 그런 자들이 구태여 선두에 서서 싸울 리는 없기 때문이다.

하지만 상급 지휘관이 선두에 서서 군대를 지휘하게 되면 자연히 그 휘하 병사들의 사기는 크게 상승한다.

병사들은 자신이 가장 위험한 곳에서 싸우고 귀족들은 전쟁이 일어나도 편한 곳에서 먹고 마신다 생각하는 하등한 족속들이기에 귀족들이 앞서서 싸우면 무슨 연유인지는 몰라도 상당한 믿음을 가지기 때문이다.

거대한 거마를 탄 덕에 나라는 존재는 상당히 적의 눈에 띄기 좋았지만, 그와 함께 아군의 눈에도 상당히 잘 띄기 때문에 나의 움직임에 따라 기사단과 기병들은 돌격해 들어가기 시작했고, 어느 사이엔가 아군의 별동대는 수많은 적의 기병을 뚫고 전진해 가기 시작했다.

카가강!!

"어딜!!"

가장 위험한 선두에 서서 싸우고 있는 탓에 쉴 틈 없이 적이 밀려오고 있었지만 근래에 들어 상당한 훈련을 했고, 휴식을 취한 탓에 힘이 충분히 남아 있었다.

그 때문에 내 곁에 오는 적은 플레일에 맞아 말에서 떨구어지며 저승으로 직행할 뿐이었다.

플레일과 같은 중병기는 일격으로 상대를 쓰러뜨릴 수 있는 위력이 있었지만, 그와 함께 무거운 병기인 탓에 병기를 회수하는 것이 늦는다면 난전에서 저승길 가기에 딱 좋은 무기였다.

하지만 마나를 다루는 존재에게 있어서 근력을 상승시킬 수 있는 자들에게 중병기는 더없이 좋은 무기일 수밖에 없었다.

별동대의 맹렬한 돌진으로 인하여 천천히 적 기병대가 뚫리기 시작했다. 얼마나 많은 자들의 머리를 부수었을까? 드디어 아군 보병의 모습이 보이기 시작했다.

이 때문에 아군의 별동대는 적 기병단을 반으로 갈라 버리는 형국을 띠게 됐고, 아군의 보병들은 아군의 기병단을 확인하고는 더욱 거세게 적을 밀어붙이기 시작했다.

전투가 시작된 지 거의 한 시간여 정도밖에 지나지 않았지만 아군은 확실한 승기를 띠며 적을 농락하고 있었고, 레트론 전투는 종막에 다다를 수 있었다.

보병단의 거센 공격과 아군의 별동대로 인하여 적 기병단의 사기는 크게 떨어져 있었고, 양공을 당하는 적의 본진 역시 압도적인 수에 밀려 거의 괴멸에 가까울 정도의 피해를 입었다.

그리고 엡실론이 크리민스의 목을 베는 것을 끝으로 레트론 전투는 끝이 났으니 스피어에 꽂힌 크리민스의 목을 본 병사들이 더 이상 싸우는 것을 포기하고 항복했기 때문이다.

거의 이 주일이나 지속되었던 레트론의 전투는 아군의 참여로 몇 시간도 되지 않아 끝이 나고 말았으니 레트론이나 귀족파 녀석들로선 조금 허무하지나 않을까 하는 생각이 들 정도였다.

하지만 레트론 전투는 아군이나 적군에도 상당한 사상자를 만들어냈다.

이 주일에 걸친 레트론 전투로 인하여 레트론은 민병대 5,000여 명이 사망, 수천여 명이 중경상을 입었고 귀족파의 군대는 약 6,000여 명이 죽고 병사들의 대부분이 중경상을 면치 못했다.

또 아군 역시 별동대에 속해 있던 기병 중 사백 명과 보병 육백여 명이 전사했으니 생각 외의 많은 피해에 머리가 아플 지경이었다.

1,000명이나 되는 병사를 잃었다는 것은 필로드 성을 얻어야 하는 나로선 뼈아픈 손실일 수밖에 없기 때문이다.

귀족파 포로들의 처분은 빌에게 맡긴 난 피로 물든 갑옷을 입고 1,000명의 병사들과 함께 레트론으로 입성했고, 우리들이 성으로 들어오자 레트론 백성들의 환호성이 곳곳에서 울려 퍼지기 시작했다.

"와아아!!"

"시피로스 남작 만세!!"

일단 공작의 이름을 밝힐 수는 없는지라 레트론에는 시피로스 남작이라는 이름을 밝혔고, 그 때문에 레트론의 백성들은 시피로스란 이름을 크게 외치고 있는 것이다.

셔먼의 신전 앞에 도착한 난 엡실론을 위시로 한 십여 명의 기사들과 함께 신전으로 올라갔고, 족히 백 개는 넘어 보이는 계단의 위로 요슨 성자가 사제들과 함께 신전의 정문에 나와 있는 것을 볼 수 있었다.

철컹!! 철컹!!

날카로운 갑옷 소리를 울리며 계단을 올라간 내가 자신의 앞에 서자 요슨 성자는 나의 얼굴을 딱딱한 표정으로 바라보고는 잠시 후 미간을 찌푸리며 말했다.

"너 같은 지 잘난 맛에 사는 귀족 나부랭이에게 도움을 받다니, 내가 늙긴 늙었나 보군. 흥!"

역시나 이 재수없는 늙은이, 기껏 도와주었더니 하는 말이 욕이라니. 뭐 나 역시 아무 이득 없이 도와주는 것도 아닌지라 끓어오르는 노기를 참고는 천천히 피로 물든 투구를 벗고 말했다.

"내 아이가 와야 할 곳인데, 어찌 귀족파의 손에 더럽혀지는 것을 볼 수 있겠소이까?"

"고맙군."

"고마우실 것까지는 없소이다, 요슨 성자. 오늘부터 레트론은 조금 다른 길을 걸어야 할 것이오."

"응? 네놈, 설마?"

"요슨 성자! 날 귀족파와 같이 보지 말아주셨으면 좋겠소. 나 역시 레트론을 더럽힐 생각은 없으니 말이오."

차가운 목소리로 요슨 성자에게 답한 난 옆에 서 있던 엡실론을 불렀다.

"엡실론!"

"예!"

"성에 포고문을 붙여라! 금일부터 레트론은 신성 자유 도시 체제를 선언한다고 말이다."

"알겠습니다."

나의 말에 요슨 성자와 사제들은 크게 놀란 표정을 지었지만, 엡실
론은 이에 아랑곳하지 않고 명령을 수행하기 위하여 병사들과 함께 물
러났다.

신성 자유 도시. 자유 도시란 개념은 나라에 속하기는 하지만 귀족
들에게 복속되지 않는 그런 도시를 일컫는 말이다. 그 때문에 자유 도
시는 영주가 존재하는 것이 아닌 중앙에서 파견된 관리가 시장이라는
이름으로 영지를 관리하게 되는 도시였다.

하지만 자유 도시의 앞에 신성이란 이름이 붙는다면 그것은 전혀 다
른 개념으로 바뀌는데, 자유 도시가 왕이 임명한 관리가 시장이라는 이
름으로 도시를 관리한다고 하면 신성 자유 도시를 관리할 수 있는 이
는 오직 교황이 파견한 사제뿐이다.

그 때문에 신성 자유 도시가 된 곳은 왕이나 귀족의 존재에게서 완
전히 벗어나는 하나의 작은 신성 왕국이라고 해도 과언이 아니었는데,
아무리 유일신을 믿는 국가라 할지라도 자신의 손에서 완전히 벗어나
는 도시를 만들 왕은 그다지 많지 않았기에 대륙에 신성 자유 도시는
그리 많지 않았다.

그 때문에 레트론은 중립에 속해 있음에도 왕의 관리 하에 놓인 성
이었으나 나의 선언에 따라 이제 이곳을 다스릴 수 있는 유일한 존재
는 바로 요슨 성자가 되는 것이다.

"자네!! 도대체 무슨 생각인가!!"

"아무래도 요슨 성자, 당신의 덕 좀 보아야 할 것 같아서 말이오."

놀라며 묻는 요슨 성자의 물음에 난 미소를 지으며 답했다. 현재 내
가 가지고 있는 서먼의 직함은 기껏해야 남작에 지나지 않았다. 그런
내가 필로드 성까지 차지하게 되면 자연히 왕당파나 귀족파가 그냥 보

고 있을 리 만무했으니 그런 이유로 내가 생각한 방법이 바로 요슨 성자를 이용한 신성 자유 도시 개념이었다.

유일신을 믿고 있는 국가 체제에서 가장 쉽게 국민의 힘을 얻을 수 있는 것이 바로 신성 교단임은 부인할 수 없는 일이었기 때문에 내가 힘으로 필로드 성을 손에 넣는다 할지라도 만약 신성 교단의 이름을 내세운다면 필로드 성의 민중은 자연히 나를 지지할 것이 분명했다.

"일단… 안으로 들어가지……."

한참을 침묵에 잠겨 있던 요슨 성자는 나를 보며 차갑게 말을 내뱉고는 성전 안으로 들어갔고, 난 피에 물든 갑옷을 입은 채 그대로 그를 따랐다.

잠시 후 방에 도착한 그는 자리에 앉아서는 다른 사제들을 내보냈고, 내가 자리에 앉자 나를 바라보고는 말했다.

"자네는 이 땅에서 무엇을 할 생각인가?"

"…요슨 성자, 당신에게는 말해 주겠소. 난 아멘의 영지를 시작으로 레트론, 필로드, 알펜, 그리고 크레멘으로 이어지는 전략선을 구축할 생각이오."

"…신성의 이름으로 말인가……."

"그렇소이다."

나의 말에 그는 노기 어린 표정을 짓고는 말했다.

"자애의 어머니의 이름을 추악한 피로 물들일 생각인가!!"

역시나 그는 신전의 인물, 나의 야욕으로 신의 이름이 피로 물들어지는 것에 분노하고 있었다. 하지만 난 노기 어린 요슨의 말에 미소를 지으며 말했다.

"그렇다면 성자는 당신이 섬기는 자애의 여신을 왕당파나 귀족파 둘

중 하나에 의탁할 생각이오?"

"……."

"이번 전투만 해도 귀족파는 레트론을 피로 물들였소! 언제까지 이런 무의미한 피를 계속 흘릴 생각인가? 중립? 애석하게도 난세의 서면에 자신의 안위조차 지킬 수 없는 신의 이름이 통용될 것이라 믿고 있소? 그렇다면 마음대로 하시오. 오늘은 본작의 힘으로 레트론을 지킬 수 있었겠지만, 언젠가는 왕당파든 귀족파든 둘 중 하나가 레트론을 손에 넣어 그대가 그렇게 섬기는 자애의 여신님의 이름을 이용하여 여신의 존재를 믿으며 따르는 무지한 백성들을 현혹하려 할 것이오. 요슨 성자, 당신은 고리타분한 믿음 하나로 수많은 백성들을 버릴 것이오? 그렇다면 도대체 본작의 영지에 유민들을 왜 보냈소! 그저 신을 믿고 따라다니다 이리의 밥이 되게 만들지 그랬소!!"

나의 계속되는 말에 요슨 성자는 말을 잇지 못하고 있었다. 확실히 신성 기사단조차 없는 자애의 여신의 사제인만큼 그는 피로 물들여진 전쟁을 싫어하고 그것을 거부하고 있었지만 난세의 세상은 피를 원하고 있었고, 자애의 여신의 신전 또한 그런 난세에서 벗어날 수 없었다.

"이드리샤 공작, 자네는……."

"요슨 성자, 지금은 단호한 결심이 필요할 때이오. 왕당파와 귀족파의 타락한 귀족들의 손에서 수많은 민중을 구해내기 위해서는 다소의 피는 불가피한 일입니다."

"피를 위한 피라는 말인가…… 아!"

나의 말에 요슨 성자는 고민하는 투가 역력한 모습으로 탄식하고 있었으니 역시나 나의 말에 혹하고 있음을 알 수 있었다.

후후후, 생각대로 잘 풀려가고 있군. 방금 내가 한 말은 이스페튼의 도움을 많이 받은 것이다. 역시나 한 나라를 말아먹은 녀석이니만큼 이런 데에서는 상당한 도움이 되는 것이 조금 쓸 만하단 생각이 들긴 했다.

하지만 그에게서 모든 것을 도움받을 생각은 없었다. 궤변은 한순간에는 도움이 될 수 있지만, 결코 진실이 될 수는 없기 때문이다.

피를 위한 피라. 결코 좋은 방법은 될 수 없었다. 하지만 이곳이 나의 땅이 아니라 내가 얻어야 할 곳이라면 그것보다 더 좋은 게 없는 것은 사실이었다.

내가 손해 볼 것이 없는 이상 상대 세력의 힘은 깎을 만큼 깎아야 하는 것이 좋은 것 아닌가?

한참을 그렇게 생각에 잠겨 있던 요슨 성자는 나를 보며 침울한 표정으로 말했다.

"자네는 나를 이용해서 무엇을 할 생각인가……."

"요슨 성자께서 셔먼을 다스려야 할 것이오."

"…무슨 말인가?"

"신성 왕국 교황 말입니다."

신성 왕국, 한 나라를 다스리는 국왕 위의 또 하나의 존재, 바로 신성 교황이 있는 왕국을 칭하는 말이었다.

실제로는 보통 왕국과 그리 차이가 없지만, 교황의 발언권이 높고 가장 중요한 것은 신성 기사단이 존재하는 것이었다.

물론 다른 왕국에서도 성기사단이 없는 것은 아니지만, 신성 왕국의 신성 기사단은 일반적인 기사단과는 다른 정규군으로 편성되어 국왕의 명령이 아닌 오직 교황의 명령만을 받게 된다.

자애의 여신의 신전은 성기사단이 없지만, 신성 왕국 체제를 갖추게 되면 신성 기사단을 창설하게 되는 것이다.

"말이 되는 소리를 하게! 교황 성하께서 서면의 왕도에 계시는데 무슨 소리인가!"

"물론 지금 당장은 아니오. 아직 가야 할 길은 멀기만 하니 말이오."

"음……."

"난 요슨 당신이 차대 교황의 물망에 오르고 있음을 잘 알고 있소. 내가 할 수 있는 것은 오직 그대에게 신성 왕국의 초대 교황으로서 토대를 만들어주는 것뿐이지."

그때 내가 있던 방의 문 쪽에서 사람의 인기척이 들려왔다.

"성자님, 시피로스 남작의 기사께서 오셨습니다."

"들어오시라 해라."

요슨의 말에 문이 열리며 한 사람이 모습을 드러냈는데, 바로 엡실론이었다.

"무슨 일인가, 엡실론?"

"공작 각하께서 말씀하신 대로 레트론 성주에게서 권한을 양도받았습니다."

"잘했다."

역시나 엡실론, 내가 말했던 대로 일을 처리했는데, 그의 말에 요슨은 크게 놀란 표정을 지으며 말했다.

"그, 그게 무슨 소리인가? 자네!!"

"죽이지는 않았습니다. 단지 기사들에게 약간 겁을 주라고 했을 뿐입니다."

"크윽……."

솔직히 민병대가 도움을 주었다고는 하지만 레트론을 구한 것은 나의 군대와 나의 지략이라고 해도 과언이 아니었다. 그런 레트론을 멍청한 현 성주에게 맡기고 있을 만큼 난 바보는 아니었고, 레트론의 통치권은 필로드 성 점령을 위해선 반드시 필요한 것이었다.

현재의 병력 외에 민병대와 레트론의 수비병들을 내 것으로 해야 하기 때문이다.

"새삼 자네가 두려워지는군."

요슨이 침울한 표정으로 나를 보며 말했기에 늙은이의 기세를 꽤 꺾었다는 생각이 든 난 자리에서 일어나서는 미소를 지으며 말했다.

"후후후, 무슨 말씀이신지 모르겠습니다. 전 언제나 성자 편일 것입니다. 하하하!!"

크게 웃음을 터뜨린 난 성자의 방에서 나온 후 엡실론을 보며 말했다.

"내일 오전 신성 자유군의 모집 공고를 도시 전체에 알려라. 신성 자유군의 최고 사제 요슨 성자의 이름으로 말이다."

"알겠습니다."

이 도시에 남아 있는 민병대, 그들은 이제 요슨 성자의 이름으로 신성 자유군이란 기치 아래 모일 것이다.

이 도시에 있는 민병대만 모두 손에 넣을 수 있어도 알펜 성과 힘을 합쳐 필로드 성을 손에 넣는 것은 그리 어려운 일이 아닐 것이다.

피에 물든 갑옷이 깨끗하게 변할 날은 아마 조금 시간이 걸릴 테지만, 이 갑옷이 깨끗해질 즈음에는 난 서먼 북부 일대를 손에 넣은 대영주의 자리에 있겠지? 후후후.

기사들과 함께 레트론의 내성에 도착하자 이미 내 병사들이 내성 전체를 장악하고 있는 것을 확인할 수 있었다.

엡실론과 빌의 지시에 따라 재빠르게 움직인 덕이지만, 레트론 주민들에게 불안감을 주지 않고 일을 처리하라 지시했음에도 이렇게 빨리 내성을 점령한 것을 보면 역시나 엡실론이라는 생각이 들었다.

이제부턴 레트론을 시작으로 병력을 증강시키며 알펜 성과 연락을 취해야 했다. 아직 알펜 성이 일루이드와의 대전에서 승리를 했는지 패배를 했는지 알 수는 없지만, 내가 알고 있는 레빈은 절대 패배할 녀석이 아니었다.

일단 레트론을 손에 넣은 이상 가장 중요한 일은 크리민스가 실패한 것을 안 배후의 인물, 바로 귀족파의 헤르멘 백작에 대한 일이었다.

일단은 왕당파의 병력을 막고 있다고는 하지만, 헤르멘은 귀족파에서도 크게 이름을 떨치고 있는 인물, 왕당파의 비면 자작 따위가 상대할 인물이 아니었다.

분명 그는 비면을 없애고 레트론에 병력을 이끌고 올 것이 분명한 일이니 레트론의 성을 보수하는 것이 최우선되어야 할 것이다.

"그나저나 문제는 삼황자가 약속했던 병력이다. 그 병력이 제시간에 도착하지 못한다면 필로드는 고사하고 레트론조차도 지키지 못할 텐데, 과연 삼황자가 알펜 성에 병력을 보냈는지 궁금하군."

"그렇습니다. 저도 걱정되는 것이 알펜 성 쪽에 삼황자 측의 병력 이동에 대한 서한을 전달했지만, 둘 중 어느 한쪽에 연락이 이루어지지 않았으면 어쩌나 하는 점입니다."

"나 역시 마찬가지이네. 자칫 삼황자 쪽에만 서한이 전달됐을 때는 아군끼리 전투가 벌어질 수도 있는 일이니까. 일단 알펜 성 쪽에 다시 병사를 보내도록 하게. 각자 알펜 성 쪽의 이동 방향을 달리해서 세 군데로 말이야."

"알겠습니다."

내전의 향방이 어떻게 흘러가는지 모르는 상황에서 한 명으로 마음이 놓이지 않기 때문에 엡실론에게 세 군데 루트를 통해 똑같은 서한을 전달하게 한 것이다.

"레트론 병력 건은 어찌 되었는가?"

"영주의 권한을 박탈하여 일단 군 지휘권은 저희 측으로 넘어왔습니다."

"숫자는?"

"레트론 수비병의 피해는 거의 전무하다시피 합니다. 레트론 전투 대부분의 피해는 민병대였다고 합니다."

엡실론의 보고에 난 미간을 찌푸리고 말았다. 그래도 중립 지역의 영주라고 해서 조금 대우해 주려고 했는데, 지금 이야기를 듣고는 그런 생각이 사라져 버렸다.

"수비병 전부가 성전을 보호했다는가?"

"그런 것 같지는 않습니다. 들리는 말로는 레트론 전투 때 수비병의 대부분이 내성 쪽에 있었다고 합니다."

"성의 보호는 민병대에 맡기고 숨어 있었단 말인가? 한심하군. 그럴 거면 차라리 성을 버리고 도망치는 편이 나았던 것이 아닌가?"

"아마도 남쪽 방벽이 무너졌을 때 북쪽 문을 통해 수비병과 함께 탈출하려 했던 것 같습니다."

"자기 성을 버리고 도망을 치려 했다고? 하하하!"

역시나 서면의 귀족답다는 생각에 난 웃음밖에 나오지 않았다. 아무리 썩어 빠진 망국의 전통을 가진 귀족 나부랭이라 해도 설마 성이 함락되자 그 틈을 타서 도주하려 했을 것이라고는 생각지도 못했기 때문이다.

확실히 크리민스가 레트론을 점령했다고 하면 영주 따위가 도망을 가든 말든 상관하지 않았겠지. 하지만 아무래도 난 용서가 되질 않았다. 도대체 영주가 영지민을 버리고 간다면 세상에 귀족이 있을 필요가 무엇이 있겠는가?

"죄상을 폭로하고 광장에서 처형할까?"

"이곳이 만약 아멘이었다면 괜찮았을 테지만 아쉽게도 셔먼, 그것도 레트론이라는 것이 문제가 될 것 같습니다."

"흥! 영주와 그의 식솔들을 지하 감옥에 처넣어라."

"알겠습니다."

레트론은 자애의 여신의 신전이 있는 성지, 그런 곳에서 아무리 잘 못을 했다고 하더라도 광장에서 목을 베는 것은 자칫 레트론 시민의 신망을 잃을 수도 있기 때문에 할 수 없이 영주 일가를 지하 감옥에 가둘 수밖에 없었다.

귀족은 평민에 비해 고귀한 자로, 아무리 위급한 처지에 있다 하더라도 더 높은 대우를 받을 수 있었다.

하지만 이러한 대우에는 반드시 따르는 의무가 있었고, 난 그런 의무를 저버린 자는 평민, 아니, 노예보다 못한 자라 생각한다.

귀족에겐 의무가 있고, 그 의무가 바로 신분의 증명이기 때문이다.

"아니… 아니야. 아무래도 지하 감옥에 처넣기 전에 낯짝을 구경하는 것이 좋을 것 같군. 그래도 레트론의 영주였으니 말이야."

엡실론과 함께 내성 안으로 들어선 난 이곳 영주와 그의 식솔들이 감금되어 있는 방으로 향했다.

내성 삼층에 올라오자 병사 두 명이 문 앞에서 경비를 서고 있는 것을 볼 수 있었기에 난 그곳에 영주 일가족이 감금되어 있음을 알 수 있었다.

"문을 열어라."

내가 도착하자 창을 들고 예를 표하는 병사들에게 문을 열게 한 난 엡실론과 함께 방으로 들어갔고, 그곳에서 영주의 가족들을 볼 수 있었다.

레트론의 영주는 쉰 정도 되는 금발 머리의 중년인으로 갑작스럽게 병사들에게 감금당하자 초췌한 모습이 역력했다.

그의 옆에는 두 명의 부인과 함께 그의 자제라고 생각되는 이십 대 정도로 보이는 젊은이 두 명과 열다섯 정도의 딸을 볼 수 있었다.

난 천천히 걸음을 옮겨 영주의 앞에 서서는 그를 보며 말했다.

"그대가 레트론의 영주인가?"

"이드리샤 공작 각하이십니까?"

"그렇소."

"고, 공작 각하! 왜 저를……."

영주는 자신을 가두고 있는 사람이 나라는 것을 알고는 도저히 영문을 모르겠다는 표정으로 물으니 아무래도 왜 자신이 감금당해 있는지조차 알지 못하는 듯했다.

"그대는 진정 자신이 왜 이곳에 있는지 알지 못하는가?"

"이곳의 영주권 때문이라면 이미 넘겨주지 않았소이까."

"후후, 영주, 그대도 알다시피 본작은 그대의 국왕에게 정식으로 레트론 성을 양도받은 것이 아니지 않소. 그런 상황에서 어찌 영주를 그냥 보내줄 수 있겠소이까?"

"그런……."

“아무래도 본작을 위해서 영주는 이곳에서 몸을 묻으셔야 할 것이오.”

“공작!! 공작 각하! 제… 제발 목숨만은 살려주시오. 내 재산을 모두 드릴 테니 제발 목숨만을 살려주시오!”

이곳에서 몸을 묻어야 한다는 말에 그제야 자신의 운명을 알게 된 레트론의 영주는 황급히 달려와서는 나의 바짓자락을 붙잡고 사정하고 있었지만, 애석하게도 난 이자를 살려두고 싶은 생각은 없었다.

아니, 녀석의 비굴한 모습을 보며 더욱더 죽여야겠다는 결심이 들었는데, 문득 고개를 들어 녀석의 식솔을 보자 조금 의외라는 생각이 들었다.

그의 두 명의 부인과 딸은 나의 말에 겁에 질려 있는 모습이 역력한 데 비해 놀랍게도 이십 대로 보이는 그의 두 아들의 표정에서는 두려워하는 모습이 보이지 않았기 때문이다.

“호오……”

자신들의 운명을 들었음에도 불구하고 두 아들은 살기 어린 표정으로 나를 바라볼 뿐이었으니 난 조금 관심이 생겨 그들을 보며 물었다.

“너희들의 이름은 무엇이냐?”

하지만 나의 물음에도 불구하고 그들은 살기 어린 눈망울로 나를 노려볼 뿐 어떠한 대답도 하지 않았기에 난 내 바짓자락을 잡고 살려달라 소리치는 영주를 보며 말했다.

“영주.”

“마, 말씀하십시오.”

“그대의 두 아들의 이름을 알고 싶군.”

“아! 예. 저 아이가 장남인 민트라 하고, 저 아이가 둘째인 시드입니다.”

“음…….”

검을 익혔다고 생각되는 장발의 청년이 장남인 민트, 조금은 마른 체구의 학자와 같은 인상을 가지고 있는 자가 차남인 시드라는 것을 안 난 영주를 보며 말했다.

“그대의 장남은 검을 익힌 듯한데?”

“그, 그렇습니다. 첫째는 수도의 기사 학원에서 기사 수업을 받았고, 둘째는 마법 학원을 졸업하고 레트론에 머물고 있었습니다.”

“호오!”

제 2 6 장 레트론 전투

　한 명의 인재라도 더 필요한 상황에서 수도의 기사 학원에서 기사 수업을 받은 녀석과 마법 학원을 졸업했다는 녀석에게 관심이 가는 것은 당연한 일이었다.

　죽음을 앞에 두고도 비굴한 아비와는 전혀 다른 모습을 보이고 있는 이들은 자긍심 높은 귀족으로서 부족함이 없는 모습이었다.

　"후후후, 재밌군, 재밌어."

　영주의 두 아들의 모습을 보며 흡족한 마음이 든 난 그들과는 반대로 자신의 어미 품에서 떨고 있는 그의 딸을 보았다.

　긴 금발이 아름다운 그녀는 알리샤나 리안나보다는 한참 떨어지는 미색이지만, 그래도 인물이 빠지는 것은 아닌지라 미소를 지으며 영주에게 말했다.

　"영주, 그대의 딸 나이가 몇이나 되는가?"

“여, 열일곱입니다.”

“열일곱? 조금 어려 보이는 타입이군. 엡실론!”

“예, 공작 각하!”

“저 아이를 자네에게 주겠다.”

“알겠습니다.”

갑작스러운 나의 말에 영주와 그의 식솔들은 크게 놀란 표정을 지었는데, 난 고개를 돌려서는 영주를 보며 말했다.

“내 옆에 있는 기사는 본작의 측근으로 크로우 나이츠의 슈페리어 넘버 3 엡실론 자작이다. 영주, 그대의 딸을 맡기기에는 부족함이 없는 인물이지. 어떤가?”

“크로우 나이츠!!”

크로우 나이츠의 슈페리어 기사라는 것을 알게 된 레트론의 영주는 크게 놀란 표정을 지었다. 현재 대륙 최강의 국가는 알디하렌 제국임을 부인할 수 없지만, 그 대제국과 맞설 수 있는 국가는 아멘뿐이었으니 그가 아멘 제2의 기사단을 모를 리가 없었다.

하지만 그보다는 내가 자신의 딸을 엡실론에게 준 것에 의외라 생각할 것은 당연했기에 난 미소를 지으며 영주에게 말했다.

“레트론의 영주여, 본작은 자신의 영위만을 우선하여 영지를 버린 채 달아나려 했던 그대의 행위가 괘씸하여 귀족으로서의 의무를 다하지 못함을 벌하려 했다. 하나 그대의 두 아들은 죽음 앞에서도 서먼의 귀족으로서 결코 목숨을 구걸하지 않으니 그 의기를 높이 사는 바이다. 살고 싶은가?”

“사, 살려만 주신다면 뭐든지 다 하겠습니다.”

한심한 녀석, 내 말투를 보면 지금 죽일 생각을 하지 않는다는 것을 깨닫지 못하나? 저런 자가 레트론의 영주였다는 생각이 드니 그저 고개만 저어질 뿐이었다.

하나 사실 생각해 보면 레트론은 다른 곳과 비교해서 세금이 높은 것도 아니거니와 이곳 영지민 역시 풍족한 삶을 누리고 있었기에 겁이 좀 많다 뿐이지 한 사람의 영주로선 그리 무능하지는 않을 것이라는 생각이 들었다.

물론 요슨 성자 같은 늙은이가 있는 와중에 제 욕심을 채우기 위해 난리 치지는 못했을 테지만, 그 정도면 용서해 줄 만한 건덕지는 있다고 내 자신을 설득했다.

솔직히 말한다면 귀족으로서의 의무를 다하지 못한 영주 녀석을 내 손으로 베어버릴 요량으로 이곳으로 왔지만, 그의 두 아들 놈을 보자니, 아무래도 인재욕의 갈등이 일었다.

이놈을 죽이고 강제로 부하로 삼았으면 하는 생각이 들었지만, 인재를 등용하기 위해선 그만큼의 희생이 필요하니 온몸에서 흘러나오는 살인의 유혹을 온 힘을 다해 참을 수밖에 없었다.

그런 생각이 들자 더 이상 참지 못한 난 허리에 차고 있던 피로 물든 검을 뽑아서는 두 녀석이 있는 곳으로 다가가 영주의 장남인 민트라는 자의 목에 검을 겨누며 말했다.

"그대가 나에게 충성을 맹세한다면 본작은 그대와 그대의 가문을 지금 이상의 자리로 끌어올려 주겠다. 하나 그대가 거부한다면 오늘로서 그대의 가문은 서먼에서 사라지게 될 것이다!"

"……!!"

갑작스러운 나의 말에 그는 크게 놀란 표정을 지었다. 설마 내가 이러한 제안을 하리라고는 생각지도 못했을 것이다.

하지만 이런 강압적인 등용에 반감이 들었는지 민트라는 자는 단호한 목소리로 답했다.

"배덕자 후손의 부하 따위가 될 마음은 없다!"

"호오! 배덕자라……."

배덕자. 그것은 셔먼의 귀족들이 아멘의 귀족들을 칭할 때 쓰는 욕이었다. 알디하렌, 셔먼, 아멘 이렇게 삼국은 이제는 사라진 제국인 라피나르에 자신들의 국가를 세운 나라였다.

그 때문에 이 세 나라의 건국 시기는 모두 같을 수밖에 없었는데, 셔먼은 이 삼국 중에서도 라피나르 제국의 전통을 많이 잇고 있는 나라였고, 스스로를 제국의 후인이라 칭하고 있었다.

하지만 야만족 출신의 알디하렌과는 달리 아멘은 라피나르 제국 출신의 귀족들이 제국에 반기를 들어 세운 나라, 그 때문에 아멘이 알디하렌을 야만족의 국가라 칭하고 있는 것처럼 셔먼은 아멘을 배덕자의 나라라 칭하고 있었던 것이다.

물론 아멘 역시 셔먼을 겁쟁이의 나라라 부르고 있으니 피장파장이라고나 할까?

하지만 민트라는 자가 나를 배덕자의 후손이라 칭하는 것에 그리 기분이 나쁘지는 않았다. 솔직히 라피나르 제국의 멸망은 알디하렌 탓도 있지만 본국의 귀족, 아니, 본가의 배신으로 인한 것도 있기 때문이다.

"배덕자라…… 훗… 좋아. 그 정도의 의기가 없다면 관심조차 가지지 않았을 테니까. 엡실론!"

"예!"

"이자들을 연무장으로 끌고 나와라!"

"예!"

레트론의 영주 일가를 연무장으로 끌고 나온 난 민트라는 자를 연무대에 올리고는 연무장에 있는 검 중 하나를 그에게 던지며 말했다.

"어떤가? 지금의 심정으로는 본작을 베어버리고 싶은 마음이 가득할 터. 검이나 한 번 겨루어보지 않겠는가?"

"흥! 배덕자의 말로가 어떤 것인지 가르쳐 주겠다!"

나의 말에 민트는 던져 주는 검을 받고는 콧방귀를 뀌며 소리쳤고, 나 역시 연습용 검을 들고는 연무대 위로 올라섰다.

민트라는 자는 기사로서 어느 정도 실력을 갖추고 있는 듯이 보였지만, 이상하게도 난 그에게 질 것이라는 생각이 전혀 들지 않았다.

"자! 한번 덤벼보게. 내 갑옷에 묻은 피는 셔먼 병사들의 피, 그 위에 자네의 피를 덮는 것도 그리 나쁘지는 않을 듯하군."

"끄압!!"

내 말이 끝나기가 무섭게 녀석은 고함을 지르며 달려와서는 그대로 가슴을 향해 검을 찔러왔고, 그런 녀석을 보며 난 두 손으로 검을 잡아 녀석의 검을 옆으로 튕겨내곤 그대로 숄더 차지를 사용하여 그의 가슴을 받아쳤다.

쿵!!

"끄윽!!"

상대의 검에서 묵직한 기운이 느껴졌지만, 다행히도 그 기운은 소드 익스퍼트 초급 정도의 경지, 중급에 이르는 나의 힘으로 충분히 상대할 수 있는 수준이었다.

하지만 무거운 갑주를 입고 있는 덕에 스피드는 상당히 떨어질 수밖에 없었기에 일단은 맞받아치는 전법을 사용한 것이다.

다행히 제대로 된 실전 경험을 겪어보지 못한 녀석은 숄더 차지를 피하지 못했고, 플레이트 메일을 입고 있는 나에 비해 갑주를 걸치지 않은 녀석은 상당한 충격을 받았는지 그대로 바닥에 나뒹그러져서는 고통스러운 신음을 흘리고 있었다.

"이런! 너무 쉽게 당하면 섭섭하지 않은가?"

그런 녀석에게 난 미소를 지으며 도발했고, 나의 도발이 먹혀들었는지 그는 아픈 가슴을 움켜쥐며 몸을 일으키고 있었다.

"끄아아!!"

또다시 녀석은 고함을 지르며 달려들었지만, 이미 침착함을 잃고 있는 녀석의 모습은 그저 앞으로 달려드는 성난 황소와 다를 바가 없었기에 난 녀석이 머리를 향해 휘두르는 검을 몸을 숙여 피하고는 그대로 녀석의 몸에 붙어 왼손으로 안면을 잡아서는 땅으로 팽개쳐 버렸다.

쿠구궁!!

"끄윽!!"

"쯧쯧… 소드 익스퍼트 초급임에도 불구하고 그리 강한 것 같지 않군. 도대체 지금껏 무엇을 했는가?"

뒤로 나뒹그러진 녀석을 보며 난 천천히 다가가 검을 잡고 있는 그의 손을 발로 밟고는 말했다.

"끝도 없는 내전으로 인하여 수많은 동족이 피로 물들어 가고 있을 때 네 녀석은 귀족이라는 허명에 눈이 멀어 특권만을 누리며 살아왔을 것이다. 묻겠다. 도대체 귀족이란 무엇인가?"

"끄윽!"

신음을 지르며 괴로워하는 녀석을 보며 난 그의 손에 들려 있는 검을 발로 차 떨구어내고는 두 손으로 녀석의 멱살을 잡고 들어 올렸다.

엄청 무겁군. 하지만 무겁다고 다시 떨구어낼 순 없는 일인지라 난 이를 악물며 녀석을 들어 올려 고통스러운 표정인 녀석을 노려보며 말했다.

"귀족으로서의 자긍심을 보이는 것은 중요하다. 하나 보아라! 본작의 갑옷을 붉게 물들이고 있는 이 피를! 귀족으로서의 자긍심은 피의 의무를 진 후에야 얻을 수 있는 것이지, 그저 운 좋게 귀족의 가문에서 태어나 얻어지는 것이 아니란 말이다!"

그 말과 함께 녀석을 내던진 난 차가운 목소리로 말했다.

"지금 이 성의 밖에는 수많은 이들의 피가 대지를 붉게 물들이고 있음에도 네 녀석은 한 명의 기사로서, 수많은 이들의 위에 서 그들을 이끌어야 할 귀족으로서의 의무를 저버린 채 제 한 목숨을 부지할 생각만 하고 있는 것이냐!"

"……."

"잘 들어라! 본작은 아멘의 귀족이다. 서먼의 인간이 수천, 수만이 죽는다 해도 그것은 결코 나의 슬픔, 나의 고뇌가 될 수 없다. 하나 네 녀석은 서먼의 귀족, 이 땅의 피는 너의 피가 되어야 하는 것이다. 스스로가 귀족으로서 자긍심을 세우고 싶다면 먼저 그 의무를 행해라! 귀족의 자긍심은 아무것도 하지 않은 채 그저 한목숨 살기 위해 발버둥 치고자 하는 자가 내세울 수 있는 것이 아니란 말이다!"

솔직히 내가 무슨 말을 하고 있는지 조금 아리송해졌다. 도대체 내가 뭔 말을 하고 있다냐? 횡설수설 중얼거리기는 했는데 지금 생각해보니 고개가 설레설레 저어지는 것이 아무래도 제대로 된 정리가 불가능한 듯했다.

휴… 게리오스가 있었다면 옆에서 내가 하고자 하는 말을 제대로 정리해 줄 텐데, 딱딱한 엡실론 녀석은 그저 내가 하는 말에 고개를 끄덕일 뿐이니 정말 게리오스가 보고 싶군.

왜 하필 황제가 돼서…….

어쨌든 민트라는 자에게 할 이야기는 다 했다고 생각한 난 쓰러져 있는 그를 보며 말했다.

"본작은 그대의 충성을 원한다. 하나 무조건적인 충성을 원하는 것은 아니다. 그대가 보건대 만일 본작이 이 땅에 해가 될 자라 생각된다면 본작에게 검을 겨누어라!"

그렇게 말한 난 엡실론에게 눈짓을 보내고는 영주의 일가를 연무대에 내버려 두고 내성으로 걸음을 옮겼다.

솔직히 조금 후회되는 것은 사실이다. 저렇게 그냥 나둬도 될는지… 휴, 사실 저 정도의 인재라면 평민 축에서도 찾을 수 있을 것이다. 또 평민이 다루기에는 녀석들보다 훨씬 더 편할 것은 분명하다. 하지만 평민은 평민일 뿐이다.

평민과 귀족의 다른 점이 있다면 귀족은 태어나면서부터 위에 설 자로서의 교육을 받은 이들, 평민은 아무리 뛰어나다고 해도 막상 사람들의 위에 세우면 자신의 지금 신분을 망각하는 데다가 개중에는 평민임을 망각하고 자신의 위치 이상의 것을 탐하는 자들도 있었다.

물론 레빈과 같이 그 자신의 위치를 잃지 않는 자들도 없지는 않았지만, 애석하게도 그만큼의 능력을 지닌 자는 극히 소수에 불과하니, 나로선 태어나면서부터 위에 선 자로서의 교육을 받은 귀족이 필요한 것이다.

적어도 그들은 자기 자신의 위치를 망각할 정도는 아니기 때문이다.

"아! 엡실론, 그나저나 영주의 딸은 마음에 드는가?"

"미색은 괜찮은 것 같더군요."

나의 말에 딱딱하게 대답하는 그였다. 내가 엡실론에게 영주의 딸을 준 것은 일종의 볼모라고 할 수 있었다.

형식적인 충성보다는 피로 맺어진 충성이 훨씬 더 효과가 크다는 것을 잘 알고 있기에 엡실론에게 준 것인데, 거부하지 않는 것을 보니 그리 마음에 없는 것은 아닌가 보다.

뭐 그리 박색도 아니니 마다할 필요도 없고 신분 또한 서먼의 종속이지만 이곳 영주의 딸이니 엡실론의 측실이 되는 데 그리 문제가 되지 않을 것이다.

요슨 성자를 아직 설복하지는 못했지만, 레트론의 전권을 장악한 탓에 그리 큰 문제는 생기지 않았다.

레트론의 신성 자유 도시에 대한 공고는 생각보다 큰 호응을 얻었기에 차후 필로드 성을 점령하는 데 필요한 병력 모집에는 그리 큰 문제가 없을 듯했다.

일단은 기존 레트론의 수비대장이었던 로트린이라는 자는 그대로 두어 레트론의 치안에 전력을 기울였다.

이곳이 레트론 성지라 조금 잠잠한 편에 속하기는 하지만, 이 주일이나 계속되었던 싸움 탓에 치안에 별문제가 없었던 것은 아니기 때문이다.

하루에 십여 차례 이상 절도나 강도 같은 범죄가 보고되고 있는 상황에서 치안에 신경 쓰지 않을 수 없었기에 레트론의 곳곳에 병사들을 배치했다.

물론 치안 이외에도 처리해야 할 문제는 산적해 있었다. 가장 큰 문제는 이번 전투로 인하여 죽거나 다친 자들의 가족에게 보상금을 지불해야 하는 등의 문제였다. 물론 그자들 대부분이 민병대이기는 하지만,

적으나마 보상금을 치르지 않는다면 차후에 있을 싸움에 또다시 민병대의 힘을 얻는 것은 힘든 일이기 때문이다.

그 외에도 레트론 남쪽 평원에 널려 있는 시체 처리는 물론이요, 귀족파들의 포로 문제 역시 하루빨리 처리해야 할 문제였으니 머리가 지끈지끈해지는 것은 당연한 일이었다.

"죽겠군. 죽겠어!"

벌써 수시간을 일했음에도 불구하고 아직 반도 처리하지 못한 서류를 보니 짜증밖에 나지 않는지라 서류를 집무실의 책상에 내치고는 창쪽으로 향했다.

엡실론과 빌은 전형적인 무장, 이스페튼은 현자라고는 하지만 중요한 일을 맡기기에는 조금 불안한 자인지라 이런 일을 처리할 수 있는 사람은 나 혼자뿐이었다.

하지만 필로드 성을 비롯해서 아직 산재한 문제가 가득한 상황에서 계속 이런 서류에 매달릴 수는 없는 일이다.

게리오스만 있었으면 일의 반은 줄어들었겠지만, 불가능한 것을 바랄 수는 없는 일이기에 인재의 등용은 시급할 수밖에 없었다.

일단 레트론 영주의 장남에게 미끼를 던지기는 했는데 확실히 마음을 돌렸다고 볼 수는 없었고, 그들이 내 진영에 합류한다 해도 아직 인재는 턱없이 부족한 상태였다.

인재의 부족에 대한 고민으로 골치를 썩고 있을 때 갑자기 큰 소리와 함께 문이 열리며 누군가 안으로 들어왔고 그 사람이 호위 기사단장 빌인 것을 확인한 난 그를 보며 물었다.

"무슨 일이냐?"

"공작 각하! 왕당파의 비먼 자작이 드리실론 전투에서 헤르멘 백작에게 패했다는 전갈이 도착했습니다.”

“이런…….”

빌의 말에 난 미간을 찌푸릴 수밖에 없었다.

아직 레트론에 산적해 있는 문제를 해결하지 못한 상황에서 헤르멘을 상대한다는 것은 조금, 아니, 많이 버거운 일이다.

그동안 왕당파는 귀족파에서 레트론을 점령하려 하자 비먼 자작으로 그들의 앞을 막았다. 하지만 상대는 귀족파에서도 이름난 명장 헤르멘 백작, 그 때문에 비먼 자작은 드리실론에서 발이 묶인 것이다.

드리실론 전투는 처음 비먼 자작의 1만 병력과 헤르멘의 8,000 병력이 충돌한 그리 크지 않은 전투였지만, 레트론의 중요성이 부각되면서 점점 병력 증강이 이루어져 비먼 자작의 패배가 전해지기 전까지는 거의 10만에 이르는 양측 병력이 공방전을 벌이고 있었다.

처음 레트론의 점령을 목적으로 개시되었던 전쟁은 지금에 와서는 서북부의 패권을 다투는 전쟁으로 크게 번져 있었는데, 이번에 비먼 자작이 헤르멘에게 패배하면서 사실상 셔먼의 서부는 귀족파의 손아귀로 넘어갔다고 해도 과언이 아닌 것이다.

“헤르멘의 병력은 어느 정도 된다 하는가?”

“들리는 소문에는 4만을 넘어선다 합니다.”

“4만이라… 미치겠군!”

왕당파에 그리 인재가 없다는 것은 잘 알고 있었지만, 내가 알고 있던 왕당파의 병력은 6만이었다. 그럼에도 불구하고 적 병력을 4만이나 남겨주었다는 것은 욕밖에 나오지 않는 전과였다.

아무리 헤르멘이 승리한다 해도 양측 간의 대규모 전투인만큼 귀족파의 피해가 상당할 것이라 예상했고 그 때문에 레트론에서 시간을 벌 수 있다고 생각했는데, 4만이나 남았다면 드리실론 전투의 병력이 그대로 레트론으로 북상할 확률이 높았다.

현재 레트론에 남아 있는 병력은 내 병사들이 약 4,000 정도에 민병대와 레트론 기존 병력의 숫자가 약 1만 3천 정도에 불과했다.

그동안 신성 자유 도시 선언을 하며 민병대의 숫자를 최대한 늘린 것임에도 불구하고 적 병력의 반도 되지 않는다는 것은 상당히 심각한 문제일 수밖에 없었다.

언젠가 레트론으로 들이닥칠 귀족파의 군대에 대항하여 성벽이 없는 남쪽에 방벽 작업을 지시하고는 있지만, 아직 수만의 병력을 상대로 수성할 수 있는 정도는 아니었다.

4만의 병력이 일시에 성벽이 없는 남쪽 성을 공략한다면 성은 삽시간에 무너질 것은 분명한 일, 힘들게 얻은 레트론을 쉽게 귀족파에 내주어야 할 것이다.

"빌! 긴급 회의를 소집하겠다."

"알겠습니다."

만약 내 예상대로 일이 흘러갔다고 한다면 헤르멘은 드리실론 전투의 영향으로 어쩔 수 없이 회군하고, 난 그사이에 레빈이 있는 알펜 성과 삼황자가 약속했던 5만 정병의 힘으로 필로드를 단시일에 함락하고 그 여세를 모아 필로드 성을 중심으로 귀족파를 압박하여 레트론에 대한 관심을 줄일 생각이었다.

레트론의 장악이 손쉽게 이루어졌기에 계획은 순조롭게 흘러가고 있다고 생각했는데, 왕당파의 멍청이들이 헤르멘을 상대로 어처구니없는 패전을 한 탓에 일이 이상하게 꼬인 것이다.

아무리 그래도 숫자적으로 월등히 앞선다고 들었는데 어떻게 이런 결과가 나오는지 휴… 아무튼 자세한 것은 엡실론들과 협의하여 정할 생각이지만, 현 상황은 그리 좋은 것이 아니다.

아직 알펜 성 상황이 어떻게 흘러가는지도 모르고 있는데, 적어도 이 주일의 시간만 더 있었으면 하는 바람이 있었지만 난 그런 바람으로 현실을 망각할 정도의 바보는 아니다.

얼마 후 엡실론들이 집무실에 모였고, 난 헤르멘에 대한 일을 이들에게 설명해 주었다.

"그대들도 들었겠지만, 왕당파와 귀족파의 드리실론 전투는 귀족파의 헤르멘 백작의 압승으로 끝났다. 이번 전투에서 헤르멘에게 남은 병력은 4만, 이 정도의 병력이 남아 있는 헤르멘이라면 회군보다는 분명 레트론 함락 쪽으로 방향을 잡을 것이 분명하다."

나의 말에 엡실론들은 침음만 흘릴 뿐 아무런 말도 하지 못하고 있었다. 확실히 레트론의 방어도를 생각한다면 도저히 왕당파의 대군을 무찌르고 사기가 올라 있는 헤르멘의 4만 병력을 막는다는 것은 불가능하기 때문이다.

"우리에게 남아 있는 시간은 대략 삼 일 정도, 헤르멘이 보급을 위해 행군을 늦춘다고 하더라도 길어야 오 일 이상은 걸리지 않을 것이라 생각된다."

"레트론의 현 상황으로는 헤르멘의 4만 병력을 막아낼 여력이 없습니다. 레트론의 전 병력을 모두 합쳐도 2만이 넘지 않는 데다가 수성을 하기에 레트론의 성벽은 허술하기 짝이 없습니다."

엡실론의 말에 다른 이들 역시 고개를 끄덕였다. 확실히 레트론은 수성을 하기엔 그리 좋지 않은 성이기 때문이다.

"그렇다면 그대의 생각은 성을 버리자는 것인가?"

"예. 어차피 레트론은 요슨 성자가 있음으로써 성지로서의 힘을 발휘할 수 있는 곳, 알펜 성과 협조하여 필로드 성을 함락한 후에 레트론을 다시 손에 넣는 것이 훨씬 나으리라 생각됩니다."

"음……."

확실히 성을 버리고 떠나는 편이 좋으리라는 생각이 들었다. 하지만 이대로 버리고 떠나기에는 아까운 것이 사실이다.

"민병대의 장비 보급은 어찌 되었는가?"

"저번 전투를 통해 얻은 전리품을 민병대에 일순위로 보급했습니다."

"그나마 다행이군. 남쪽 방벽은?"

"민병대가 임시로 만들어놓은 방벽을 대충 보강한 정도입니다."

"헤르멘은 드리실론 전투에서 바로 북상하고 있을 것이다. 그렇다고 한다면 보급을 받는다 해도 공성 병기는 없을 것이다. 지금부터 남쪽 방벽 보수를 최우선으로 처리하도록 해라."

"공작 각하! 그렇다면!"

"레트론을 지킨다."

솔직히 승산은 보이지 않았지만, 나로서는 레트론을 버리는 것이 아까울 수밖에 없었다. 또 신성 자유 도시 선언까지 한 판에 귀족파의 군대가 몰려왔다고 도주한다면 도대체 내 체면은 뭐가 되겠는가?

레트론 성의 영지민 숫자는 외부에 있는 자까지 합친다면 대략 18만 정도, 강제 징병을 통해 병사의 수를 현재 있는 병력의 두세 배 정도로 늘린다면 성지 사수 전투도 해볼 만하다는 생각이 들었다.

물론 귀족파의 정병, 그것도 드리실론 전투를 승리로 마쳐 사기가 오른 놈들이 상대이기는 하지만, 성지 사수라는 것은 레트론 사람들에게는 또 다른 의미가 있는지라 그것을 잘만 이용한다면 어떻게는 되지 않을까 하는 생각이 들었다.

물론 많은 이들이 죽임을 당하기야 하겠지만, 서먼에서 세운 나의 계획을 원활하게 하기 위해서는 내 영지와 레트론으로 이어지는 서먼의 전략선이 필요한 상황에서 이대로 쉽게 레트론을 내어주고 싶은 마음은 없었다.

"엡실론."

"예."

"신전의 이름으로 징집령을 포고해라! 싸울 수 있는 모든 자를 징집하고 부족한 병기 대신 목창을 만들게 해 최대한 무장을 시키도록!"

"알겠습니다."

승부수였다. 과연 이런 방법으로 4만에 이르는 헤르멘의 군대에게서 레트론을 지켜낼 수 있을지는 알 수 없지만, 그렇다고 아군 측에 유리한 점이 없는 것은 아니다.

일단 공성전에 비해 수성전이 훨씬 유리함이 첫째였고, 둘째, 귀족파 군대는 근 한 달에 가까운 시간 동안 드리실론 전투를 행함으로써 상당한 피로가 쌓였을 것이란 점, 셋째, 레트론 함락에 필요한 공성 병기를 마련하지 못했을 것, 넷째, 보급 문제 역시 원활하지 못할 것이라는 것이다.

만일 레트론에 제대로 된 정규 병력이 2만 정도만 있었어도 헤르멘은 감히 레트론을 탐하지 못했을 테지만, 크리민스를 통해 레트론의 상황은 정확히 입수했을 그이니만큼 이러한 문제점이 있음에도 불구하고 병력을 북상시킬 것은 당연한 일이다.

어쨌든 헤르멘의 4만 군세가 밀려오기 전까지 레트론의 정비는 급속하게 이루어졌고, 단 며칠에 불과하지만 점점 늘어나는 민병대의 훈련에 정신이 없을 정도였다.

수뇌부 회의가 있은 지 삼 일 후 레트론으로 드디어 적의 선봉대가 그 모습을 드러내었다. 처음 레트론으로 모습을 드러낸 적 선봉의 숫자는 대략 1만여 명에 이르렀다.

"휴! 드디어 시작인가."

엡실론과 이스페든, 필리아와 함께 성벽에 올라 헤르멘의 선봉대를 보는 나의 심정은 뭐랄까? 긴장감으로 인해 온몸에 닭살이 사라지지 않았다.

멀리 보이는 적 선봉대의 모습은 과연 드리실론 전투에서 압승을 거둔 군사라는 생각이 들 정도로 진영에는 어떠한 흐트러짐도 보이지 않고 있었다.

"엡실론, 적 선봉대는 누구라던가?"

"리스타드 남작이라고 합니다. 전에 저의 손에 목이 베인 친구인 크리민스의 원수를 갚기 위해 헤르멘 백작에게 요청하여 선봉을 맡았다고 합니다."

"오호… 친구란 말인가? 그렇다면 상당히 손이 근질근질하겠군."

"아마도 그럴 것입니다."

적의 본진이 도착하려면 짧아도 수시간은 필요할 터이기에 난 그 시간 안에 저 녀석들의 사기를 꺾어놓아야겠다는 생각을 했다.

하지만 제대로 훈련되지도 않은 병사들을 데리고 적 선봉을 상대한다는 것은 어려운 일이었는데, 그때 옆에 있던 이스페든이 너털웃음을 지으며 말했다.

“공작, 이 늙은이가 생각이 있는데 들어주겠는가?”

“응? 무슨 일이오?”

“허허, 그저 늙은이의 잡생각일 뿐이네.”

하지만 잡소리라고 흘려듣기엔 이스페든이라는 늙은이는 만만한 사람이 아닌지라 난 그의 이야기를 들어보기로 했고, 그 모든 이야기를 들었을 때 한번 해볼 만하다는 생각이 들었다.

물론 이것이 적병이 레트론에 당도한 지 얼마 되지 않은 것과 상대가 친구의 원수를 갚는다는 생각에 정신없을 때에야 가능한 일이기도 했다.

“좋소. 엡실론!”

“예.”

“이스페든의 계책을 사용해 보도록 하자.”

“알겠습니다.”

과연 이 계책이 얼마나 효과를 거둘 수 있을지는 알 수 없었지만, 적어도 적 선봉의 기세만은 꺾을 수 있기를 바랄 뿐이다.

헤르멘의 선봉대가 도착하자 레트론 성은 바쁘게 움직이기 시작했다.

“북쪽 문을 열어라!!”

레트론 선봉이 도착한 지 삼십 분 후 북쪽 성문이 열렸다. 다시 시작된 레트론 성의 전투에 두려움을 느낀 사람들을 성 밖으로 내보내기 위한 것이다.

막상 전투가 시작되면 이런 자들로 인하여 성이 혼란스럽게 변할 수도 있는 데다 지금 역시 낮은 남쪽 방벽을 넘어 도주하는 민병대가 속출하는 상황에서 어쩔 수 없는 선택이었다.

적을 눈앞에 두고 도주한다면 아군의 사기가 크게 저하될 것은 분명한 일이기 때문이다.

"남작님, 이대로는!"

레트론 성의 수비대장을 맡고 있는 로트린은 헤르멘의 선봉대가 와 있는 상황에서 성의 사람들이 도주하자 불안감을 느끼는지 걱정스러운 표정으로 말하고 있었다.

"상관없다! 전투에 필요없는 자들이라면 오히려 방해가 될 뿐이니까."

"하지만……."

"수비대장 로트린! 내가 하는 말을 듣지 못했나?"

"…알겠습니다."

나의 단호한 말에 로트린은 할 수 없다는 표정을 짓고 걸음을 옮겼고, 이에 난 회심의 미소를 지을 수 있었다.

북문을 통해 사람들이 성을 빠져나가자 선봉대가 그것을 놓칠 리 없었다.

리스타드 남작이 북문 쪽을 향해 선봉대를 돌리는 것은 당연한 일이었다.

"와아아아!!"

"헤르멘의 선봉대가 북문으로 진격해 들어온다! 성문을 닫아라!! 성문을 닫아라!!"

1만에 이르는 선봉대가 북문 쪽을 향해 진격해 들어오자 성은 혼란에 싸일 수밖에 없었고, 성 밖으로 나가는 이들은 비명을 지르며 사방으로 흩어지기 시작했다.

하지만 헤르멘의 선봉대는 이들을 무시한 채 그대로 닫혀져 가는 북문을 향해 밀려들어 왔기에, 상황은 크게 안 좋아 보였다.

드리실론 전투의 승리로 사기가 크게 올라 있는 헤르멘의 선봉대는 노도와 같은 기세로 북문으로 밀고 들어왔고, 성을 빠져나가는 사람들 때문에 병사들이 문을 닫지 못한 탓에 그들의 기세를 막을 도리가 없었다.

"와아아!! 성내로 진격하라!!"

채재쟁!! 챙!! 챙!!

북문은 금세 사방을 울리는 병장기 소리와 병사들의 비명 소리로 가득해지며 점점 아비규환으로 변했다.

"적병을 막아라!!"

민병대는 적병이 성문 안으로 들어오는 것을 막기 위해 필사적으로 이들을 막아서고 있었지만, 상황은 헤르멘의 선봉대 쪽으로 크게 기울어져 있어 크게 좋지 않아 보였다.

"민병대로는 더 이상 버틸 수가 없습니다!! 레트론 수비병을 당장!!"

레트론의 수비대장 로트린은 긴장한 얼굴로 나를 보며 소리치고 있었는데, 잠시 후 무엇인가 이상하다는 생각을 하고는 나를 보며 되물어 보았다.

"나… 남작님, 웃고 계십니까?"

"응? 내가?"

"어떻게 아군이 밀리고 있는데 웃으실 수가 있습니까!"

로트린은 내가 웃고 있다는 것을 보며 성난 목소리로 소리쳤기에 난 할 수 없다는 생각에 고개를 저으며 그의 어깨에 손을 얹고 말했다.

"수비대장 로트린."

"…예, 남작님……"

"자네에게 말을 해주지 않은 것은 참으로 미안하네. 솔직히 레트론의 기존 지휘관을 믿기에는 본작이 자네들을 만난 시간이 너무 적지 않았는가."

"예? 그럼……."

"자네가 알지 못하는 사이에 일은 아주 아군에 유리한 쪽으로 흘러가고 있다네."

난 그의 어깨를 두드려 주며 안심시켰다. 하지만 그는 나의 말에 영문을 몰라 하고 있었으니 앞뒤 사정을 모르고 있는 그의 입장에선 당연한 일이었다.

"남작님, 대충 시간이 된 듯합니다."

"응? 그런가? 로트린."

"예, 남작님."

"지금부터가 자네가 힘쓸 차례네. 남쪽 방벽에 있는 수비병은 북문 쪽으로 대부분 돌렸겠지?"

"그, 그렇습니다."

옆에 있던 로트린의 말에 난 역시 때가 되었다고 생각하곤 그에게 한마디 건넨 후 옆에 있던 빌을 보며 말했다.

"빌, 신호를 보내라!"

"예."

나의 명령이 떨어지자 잠시 후 긴 나팔 소리가 크게 울려 퍼졌다.

뿌우!!

그리고 난 엡실론과 함께 말에 올랐고, 잠시 후 아군의 기병이 나팔 소리를 듣고 북문 쪽으로 진군해 오는 것을 보며 허리에 차고 있던 검을 뽑아 든 난 하늘을 향해 들어 올렸다.

"아군 기병대 돌격!!"

그리고 다음 순간 큰 소리를 지르며 검을 앞으로 내밀었고, 아군의 기사단과 기병은 북문으로 밀고 들어오는 헤르멘의 선봉을 향해 맹렬히 돌격해 들어갔다.

"공격하라!!"

아군의 기병 숫자는 대략 2,000명 정도, 이것으로 1만의 선봉대를 막는다는 것은 힘든 일임이 당연했다.

하지만 난 이 정도의 숫자만으로 처음부터 적을 상대하려 생각한 것은 아니었고, 그것을 증명이라도 해주는 듯 북문의 뒤로 엄청난 함성이 들려왔다.

"와아아!!"

그리고 북문을 중심으로 아군은 성 안쪽과 바깥에서 동시에 헤르멘의 선봉대를 압박해 들어갔고 전세는 순식간에 역전되고 말았다.

순식간에 전세가 역전될 수 있었던 것은 바로 이스페든이 계획한 전술 덕분이었다.

상대는 드리실론 전투로 인하여 사기가 높은 데다가 리스타드 스스로 선봉을 맡고 나선 인물인만큼 기회만 있으면 본진이 도착하기 전에 전공을 세울 생각으로 가득 찬 인물이다.

그 때문에 이스페든은 일단 레트론 밖으로 영지민 중 몇 명을 성에서 도주하게 했고, 당연히 헤르멘의 선봉대 입장에서는 그들을 잡아 성 안의 상황을 조사하였을 것이다.

하지만 그것이 함정의 시작으로, 이스페든은 이들에게 레트론 성은 현재 4만에 이르는 귀족파의 군대로 인하여 혼란 상태에 빠졌다고 말하게 한 것이다.

이런 거짓으로 인하여 리스타드에게 레트론 성의 상황이 좋지 않다 생각하게 했고, 본진이 오기 전에 전공을 세울 수 있다는 생각을 하게 만든 후 북문을 열어 영지민들이 전쟁을 피해 피난 가고 있는 것처럼 보이게 한 것이다.

하지만 북문을 통해 빠져나간 이들의 대부분은 바로 레트론 성의 병력, 리스타드는 당연히 북문이 열린 것을 놓치지 않을 것이 분명했고, 신속하게 병력을 북문 쪽으로 이동시킨 것이다.

선봉대가 진격해 들어오는 것을 보며 북문 쪽에서 피난민으로 위장했던 병력은 마치 적이 두려워 도망치는 것처럼 사방으로 산개했고, 선봉대야 당연히 도망치는 피난민보다는 성의 함락을 우선시할 것이 분명했기에 성문이 닫히기 전 성으로 돌진한 것이다.

물론 이것 역시 정확한 계산에 의한 것이었고, 레트론 성은 피난민 때문에 성문을 닫는 것이 늦어진 것처럼 보이게 하며 레트론의 선봉대 일부를 성내로 끌어들인 것이다.

적 병력이 성문 안으로 일부 들어온 것을 확인한 후 신호를 보내어 피난민으로 위장한 병력에 진형을 갖춰 적의 후방을 급습하게 하는 동시에 레트론 성의 병력 역시 일제히 성으로 돌진해 들어오는 적을 공격하여 북쪽 성문을 중심으로 적을 앞뒤로 포위하여 섬멸하는 계책을 사용한 것이다.

아군의 병력이 제대로 훈련받지 못한 민병대라 할지라도 그 숫자만큼은 선봉에 비해 두 배를 넘는 수였기에, 합공을 가해 상대를 밀어붙인다면 승산이 아군에 있는 것은 당연한 일이었다.

"레트론을 더럽히는 적도의 목을 베라!!"

"와아아!!"

앞뒤로 밀려들어 오는 레트론 병력의 거센 공세로 인하여 헤르멘의 선봉대는 크게 혼란스러워졌다.

적이 북문 사이에 갇혀 옴짝달싹 못한다면야 상대하기 쉽지.

"로트린!"

"예."

"수비병의 일부를 성벽으로 돌려 수성전용으로 준비해 두었던 돌을 떨구어 적을 격살하라!"

"알겠습니다."

나의 명령에 일부의 병력은 성벽을 타고 성문 쪽으로 다가가 목창과 돌을 던지며 적을 공격하니, 이미 이전에 수성전용 돌이 준비되어 있었기 때문에 공격은 쉽게 이루어졌다.

"와아아아!!"

쿠구구궁!!

"끄악!! 사람 살려!"

앞뒤로 밀려오는 계속되는 공격과 성벽 위에서 던지는 목창과 돌로 인하여 적병의 비명 소리가 사방에서 터져 나왔다.

그렇게 선봉대를 상대로 이루어진 전투는 한 시간여 정도 만에 아군의 대승으로 끝이 났다.

뭐, 사실 전투는 이미 북문으로 선봉대가 들어온 시점에서부터 아군의 승리로 확정된 것이었는데, 승리의 기쁨에 앞서 난 이런 작전을 짠 이스페튼의 능력에 감탄했다.

과연 현자라고나 할까? 전혀 예상하지 못한 방법으로 헤르멘의 선봉을 괴멸시키는 작전을 세우니 말이다. 역시 나 아멘의 공작 이드리샤의 부하로 전혀 손색이 없었다.

"너무하셨습니다. 저에게 조금이라도 언질을 주셨다면……."

"하하하, 이거 미안하게 됐네. 하나 이번 전투를 통해 자네의 용병술이 뛰어남을 알았으니 차후의 작전에서 자네에겐 중요한 일을 맡길 터, 오늘의 서운함은 그때 가서 마음껏 풀게나."

"알겠습니다. 그 약속 절대 잊지 말아주십시오."

"하하하, 설마 내가 거짓을 말하겠는가?"

생각 외로 로트린의 용병술은 꽤 쓸모가 있었다. 전혀 예상하지도 못한 작전에서 지시에 따라 레트론의 기존 수비병들을 효과적으로 운용하는 그로 인하여 북문의 사이에 갇혀 있던 적을 괴멸시키는 데 상당한 도움이 됐기 때문이다.

이야기를 들어보니 검술 또한 상당한 실력이라 하는데, 레트론의 영주 때문에 그 실력을 백분 드러내지 못하고 있었던 듯하다.

하긴 자신의 영지에서 전투가 일어났으면서도 수비병을 자신의 보호로 돌리는 이가 어찌 제대로 부하의 능력을 알아볼 수 있겠는가?

난 로트린에게 사로잡힌 헤르멘의 선봉대 중 경상이나 부상을 입지 않은 자들을 아군으로 회유하게 했다.

조만간 헤르멘의 본대가 들이닥칠 시점에서 조금 성급한 일일 수도 있지만, 이번 전투의 목적이 레트론 방어전, 아니, 성지 방어전이라고 할 수 있는 만큼 포로들을 회유하는 데 상당히 유리한 점이 있기에 지시한 것이다.

내성의 성문에 도착하자 호위 기사단장인 빌이 헤르멘 선봉대의 수뇌부를 압송하고 나를 기다리고 있었으니 천천히 걸음을 옮겨 성문 앞에 있는 의자에 앉은 난 포박당하여 무릎 꿇려진 선봉대의 장수들을 보며 말했다.

“단도직입적으로 말하겠다. 그대들은 자애의 여신이신 레비나님의 사랑을 받는 서면 왕국의 귀족과 장수들임에도 불구하고, 레비나님의 성지라고 할 수 있는 이곳 레트론을 피로 물들이려 하였으니 참으로 슬프기 그지없다.”

물론 자애의 여신의 성지, 아니, 면전에서 피를 떨구든 말든 나하고 는 그리 상관은 없었다. 어차피 내가 믿는 신도 아니거니와 명목상 레 트론을 지키기 위함인데 좀 봐주지 않겠는가?

하지만 자애의 여신의 성교회를 국교로 하고 있는 서면의 입장에선 내가 하는 말은 이들에게 상당한 정신적 압박을 주기에 충분하리라 생 각되었고, 역시나 하급 장수들 중 몇 사람은 더욱 얼굴을 숙이는 것이 자신의 잘못을 느끼는 듯했다.

“이 땅의 모든 이를 자애롭게 바라보시는 어머니께서 오늘 이곳에 뿌려진 이들의 피를 보며 얼마나 슬퍼하시겠는가…….”

그리고 다음 순간 난 어머니를 생각하며 슬퍼지는 표정으로 잠시 고 개를 숙였고, 나의 숙연함에 좌중에서는 어떠한 말도 새어 나오지 않았 다.

“다른 이들에게 밝히지는 않았지만 본작은 사실 타국인 아멘의 귀족 이다! 솔직히 본작은 이 땅을 피로 물들이는 한이 있어도 어머니의 눈 에 눈물이 나게 하는 자네들을 당장이라도 베고 싶은 마음이 가득하나, 하지만 그것이 한없이 자애로우신 어머니께 또 다른 슬픔을 줄 수 있 는 일인지라 조금이라도 어머니의 슬픔을 덜어내고자 그대들을 살려주 기로 했다.”

그렇게 말한 난 천천히 자리에서 일어났으나 잠시 휘청거리는 모습 을 보이며 바닥에 무릎을 꿇었고, 그것을 확인한 빌은 크게 놀라서는 나의 이름을 부르며 뛰어왔다.

"공작 각하!"

"아… 난 괜찮네."

"하오나… 조금이라도 휴식을……."

"어머니의 땅을 피로 적시고 있는 내가 어찌 그분의 슬픔 앞에서 휴식을 취할 수 있겠는가?"

빌을 보며 난 힘든 모습으로 천천히 걸음을 옮겼다.

나의 그런 뒷모습을 보며 병사들은 슬픈 표정을 짓고 있었고, 뒤에서 빌 역시 흐느끼며 중얼거리는 소리가 들렸다.

"어머니… 어찌하여 저희들의 주인께 이러한 고통을 주시옵니까… 흑흑흑……. 이 개 같은 놈들아! 공작 각하께선 아멘의 귀족이심에도 불구하고 어머니의 땅을 지키고자 쉬지도 않고 이곳으로 달려오셨고, 또 이 땅을 피로 물들였다는 죄책감에 제대로 쉬지도 못하고 성전에서 참회의 기도를 올리고 계시다. 그런데도 네 녀석들은… 어머니의 사랑을 가장 많이 받고 있다는 셔먼의 족속들임에도 왜 욕망에 못 이겨 이 땅을 피로 물들인단 말인가! 흑흑흑… 도대체 그대들은… 그대들은 왜!! 어머니의 슬픔을 이해하지 못한단 말인가……."

고통스럽게 울부짖던 빌이 사로잡힌 포로들을 보며 절규하듯 소리치곤 차마 몸을 지탱하지 못하고 뒤로 쓰러지자 급히 병사들이 그를 부축하였다.

"공작 각하께선 어머니의 땅을 피로 물들인다는 고통을 겪으시면서도 너희들의 검은 야욕에서 지키고자 또다시 스스로를 고통으로 몰아넣으려 하신다. 도대체 왜… 공작 각하께서… 이런 고통을 당하셔야 한단 말인가……."

　병사들의 부축을 받으며 걸음을 옮기던 빌은 이들에게 중얼거리고는 잠시 침묵을 지키다 병사들을 보며 말했다.

　"공작 각하의 명령이다. 저자들을 풀어주어라… 그리고 나머지 일반 병사들 중 움직일 수 있는 포로들 역시 풀어주어라… 성지를 더럽힌 이들을 풀어주고 싶진 않으나… 조금이라도 어머니의 슬픔을 덜어드려야 하지 않겠는가……."

　"…알겠습니다."

　빌의 말이 끝나자 병사들은 숙연한 마음으로 고개를 숙이고는 내성문 앞에 있던 선봉대 장수들을 포박하고 있던 밧줄을 풀어주었는데, 이제 포로의 신세를 벗어날 것임에도 불구하고 그들의 표정에는 슬픔만이 가득한 듯 보였다.

　이들의 숙연한 표정을 숨어서 지켜보던 나로선 절로 웃음이 나올 수밖에 없었다.

　"하하하, 빌 역시 한가락 하는군. 크흐흐……."

　"공작, 자꾸 그러면 벌받는다네."

　녀석들을 보며 웃고 있는 나의 뒤로 어느새 이스페든이 와서는 중얼거리자 조금 두려운 생각도 들었다.

　"음… 조금 그런가? 그래도 성지를 사수하기 위해서인데 봐주시겠지."

　"글쎄, 자네의 음흉한 속셈을 잘 알고 계실 테니 모르는 일이 아닐까?"

　"윽……."

　"어쨌든 자네의 뜻대로 일이 진행되는 것 같군. 서먼은 자애의 여신을 국교로 하는 국가이니 회유되지 않은 포로들이나 저들이 돌아가면 헤르멘의 병력에 금세 소문이 퍼지겠지. 아멘의 공작 이드리샤의 어머니에 대한 신앙심에 대해 말이야."

"후후후… 이런 모습을 자꾸 보여주어야 앞으로 나올 신성 왕국의 실질적인 패주로서 셔먼의 국민들을 설득할 수 있지 않겠소?"

"그럴 테지. 그나저나 자네는 참으로 간교한 사람일세."

"이용할 수 있는 것은 최대한 이용하자는 것이 나의 신조일 뿐이오. 호호호."

어차피 적 선봉대를 괴멸시킨 이상 이들을 보내주어도 그다지 문제될 것은 없었다. 또 병력 중 부상당한 자들을 제외하고 로트린이 회유한 자들을 또 뺀다면 헤르멘에게 돌아갈 자들은 기껏해야 1,000 정도도 미치지 못할 것이라 생각되었다.

또한 그자들은 자신들이 신의 땅을 더럽혔다는 생각에 양심의 가책을 느낄 테고, 그런 이야기들은 헤르멘의 병력에도 널리 퍼질 것이니, 성지를 더럽힌다는 생각을 하게 되는 그들의 사기가 저하될 것은 분명한 일이다.

군대를 지휘하는 것은 돈 독 오른 귀족일지 몰라도 직접 싸우는 자는 일반 평민들로 이루어진 병사들이기 때문이다.

"이제 공작에게 남은 것은 요슨 성자를 끌어들이는 것뿐이군."

"헤르멘의 4만 병력 앞에서도 레트론을 포기하지 않은 것은 요슨 성자라는 열쇠가 있기 때문이니까. 약간이나마 그의 심기를 흔든 것 같으니 그것을 잘 이용한다면 이번 전투 역시 확실히 본작의 승리로 끝나겠지… 호호호."

"음흉한 놈."

확실히 내가 생각해도 조금 음흉한 생각이기는 했지만, 그래도 이것이 가장 피를 적게 흘릴 수 있는 방법임은 틀림이 없었다.

성지 레트론. 전신인 라피나르 제국의 전통을 그대로 잇는 셔면에서 가장 처음 생겨난 자애의 여신의 성지다.

확실히 건국 초기에는 라피나르 제국의 국교인 천신을 믿고 있었지만, 건국 초기부터 시작된 내전으로 인하여 셔면의 국토는 피폐화되고 국민들 역시 건국 후 전성기를 누리고 있던 아멘이나 알디하렌과는 비교가 안 될 정도로 비참했다.

이전까지 셔면이 믿고 있던 천신교는 비교적 교의 권위가 강한 교단이기에 이런 피폐화된 셔면에서 포교력이 극히 떨어짐은 당연했다. 하지만 오성신 중 유일하게 신성 기사단이 존재하지 않고 어떠한 대가도 바라지 않은 채 신의 믿음을 전파하고 가난한 이들을 구제하는 자애의 여신의 교단은 이러한 셔면에 더없이 쉽게 다가갔다.

하지만 아무리 자애의 여신의 교단이 가난한 사람들에게 쉽게 다가간다 해도 기존의 천신을 믿고 있던 귀족들과 왕족들에게는 그저 하찮은 평민이나 천민들이 믿는 교단일 수밖에 없었다.

그 때문에 자애의 여신의 사제들은 천신의 사제들에 비해 셔면에서는 낮은 취급을 받을 수밖에 없었는데, 그때 나타난 인물이 레트론 최초의 성자인 밀레논과 열 명의 사제들이었다.

셔면이 건국된 지 십 년, 셔면의 북서부에 유래를 찾아볼 수 없을 정도의 전염병이 창궐하기 시작했다.

전염병은 내전으로 피폐화된 셔면에 급속도로 퍼져 나갔고, 근 한 달 만에 수십만 명이 목숨을 잃는 엄청난 피해를 자아내었다.

이 때문에 당시 셔면의 왕은 셔면 북서부를 통제함과 동시에 수많은 병자들을 레트론으로 밀어 넣었으니 수많은 전염병자들이 강제로 이주

당하는 레트론은 죽음의 도시라 불리며 매일 수백 명의 사람들이 전염병으로 죽음을 당하였다.

하지만 레트론의 성자 밀레논은 죽음의 도시라 칭하며 어떠한 이도 가까이 가지 않으려 하는 레트론으로 열 명의 자애의 여신 사제들과 함께 찾아갔던 것이다.

국왕의 통금령으로 인하여 레트론으로 들어간 이는 죽기 전까지는 누구도 나올 수 없는 상황에서 그곳으로 들어간 성자는 전염병자들이 가득한 레트론에서 그들을 치료해 나갔다.

하지만 제대로 된 식량도 깨끗한 물도 없는 상황에서 전염병은 점점 더 심해져 가니, 그와 함께 레트론으로 들어갔던 열 명의 사제들은 한 달 만에 모두 죽음을 당하고 말았고, 밀레논 역시 전염병의 마수에서 벗어나지 못하고 병에 걸리고 말았다.

그러나 자신 역시 몸을 움직일 수조차 없는 중병에 걸렸음에도 불구하고 그는 마지막 순간까지 전염병에 걸려 고통을 호소하는 환자들의 곁을 돌아다니며 자신의 남은 생명력을 깎아 신성 마법을 펼쳐 이들을 치유해 나갔다.

마지막 한 톨의 생명력까지 고통받는 사람들을 위해 희생한 밀레논은 더 이상 버티지 못하고 죽고 말았으니 마지막 순간까지 자신들을 위해 몸을 아끼지 않았던 밀레논과 열 명의 사제들의 죽음에 수많은 자들은 눈물을 감추지 못했다고 한다.

수많은 사람들은 이들을 위해 자애의 여신께 기도를 올렸는데, 놀랍게도 마지막 생명력까지 소모하여 환자를 치유하다 죽은 밀레논 앞으로 자애의 여신이 강림하였다고 한다.

눈을 뜰 수조차 없는 순백의 빛 속에서 나타난 자애의 여신인 레비나는 고통받는 자들을 위해 마지막 생명력까지 바치며 희생했던 밀레논을 가슴에 안고 슬픔의 눈물을 흘렸는데 그 눈물이 땅으로 떨어지자 놀랍게도 레트론에서 죽을 날만을 기다리고 있던 사람들의 병이 모두 나았다고 한다.

열 명의 사제들과 성자 밀레논은 여신과 함께 하늘로 승천했고, 전염병에서 벗어난 레트론의 시민들은 밀레논과 열 명의 사제들을 성자라 칭하며 자애의 여신을 흠송하였다고 한다.

그 후로 자애의 여신의 성교회는 레트론을 중심으로 하여 내전으로 핍박받고 있는 평민과 천민들을 중심으로 급속도로 퍼져 나갔다고 하니 레트론이 갖는 성지로서의 가치가 얼마나 중요한지 말해 주는 것이다.

서먼에서 가장 존경받는 성자들은 한 번씩이라도 이 성지 레트론의 성전에 머무르지 않은 자가 없으며 자애의 여신의 역대 교황 대부분이 레트론의 성자로서 역임하였다고 한다.

그런 만큼 나의 입장에서 요슨 성자를 아군으로 하는 것은 어느 것보다 중요할 수밖에 없었기에 포로들의 정신을 빼놓은 난 다시 그를 만나기 위해 성전으로 향했다.

얼마 전만 해도 선봉대가 도시 안까지 밀려와 크게 소란스러웠음에도 불구하고 성전은 마치 동떨어져 있는 듯한 모습이었다.

물론 전투로 인하여 발생한 부상자들을 치료하기 위하여 성전에 소속된 대부분의 사제들이 그곳으로 나가 있기는 했지만, 이번 전투의 중심이 성전인 것을 생각한다면 조금 이상한 모습이 아닐 수 없었다.

성전 안으로 들어가자 육십 대의 노사제가 의자에 앉아 피곤한 듯 졸고 있는지라 노사제의 앞에 서서 헛기침을 하며 그에게 인기척을 드러내었다.

"험험……."

"응?"

헛기침 소리에 노사제는 천천히 눈을 뜨며 나를 멍한 눈으로 바라보더니 천천히 자리에서 일어나서는 말했다.

"무슨 일이오?"

"요슨 성자를 만나러 왔소."

"성자님은 이층 성전 도서관에 계실 테니 가보시구려. 흐음……."

간단히 요슨 성자가 있는 곳을 말한 그는 이내 의자에 앉아서는 다시 졸기 시작했기에, 과연 요슨 성자가 머무르는 성전이라는 생각이 들었다.

도대체 서먼 제일의 성지라는 곳의 입구를 아무리 정신이 없다고 해도 이런 늙은이에게 맡기다니. 쩝…….

어쨌든 이런 늙은이 안내를 받아봐야 귀찮은 일일 수밖에 없는지라 할 수 없다는 생각에 고개를 저은 난 성전의 이층에 있다는 도서관으로 향했다.

레트론의 도서관은 과연 제일의 성지라고나 할까? 그 크기가 엄청났으니 족히 수십만 권의 책이 진열되어 있는 것에 탄성이 절로 나왔다.

책이라는 것에 깊이 빠져 본 적이 없는 나이기는 하지만, 이렇게나 많은 책을 구경한 적이 없었기 때문이다.

주위를 돌아보니 사제가 아닌 자들 중 몇몇 사람의 모습도 보이고 있는지라 이곳을 사제만 이용하는 것이 아니라는 것을 알 수 있었는데, 그중에 익히 얼굴을 알고 있는 사람의 모습도 보이는지라 조금 놀랄 수밖에 없었다.

수십 권의 책을 쌓아놓고 보고 있는 젊은이는 바로 레트론 성주의 둘째 아들인 시드라는 자였기 때문이다.

"호오… 무슨 책을 그렇게 정신없이 읽고 있는가?"

"아!"

그에게 다가간 난 내가 온 줄도 알지 못하고 책에 열중하고 있는 그를 보며 넌지시 물어보았다. 그제야 내가 온 것을 안 그는 놀란 표정을 지으며 나를 쳐다보았다.

그건 그렇고 영주의 일가족을 영지 안에서 자유롭게 움직일 수 있도록 풀어주고 있다고는 하지만, 목이 잘려 나갈 위기에까지 빠졌음에도 불구하고 도서관에서 죽치고 앉아 있는 놈이라니, 아무리 마법사라고 해도 상황 파악을 못한다는 생각이 들었다.

"예, 마나의 형태 분석을 통해 서클 마법진의 조합 및 마법어의 배치를 연구하고 있었습니다."

"……."

역시나 마법사다운 놈이랄까? 묻는다고 곧이곧대로 대답할 줄이야. 그저 잠시 마법 연구를 하고 있었다고 간단하게 대답해 주면 어디가 덧난단 말인가.

"음… 그런가. 과연, 아! 그러고 보니 자네 학파가 궁금하군. 본작은 민체스터 학파의 수장이신 빌 포우님과 조금 안면이 있는데 말이야."

"아! 빌 포우님을 알고 계십니까?"

"예전에 일이 있어 아내가 잠시 신세를 진 적이 있었다네."

"그러셨군요. 빌 포우님이라시라니… 저 역시 크레멘으로 가 그분을 뵌 적이 있습니다. 인첸트 마법의 효율에 대한 그때의 강의는 아직도 잊혀지지 않습니다."

"……."

이놈의 마법사들은 마법에 대해 문외한인 사람에게도 거리낌없이 학술적인 이야기를 사정없이 내뱉는 것이 전혀 마음에 들지 않는다.

자기가 알고 있는 것이라면 모두 다 알고 있다고 생각하는 것 아니야?

"전 일단은 네르든 마법 학파에 속해 있기는 하지만, 서클 마법에는 그리 소질이 없는 편인지라… 솔직히 개인적으로는 마법 도구를 중심으로 연구를 하는 민체스터 학파나 소환 마법 계통의 라지베헤루 학파에 관심이 많지만, 그다지 아는 사람이 없고 수도에는 네르든 마법 학파의 학원밖에 없는지라 어쩔 수 없이 네르든 마법 학파를 선택할 수밖에 없었습니다."

"음… 그런가? 그렇다면 이것은 어떻겠는가?"

"예?"

"본작이 민체스터 학파의 수장이신 빌 포우님께 자네를 부탁한다면 어떻겠는가?"

"헉!! 그… 그것이… 정말이십니까?"

"이런, 본작이 그대에게 왜 거짓을 말하겠는가? 물론 빌 포우님과 그렇게 친한 것은 아니지만, 자네 혼자라면 어떻게든 부탁할 수 있을 것이라 생각하네."

"공작 각하!!"

그 순간 나의 말이 끝나기가 무섭게 시드는 나에게로 몸을 날려서는 그대로 바짓자락을 잡고 늘어졌기에 난 당황할 수밖에 없었다.

"이런. 이 사람아, 이게 무슨 짓인가!"

"공작 각하께서 저에게 이렇게 신경을 써주시니 몸 둘 바를 모르겠습니다. 공작 각하께서 민체스터 학파에 추천장을 써주신다면 평생토록 공작 각하의 은혜를 잊지 않겠습니다.”

“흠… 흠……..”

역시나 마법사 족속이라니, 마법에 마 자만 들어가도 미친 듯이 날뛰는 이놈의 족속들은 어쩐 일인지 좀처럼 적응이 안 된다니까.

어쨌든 미끼에 걸려든 녀석을 보며 과연 이놈이 쓸 만할까 하는 생각이 들었기에 넌지시 그를 보며 물어보았다.

“그런데 자네는 셔먼의 내전의 상황을 어찌 생각하는가?”

“내전이요? 음… 솔직히 전 내전이 어떻게 흘러가는지 별 관심이 없는지라……..”

역시나 마법사답게 세상사와는 전혀 다른 방향으로 살아가는 놈이라는 생각이 들었다.

“그래도 공작 각하께서 물어보시니 아는 데까지 말해 본다면 일단 셔먼은 중부와 남부를 장악하고 있는 국왕 폐하를 위시로 한 왕당파와 동부와 서남부 일대를 장악하고 있는 귀족파, 그리고 북서부를 중심으로 하는 중립 귀족들이 삼분하고 있습니다. 그리고 주로 내전은 왕당파의 중부와 귀족파의 동부가 셀트론 평원을 차지하기 위한 국지전으로 한정되어 있었지요. 하지만 무슨 연유인지는 모르지만, 근 한 달 전부터 내전의 양상은 국지전이 아닌 왕당파와 귀족파 간의 전면전으로 확대되어 현재 내전은 중부 전선의 리온 후작과 일리온 공작, 남부 전선은 테스턴 백작과 네리온 자작이 대치하고 있는 상황이고, 서부 전선은 귀족파의 헤르멘 백작이 중립파를 압박하며 북서부로 귀족파의 세력을 확장하고 있고, 북부 전선은 일루이드 백작과 새롭게 백작의 작위를 받은 알펜 성의 레빈 백작이 충돌하는 상황으로 번져 갔습니다. 이렇게 귀족파가 갑작스럽게 내전을 전면전으로 끌고 간 이유는 자세한 것은 알려지지 않았지만, 소문을 들어보면 내전에 알디하렌의 황자들이 끼어 있다는 말이 있었고, 전면전이 일어난 시점이 알디하렌에 새로운 황제가 정해진 후이기 때문에 확실히 서먼의 내전에 알디하렌의 황자들이 힘을 보태고 있는 것은 사실인 듯합니다."

"…오!"

대충 아는 것만 말하겠다는 듯이 떠들고 있던 시드는 놀랍게도 서먼 내전의 상황을 정확하게 파악하고 있었고, 전쟁이 전면전으로 확장된 이유까지 자세히 알고 있었기에 이놈이 나를 가지고 장난치는 것이 아닌가 하는 생각이 들 정도였다.

"꽤 자세하게 알고 있군."

"그저 들은 풍문을 이야기하는 것뿐입니다."

"그런가? 음… 그렇다면 자네의 생각으로는 서먼의 내전을 끝내려면 어떠한 수가 가장 좋다고 생각하는가?"

"음… 글쎄요. 확실하게 내전을 끝내기 위해서는 귀족파든 왕당파든 어느 한쪽이 사라지는 것이 가장 좋겠지요."

"그렇겠지."

내가 원하는 대답은 아니지만, 확실히 그의 말대로 내전인만큼 어느 한쪽이 이긴다면 끝나는 것은 맞는 말이긴 했다.

"그렇다면 말일세, 현재 레트론의 상황에 대해선 어떻게 생각하는가?"

"음… 현재 레트론은 뭐랄까, 서먼 서부와 북부의 패권을 다투는 드리실론 전투에서 귀족파의 헤르멘 백작이 왕당파를 괴멸시킴으로써 서부는 귀족파의 손아귀에 들어갔다고 해도 과언이 아닙니다. 아마 귀족파는 서부의 패권을 집어삼킨 여세를 몰아 북서부에 위치한 레트론을 점령함으로써 민중의 지지를 얻고 그와 함께 북부의 필로드 성과 알펜 성을 차례로 함락함으로써 서부와 북부의 패권을 쥐어 중부를 사방에서 압박하는 전략을 짜고 있을 것입니다. 그러니 현재 레트론으로 몰려오는 헤르멘의 군세를 무찌른다 하더라도 또다시 병력을 레트론으로 보낼 것이 분명합니다."

그의 말에 잠시 생각에 잠긴 난 다른 질문을 던져 보았다.

"그렇다면 말일세, 현 레트론의 상황을 타개하기 위해선 어떠한 방법이 좋겠는가?"

"음… 개인적인 생각입니다만, 현재 공작 각하께서 펼치시는 신성 자유 도시 체제를 유지하며 근처의 세력들과 연계하는 것이 가장 좋을 듯합니다. 레트론은 서먼 제일의 성지, 이것을 기반으로 하여 착실히 민병대를 모아 훈련시키며 병력을 증강시키는 한편 필로드, 알펜, 크레멘으로 이어지는 북부의 연합 체계를 구축하는 것입니다. 그렇게 한다면 현재 귀족파에 밀리고 있는 왕당파와도 동맹을 맺어 헤르멘 백작을 위시로 하는 서부 전선을 왕당파와 함께 압박할 수 있고, 알디하렌의 참여도 북부에서 차단할 수 있을 것입니다."

"호오!"

놀랍게도 시드가 생각하고 있는 레트론의 타계책은 내가 생각하고 있는 것과 그리 다르지 않았기에 조금 놀라고 말았다.

"하지만 제가 생각하고 있는 것은 어느 정도의 시간이 필요한 것입니다. 만일 필로드나 알펜 성이 레트론과 연계를 하지 않는다면 북부 연합 자체가 이루어지지 않고, 현재의 자체 병력 또한 귀족파의 서부 전선에 대항할 만큼의 숫자가 아니기 때문입니다."

"…만일 본작이 알펜 성의 성주를 설득하고, 현재의 병력 이외에 5만의 추가 병력을 얻게 된다면?"

"……!!"

혹시나 하는 생각에 난 그를 보며 나의 생각을 말했는데, 그 순간 시드는 크게 놀란 표정을 지었다.

"역시나 그랬군요. 하긴 알펜 성 성주가 새로 임명된 것과 공작 각하께서 서면에서 활동을 하신 시점은 비슷했으니까요. 5만의 병력은 어떻게 된 것인지는 모르지만, 만일 그러한 병력이 있으시다면 가장 먼저 알펜 성의 상황을 타개하는 것이 좋을 것입니다. 북동부 크레멘은 마법사의 전당이 있어 귀족파가 마법사들을 적으로 하는 것이 두려워 손을 대지 못하고 있으니, 알펜 성 성주 레빈 백작에게 5만의 병력을 증강시켜 일루이드 백작의 병력을 괴멸시킨 후 그 여세를 몰아 필로드 성을 취한다면 북부 연합이 결성되었다고 볼 수 있기 때문입니다. 그런 연후 왕당파와 연계, 일부의 병력을 레트론을 돌린 후 서부 전선을 압박해 들어가면 사실상의 내전 열쇠는 공작 각하께서 쥐실 수 있을 것입니다."

이거 답답한 모습으로 연기라도 했던 것인가? 놀랍게도 그는 알펜 성의 레빈과 내가 연관이 있음을 추론하고는 전략을 내세우니, 생각보다 상당히 뛰어난 자였다는 생각이 들었다.

마법에만 매달린 멍한 얼굴의 시드가 이렇게나 전황을 잘 읽고 예측할 수 있다는 것을 누가 알았겠는가?

어쩌면 시드라는 녀석은 차남이라는 이유로 영주가 될 수 없자, 할 수 없이 마법에 매달리는 것은 아닐까 하는 생각이 들었다.

솔직히 그의 형인 민트를 얻기 위해 이곳 영주를 살려두었던 것을 생각한다면 예상외의 인재를 찾아낸 것이라 할 수 있었다.

"자네… 영주가 되고 싶은 마음은 없는가?"

"예? 무슨 말씀을……?"

"어떤가? 자네가 나의 한 팔이 되어준다면 레트론이 아니라 필로드를 자네에게 주겠네. 물론 그것은 일이 잘 풀려 필로드가 나의 손에 들어와야 가능한 일이긴 하지만, 어차피 본작이 무너지면 자네의 운명 역시 끝일 것이니 그리 나쁘지 않은 제안이라 생각되는데 말이야?"

"……."

"자네는 마법에만 열중한 듯이 남을 속이려 하지만, 지금까지 본 자네는 결코 마법사의 체질이 아니야. 철저한 전략가, 본작으로선 그렇게밖에 볼 수가 없군."

나의 말에 그는 제대로 말을 잇지 못하고 있었다. 확실히 나의 말이 상당히 충격을 준 듯했다.

"대답은 천천히 하도록 하게, 아직 시간은 있으니까 말이야."

그에게 선택할 시간을 준 난 천천히 걸음을 옮겼다. 그의 형처럼 시간을 주기는 했지만, 과연 그가 나의 뜻대로 움직여 줄지는 알 수 없었다. 하지만 그가 진정으로 영주로서의 야심이 있다면 나의 뜻을 받아들이리라 생각했다.

"공작, 자네는 성전에서까지 추악한 야심을 드러내는군."

"요슨 성자."

그때 누군가의 목소리에 뒤를 돌아보자 요슨 성자가 무표정한 모습으로 나를 보고 있었다.

"나를 찾아왔는가?"

"그렇소."

내 말에 고개를 끄덕인 그는 천천히 어디론가로 걸음을 옮겼고, 난 그의 뒤를 따라갔다.

요슨 성자가 도착한 곳은 여신의 신상이 모셔져 있는 성전의 예배당이었는데, 그는 천천히 신상이 있는 곳에 자리를 잡고는 나를 보며 말했다.

"그래, 내게 하고 싶은 말이 무엇인가?"

"그대의 생각을 다시 한 번 돌리기 위함이오."

"…신성 왕국에 관한 이야기인가?"

"그렇소. 요슨 성자, 다시 한 번 생각해 보지 않겠소이까? 그대의 말 한마디에 따라 이 땅의 자애의 여신을 따르는 많은 인간들의 운명이 바뀔 수 있소."

"……."

"그대는 이렇게 쓸데없는 귀족들의 아귀다툼으로 인하여 죄없는 이들이 죽임당하는 것을 계속 보고 있을 생각인가? 물론 자네가 믿는 신의 가르침에는 사람을 해하면 안 된다고 하지만 그것은 신의 가르침일 뿐, 이 세상에 신의 가르침을 따르지 않는 자들의 숫자는 헤아릴 수 없이 많은 것이 사실이네. 당신은 언제까지나 결과만을 지켜볼 생각인가? 자애의 여신의 사랑은 그 원흉을 보지 않고 희생당한 자들에게 끝없는 자애만을 베풀라 하던가? 그대가 진정 이 땅 서면의 인간들에게 자애의 여신의 자애로움을 보이고 싶다면 과감하게 움직여야 하네!"

헥헥… 이놈 한 명 끌어들이는 데 무슨 말을 이렇게 많이 해야 하는지. 일단 생각해 놓은 것을 이야기하기는 했지만, 요슨 성자는 묵묵부답인지라 답답할 뿐이었다.

하지만 나의 말에 흔들리는지 그의 눈동자가 크게 흔들리는 것을 볼 수 있었다. 하긴 내가 알고 있는 요슨 성자는 내전의 고아로 태어나 어린 시절부터 신전에서 자란 사람이었다.

나이 열 살이 되는 해에 처음으로 자애의 여신이 강림하였다는 말이 있을 정도로 어린 시절부터 높은 신성력을 가지고 있던 그는 내전 여기저기를 떠돌아다니는 방랑 사제로서의 수행을 하며 병이나 상처받은 이들을 고치고 다녔다고 한다.

그리고 마흔이 되는 해 고위 사제의 서품을 받은 후에도 이러한 수행을 멈추지 않았고, 십 년 전인가 성자가 된 후부터 계속 레트론에 살았다고 하니 내전으로 얼마나 많은 이들이 아무런 죄도 없이 고통을 받고 죽임을 당하는지 누구보다 잘 알고 있을 것이다.

"지금 그대가 갈등하고 있는 것은 잘 알고 있소이다. 하나 그 갈등의 끝에 올바른 판단이 따르기를 바라겠소. 아니, 진실로 이 땅의 핍박받는 인간들을 위해 더 나은 판단을 하길 바라겠소이다."

그 말과 함께 난 더 이상 말을 하지 않고 나왔다. 요슨 성자와 같은 이들은 원래부터 자존심이 강한 부류인지라 자꾸 강요를 하게 되면 역으로 튀는 경향이 있었다.

그런 때문에 살짝살짝 운만 띄워놓고 내가 선택한 방향으로 끌어들이는 것이 가장 중요했으니 그런 생각에 난 자리를 피한 것이다.

"휴……."

역시나 저 고집불통 늙은이를 끌어들이는 일은 그리 쉽지가 않았다. 성전의 입구로 걸어가고 있을 때 난 병사 한 명이 화급히 뛰어오는 것을 볼 수 있었다.

"공작 각하!"

"무슨 일이냐?"

"헤르멘의 본진이 도착했습니다!"

"음……."

헤르멘의 본진이 도착했다는 말에 난 침음을 흘렸다. 선봉대는 어렵지 않게 처리하기는 했지만, 귀족파의 명장 헤르멘을 상대로는 이제 더 이상 훤히 들여다보이는 계략을 꾸밀 수 없기 때문이다.

헤르멘은 왕당파와의 내전에서 귀족파가 가장 취약한 서면 서부의 명맥을 유지하게 한 자였기에 결코 만만한 사람이 아니라는 것을 잘 알고 있었다.

"가자!!"

일이 이렇게 된 이상 정신을 놓을 때가 아니라고 생각한 난 레트론의 남쪽 방벽으로 뛰어갔고, 곧 임시로 성내에 세운 남쪽 방벽의 탑에 도착할 수 있었다.

탑 위에는 엡실론과 이스페든이 심각한 표정으로 남쪽에 진영을 이루고 있는 헤르멘의 군세를 지켜보고 있었으니 그들의 표정을 보아 상황이 그리 좋지 않음을 알 수 있었다.

"공작 각하, 어서 오십시오."

"헤르멘의 군세는?"

"현재는 남쪽 평원에서 진영을 세우고 있습니다. 그런데… 헤르멘의 본진의 숫자가 예상을 크게 넘어서고 있습니다."

"예상을 넘어서다니?"

"대략 보이는 숫자만 해도 거의 5만에 육박하고 있습니다."

"5만?!"

엡실론의 말에 난 크게 놀랄 수밖에 없었다. 분명 우리가 입수한 정보에 의하면 드리실론 전투를 끝난 헤르멘의 병력은 4만, 그중 선봉 1만이 괴멸당해 3만 정도라 생각하고 있었기 때문이다.

"5만이라니! 어떻게 그렇게 될 수 있단 말인가?"

"음… 아무래도 드리실론 전투 후에 보급이 원활히 이루어진 것 같네. 또 진영을 이루고 있는 병력 중 일부가 왕당파 특유의 청색의 갑옷을 입고 있는 것으로 보아 헤르멘은 드리실론 전투에서 잡은 포로까지 아군으로 회유하여 레트론으로 왔다 생각되는군."

이스페든이 병력이 크게 늘어난 이유를 설명하자 난 절망감이 밀려 왔다.

3만의 정병을 상대한다 해도 힘든 것이 사실인데, 그것이 5만으로 늘어나니 어찌 감당할 수 있단 말인가?

"그래도 5만이라면 귀족파 서부 전선 전체 병력과 맞먹는 숫자가 아닌가……."

"헤르멘은 서부 전선을 완전히 장악했다고 생각하고 레트론 함락에 총력을 기울이고 있는 것이 아닐까 생각됩니다."

"음… 미치겠군. 아군의 병력은 어느 정도인가?"

"계속 민병을 끌어 모으고 있습니다만 레트론 수비 병력까지 합친 정병은 8,000 정도에 민병의 숫자는 3만 5천 정도입니다."

"그나마 기대를 걸었던 수적 우세조차 물 건너가 버렸군. 젠장!"

선봉대를 괴멸시킨 난 지금까지 4만이 넘는 군세라는 수적 우세를 앞세운다면 어떻게든 버틸 수 있을 것이라 생각했는데, 적의 숫자가 5만에 가까운 것을 알게 된 지금으로선 도저히 싸울 맛이 나지가 않았다.

수성전이라고 해봤자 레트론 남쪽의 허술한 방벽으로는 수성전다운 수성전 자체가 될 수 없기 때문이다.

"휴… 지금이라도 성을 포기하고 싶은 마음이 드는군."

"애석하네만 레트론 성에는 비밀 통로가 없다네. 성지라 그러는지 이곳 역대 영주들도 이곳이 전장이 될 것은 생각지 못했나 보더군."

"알고 있소이다."

이스페든의 말대로 레트론에는 흔히 영주들이 하는 비밀 통로 같은 것은 있지도 않았다. 뭐, 원래 영주가 수비병을 잔뜩 데리고 처박혀 있었던 것도 다 그 때문이긴 하겠지만. 젠장할!

"남쪽 방벽에 아군의 정병 다수를 배치하고 북문과 서문에는 일단 민병대 위주로 소수를 배치하여 적의 동태를 자세히 살피도록 하라."

"예."

"아군의 기병 숫자는 얼마 정도 되는가?"

"민병대에서 차출한 숫자까지 합친다면 대략 3,500 정도입니다."

"적군은?"

"대충 보이는 숫자만 해도 1만에 육박합니다."

"미치겠군."

기병을 돌려 적을 혼란시키기에도 숫자상의 차이가 너무 많았고, 가장 문제점은 아군 측에는 궁병 자체가 존재하지 않는다는 것이다.

내 영지의 병력 역시 궁병을 기르기에는 시간이 부족했기 때문에 활은 들고 있을지라도 그다지 위력을 보일 수가 없었다.

그에 반해 헤르멘의 궁병은 잘 훈련된 병사가 상당수 존재하고 있기 때문에 함부로 기병을 돌렸다가는 적 궁병의 먹이가 되기에 딱 좋은 상황이다.

기습하기에도 적의 숫자가 너무 많아 불가능한지라 답답할 뿐이었다.

"이스페든, 적이 어떤 방법으로 나올 것이라 생각하오?"

"전술상 적군에 비해 아군이 월등히 많을 때는 자잘한 전술은 그다지 필요가 없다네."

"……."

"거기에다 아군은 수성전이라 제대로 움직이는 것은 어려운 반면 적군은 움직임의 폭이 넓으니 내가 적군의 수장이라면 별다른 작전 없이 숫자로 상대를 밀어붙일 것이네."

"음……."

"현재 아군의 상황에서 가장 상대하기 어려운 전술이겠지."

그의 말대로 숫자로 밀어붙인다면 별다른 수를 써볼 건덕지도 없이 레트론은 헤르멘의 손에 넘어갈 것이다.

"뭔가 방법이 없겠는가?"

"예상치도 못한 운을 바라는가? 계산에도 없는 아군의 원군이 와서 도와주는 것을 말이네."

"…전혀……."

이스페든의 말대로 그런 생각은 덧없기 그지없었다. 이루어지지 않을, 아니, 설사 이루어진다고 해도 그런 것을 바란다는 것은 이미 자신의 힘으로 뭔가를 해내는 것을 포기한 이들이 하는 짓이다.

주어진 상황에서 해결하는 것이 최선, 아니, 가장 영주로서의 방향이었다.

그러나… 이 답답한 상황에서 도대체 내가 가진 것으로 뭘 하겠는가?

"레트론의 영지민들을 이용하는 것은 어떨까?"

"그들이 성을 빠져나가는 틈을 타서 도망가겠다는 것인가? 선봉대를 괴멸시켰던 방법의 응용?"

"안 될까?"

"선봉대야 도망치는 영지민을 상대할 여분의 병력이 없었지만, 헤르멘의 본대는 다르네. 분명 일부의 병력을 돌려 성을 빠져나가는 영지민들을 대처할 것이 분명하네."

이래저래 별다른 계책도 떠오르지 않는 상황에서 멀리 남쪽 방벽 너머로 보이는 헤르멘의 진영은 바쁘게 움직이고 있는 모습이 역력했다.

제 2 7 장 나이트 배틀

다행히도 그날은 헤르멘의 어떠한 도발도 이루어지지 않았다.

뭐랄까? 크리민스가 패배하고 먼저 보냈던 선봉대마저 괴멸당하자 헤르멘 측은 극히 신중한 모습을 보이고 있는 것이라 생각되었지만, 레트론의 입장에선 그야말로 폭풍 전야의 고요함이랄까? 모든 이들이 언제 들이닥칠지 모르는 헤르멘의 군대에 잠 한숨도 제대로 이루지 못하고 있었다.

수하들과 함께 현 상황에 대한 타계책을 수시간 논의해 보아도 5만에 육박하는 정병을 상대할 수 있는 방법은 어느 누구의 입에서도 나오지 않았기에 나로선 그저 한숨만 나올 뿐이다.

다음날 새벽, 한숨도 제대로 이루지 못한 상황에서 헤르멘의 병력이 움직이고 있다는 말에 정신없이 옷을 주워 입은 난 남쪽 방벽의 탑으로 향했고, 아니나 다를까, 1만 정도의 병력이 진영에서 앞으로 일자의 진형을 이루며 레트론 성으로 다가오고 있는 것을 확인할 수 있었다.

"엡실론!"

"적이 본격적으로 움직인 것은 그리 오래되지 않았습니다만, 총력전을 생각하고 있는 것은 아닌 듯합니다."

확실히 일자의 진형을 이루고 있는 적 진형의 선두에는 길게 기마병이 진을 이루고 있었기 때문이다.

아무리 남쪽 방벽이 허술하다 하더라도 기마병이 넘을 정도의 높이는 아니기에 헤르멘의 병력이 아직 공성전을 시작할 생각은 아니라는 것을 알 수 있었다.

"뭔 짓을 하려는 거지?"

녀석들의 움직임이 공성이 아니라면 도대체 무슨 생각을 하는지 알 수 없는 나로선 옆에 있던 엡실론에게 물어보았지만, 그 역시 알지 못하고 있는 듯했다.

그때 이스페든이 뭔가 알겠다는 표정으로 고개를 끄덕이고는 나를 보며 말했다.

"아무래도 나이트 배틀을 끌어낼 모양이군."

"나이트 배틀?"

처음 들어보는 소리에 되물어볼 수밖에 없었는데, 그때 레트론의 수비대장 로트린이 나이트 배틀에 대해서 설명해 주었다.

"나이트 배틀은 양 진영에서 장수가 한 사람씩 나와 일 대 일로 승부를 겨루는 싸움을 말하는 것입니다."

"웅? 일 대 일? 그런 것을 뭐 때문에 한다는 거지?"

아멘에서는 나이트 배틀이라는 것 자체가 존재하지 않았기 때문에 나로선 뭐 하러 그런 짓을 하는지 이해가 되지 않았다.

"그럴 것이네. 나이트 배틀은 대륙에서 유일하게 셔먼에만 있는 구시대의 전투 방식이니까."

"구시대라면?"

"나이트 배틀의 기원은 셔먼의 전신 라피나르 제국의 건국 시조인 밀루스 황제 때부터 시작하는 것이네. 라피나르 이전에 대륙을 지배했던 쇼운 제국의 말기 밀루스는 삼십만에 이르는 대군을 이끌고 지금은 알디하렌에 위치한 트리폴리 평원에서 쇼운 제국의 명장 탈레스 공작과 맞서게 되었지. 이 트리폴리 전투에서 밀루스와 탈레스는 거의 한 달에 가까운 시간 동안 접전을 벌였지만, 어느 쪽이 승리하고 있다 볼 수 없을 정도였는데 더 이상의 소모적인 싸움은 양국에 좋지 않은 결과를 낼 수 있다고 판단한 이들 두 사람은 양쪽의 병력이 대치하고 있는 가운데 일 대 일로 승부를 겨루었다고 하지."

"결과는 밀루스의 승리였겠군."

"그렇다네. 이 트리폴리 전투에서 밀루스는 탈레스가 이끄는 쇼운 제국의 중앙군을 물리침으로써 라피나르 제국의 기반을 잡을 수 있었고, 그 후로 초대 황제인 밀루스를 칭송하는 기사들이 이 나이트 배틀을 이어가게 되었네. 뭐 지금은 제국도 사라지고 이 나이트 배틀이 그리 좋은 결과를 내지 못했던 터라 셔먼의 내전에서만 가끔 채용될 뿐이라네."

"좋지 않은 결과라면?"

난 그 좋지 않은 결과가 무엇인지 궁금했기 때문에 이스페든을 보며 물어보았고 그는 잠시 헛기침을 하고는 계속 말을 이었다.

"알디하렌과 라피나르 제국의 패권을 다투는 전선에서 라피나르는 용장 스엔을 내세워 나이트 배틀을 끌어내려 했었다네."

"그런데?"

"당시 알디하렌의 대군을 이끌고 있던 지휘관은 초대 황제인 세프런 테우스 알디하렌 부족 연합의 총부족장이었지. 그는 어떠한 욕을 들음에도 답하지 않고 용장 스엔이 앞으로 나오며 도발을 가하는 시점을 노려 부족 기마대를 일시에 진격시켜 스엔이 이끌던 라피나르 중앙군을 격파했다네."

"당연한 결과였군."

"어쨌든 그 후부터 셔먼에서도 총대장이 나이트 배틀을 이끌어내려는 짓은 하지 않게 되었지만 그 휘하의 기사들은 이러한 배틀을 기사들의 로망이라 생각하며 계속 이어가고 있다네."

"미친 짓이군."

확실히 나라도 알디하렌 제국의 녀석들이 했던 것처럼 상대가 그런 짓을 하면 기회를 틈타 그대로 밀어붙이는 방법을 택했을 것이다.

하지만 알디하렌과 같이 밀어붙이기에는 적에 비해 수가 크게 차이 나는 시점인지라 같은 방법을 쓸 수는 없는 일이었는데, 그때 이스페든이 무엇인가 생각을 하고는 말했다.

"일단 헤르멘이 나이트 배틀을 이끌어내려 한다면 상대해 주는 것이 좋을 듯하네."

"뭐 하러?"

"나이트 배틀의 장점은 승자가 속한 곳은 사기가 올라가고 상대의 사기는 크게 떨어진다는 것이네. 비등한 병력의 싸움에선 일단 군의 사기가 높은 것이 좌우하는 법이니, 아군의 사기를 조금 올릴 필요가 있을 것이라 생각되네. 또 우리 쪽의 입장에선 조금이라도 시간을 버는 것이 좋을 것 같아서 하는 말이네."

"음……."

확실히 이스페든의 말대로 현재의 상황은 병력 면에서 크게 차이가 나기 때문에 나이트 배틀인가 뭔가를 해도 그리 나쁠 것 같지는 않았다.

"좋군. 만약 나이트 배틀이 있다면 우리 측에선 엡실론, 자네가 나가도록 하게."

"알겠습니다."

엡실론은 아멘 왕국의 제2의 기사단인 크로우 나이츠의 슈페리어 넘버 3의 강자, 현재 소드 마스터 상급의 실력자인 그를 상대할 정도의 기사는 헤르멘 측에는 없을 것이라 생각하고 있었기 때문에 나이트 배틀을 끌어낸다고 해도 별문제는 없을 것이란 생각이었다.

이러는 사이에 오백여 미터 정도 전방의 헤르멘 진영 쪽에서 한 명의 풀 플레이트 메일을 입은 기사가 앞으로 나오니, 내 말과 비교되지는 않지만 거의 비등할 정도로 거대한 말을 타고 있는 이 미터가 넘을 정도의 커다란 덩치의 기사가 우리 쪽을 향해 크게 소리쳤다.

"레트론의 겁쟁이들아! 너희들 중 그래도 남자라고 생각하는 놈이 있다면 앞으로 나와라! 이 미오스가 진정한 남자가 무엇인지 가르쳐주마!!"

역시 덩치답게 목소리 또한 엄청난 녀석은 멀리 떨어져 있음에도 그 말이 또렷하게 들려오고 있었다.

"저 목청 큰 멍청이가 나이트 배틀의 상대인가?"

"그런 것 같습니다. 목소리에 마나를 실은 정도를 보니 거의 본국의 슈페리어 급 정도의 실력을 지니고 있는 것 같습니다."

"호오……."

아멘에서 슈페리어 넘버를 받을 수 있는 자격은 최하라고 해도 소드 익스퍼트 상급 정도는 돼야 했기 때문에 엡실론의 말에 저자가 익스퍼트 상급 정도의 실력자임을 알 수 있었다.

"멍청한 녀석이로군. 겨우 그 정도의 실력으로 저렇게 난리 치고 있다니 말이야."

"나이트 배틀은 한 명으로 끝나는 것이 아닙니다. 엡실론 장군께서 승리하신다 해도 적어도 둘 정도의 상대가 더 앞으로 나올 것이라 생각됩니다."

"음… 그럼 저 녀석은 우리 측의 실력자를 알아보기 위한 미끼 같은 것이로군."

"그렇습니다."

"음… 슈펠트가 있었다면 내보내겠지만, 애석하게도 그도 없으니 답답하군. 수비대장, 자네의 실력은 어느 정도인가?"

"예? 그것이… 아직 익스퍼트 단계에도 이르지 못했습니다."

"하긴……."

로트린이 수비대장이라고는 해도 레트론 같은 곳에서 수비대장을 맡는다고 검술이 뛰어날 리는 없기 때문이다.

뭐 영주의 장남인 민트라는 녀석이 있긴 하지만 지난번에 겨뤄보니 아직 실력은 많이 부족한 듯했다. 하긴 그 녀석에게 바란 것은 귀족 출신의 무관일 뿐이지 검술까지 바란 것은 아니기에 그러려니 하지만, 제대로 된 검술을 하는 사람이 나와 호위 기사단장 빌, 그리고 엡실론뿐이라는 것은 조금 심각한 일이었다.

빌은 익스퍼트 초급, 난 중급 정도의 실력이기에 나이트 배틀에 나갈 사람은 엡실론밖에 없었다.

“어쩔 수 없군. 엡실론.”

“알겠습니다.”

더 이상의 인재가 없기에 난 할 수 없이 엡실론을 보며 말했고, 그는 고개를 끄덕이고는 탑을 내려갔다.

솔직히 나이트 배틀이라는 것이 어떤 식으로 흘러가는지 궁금했던 나는 더욱 관심이 갈 수밖에 없었다.

잠시 후 엡실론이 말을 타고 방벽에 만들어진 임시 문으로 나가는 것을 볼 수 있었다.

쓸데없이 나불거리는 미오스라는 자완 달리 아무런 말도 없이 적진을 향해 말을 몰아 달려가는 엡실론의 모습은 뭐랄까? 웬만한 용기가 없으면 불가능하다는 생각이 들 정도였다.

이미 미오스라는 녀석의 뒤에는 1만에 이르는 병력이 진을 치고 있었기 때문이다.

엡실론이 방벽에서 나오자 미오스란 녀석은 소리 지르는 것을 멈추고는 견습 기사로 보이는 녀석에게서 랜스를 받아선 발을 박차고 맹렬하게 엡실론을 향해 달려들었다.

“시작인가?”

“그렇습니다. 기본적으로 나이트 배틀의 처음은 기사들 간 마상전과 크게 다를 것이 없습니다. 양측이 랜스를 이용해 격돌하는 마상전이 처음입니다.”

“음…….”

미오스가 랜스를 들고 달려들자 엡실론 역시 들고 있던 랜스를 들어 녀석을 향해 달려들어 갔다. 역시나 소드 마스터라고 할까? 말을 타고 전속력으로 달려나감에도 불구하고 그의 움직임에는 전혀 흔들림이 없었다.

카강!!

맹렬한 기세로 달려나간 두 기사가 충돌하는 순간 푸른 불꽃이 사방으로 터져 나오며 큰 소리가 울려 퍼졌다. 하지만 이들 두 사람 중 어느 한 사람도 땅에 떨구어지는 이는 없었다.

다른 것이 있다면 녀석의 랜스는 정확하게 엡실론을 찔러 들어왔지만, 카이트 실드에 막혀 끝이 부러져 나갔고 엡실론은 교묘하게 랜스를 움직여 녀석의 오른쪽 어깨를 박살 내버린 것이다.

그 때문에 미오스라는 자의 오른쪽 팔에서는 붉은 피가 쉼없이 흘러 나오고 있었기에 엡실론은 다음 순간 기수를 돌려서는 녀석을 향해 또다시 랜스를 들고 말을 몰아 쇄도해 들어갔고, 두 번째 일격은 그대로 녀석의 투구와 갑옷 사이로 파고들어 갔다.

쿠궁!!

처음 나이트 배틀은 역시나 손쉽게 엡실론이 녀석의 목에 랜스를 박아버리는 것으로 끝이 났고, 이것을 지켜보고 있던 레트론의 병사들은 크게 환호성을 지르기 시작했다.

"와아아!!"

이스페든의 말대로 나이트 배틀의 승자 측은 상당히 사기가 올라간다고 하는 말이 틀리지 않았고, 나 역시 엡실론의 승리에 마치 내가 이긴 것과 같은 기분이 들고 있었다.

"과연 엡실론이군."

"크로우 나이츠 슈페리어 넘버 3입니다. 저 정도의 상대에게 패한다는 것이 이상한 일이겠지요."

나의 말에 빌은 당연하다는 듯이 이야기하며 고개를 끄덕이니, 엡실론은 땅으로 떨구어진 미오스란 자의 몸을 꼬치처럼 꿴 모습 그대로 들어 올려 휘둘렀고, 시체는 길게 늘어서 있는 헤르멘의 진형 앞으로 떨구어졌다.

"겨우 이 정도 실력뿐인가?"

적진을 보며 마나를 돋우어 말하는 엡실론의 목소리는 낮지만 주위에 있던 모든 이가 들을 수 있을 정도였기에 과연 이것이 마나의 힘이구나 하는 생각이 들었다.

"과연 크로우 나이츠 슈페리어 넘버 3의 실력이로군."

"아마 저 한마디로 헤르멘의 진형에선 감히 나서는 자가 없을 것이라 생각됩니다."

엡실론의 랜스에 목숨을 잃은 미오스 역시 자신의 목소리에 마나를 실을 정도는 되었지만, 그것이 엡실론만큼은 아니었다.

미오스는 가까이 있는 자에게는 그의 목소리가 엄청나게 크게 들렸지만 먼 거리에 있는 자에겐 약하게 들리는 반면 엡실론의 목소리는 어느 곳에 있어도 거슬리지 않을 정도의 크기로 또렷하게 들렸기 때문이다.

"음… 로트린, 헤르멘의 진형에는 어떠한 자들이 있는가?"

"헤르멘은 서부 일대에서는 귀족파의 수장인 두 공작 일리온이나 실스페른보다 높게 평가되고 있는 자입니다. 무장의 능력을 생각한다면 뭐랄까? 일리온과 대등한 존재라고 할까요? 아무튼 그 때문에 그의 휘하에 있는 개인 기사단만 세 개나 됩니다. 그 자신이 소드 마스터의 실력자임은 물론 제가 알기로는 휘하의 린드슨 자작과 토리오 자작이 소드 마스터 정도의 실력자라 들었습니다."

"뭐? 소드 마스터의 숫자만 세 명이나 된단 말인가?"

"그렇습니다. 그 때문에 헤르멘이 서부에서는 두 공작보다 더 높게 평가되고 있는 것이지요. 일리온이나 실스페른 휘하의 소드 마스터가 한 명이나 두 명 정도에 불과한 것을 생각한다면 말입니다."

로트린의 설명에 역시나 상당히 성가신 놈을 적으로 맞이하게 되었다는 것을 알 수 있었다. 그저 귀족파의 귀족 중 한 사람이라고 생각했는데, 알고 보니 상대하기 힘든 놈이었다.

"휘하에 소드 마스터가 있다면 다음번 상대는 두 소드 마스터 중 한 사람이 되겠군."

"아마도 그럴 듯합니다."

아니나 다를까, 미오스가 쓰러지자 본진의 진형에서 기사 한 사람이 말을 몰고는 달려오고 있었으니 그다지 덩치가 큰 자는 아니지만 흔들림없는 자세에선 기사로서의 품위가 보이고 있었다.

"레트론에 당신과 같은 실력자가 있으리라고는 생각지도 못했군."

말을 몰고 달려오는 녀석 역시 목소리에 마나를 실어 보내자, 그 음성은 엡실론처럼 거슬림없이 모든 이의 귀에 또렷하게 들리고 있었다.

"역시 소드 마스터로군."

그 목소리로 상대가 소드 마스터라는 것을 안 나로선 조금 불안감이 들 수밖에 없었다. 엡실론은 반드시 이길 것이라는 자신감이야 있었지만, 그가 자칫 부상이라도 입게 된다면 앞으로 있을 헤르멘과의 본격적인 전투에서 아군은 엄청난 손실을 입게 되기 때문이다.

"저자는 누구인가, 로트린?"

"은색의 갑옷에 금색의 테, 그리고 붉은 투구의 수실로 보아 아마도 토리오 자작이라 생각됩니다."

“실력은?”

“소드 마스터 중급 정도의 실력자라 알고 있습니다.”

“음……..”

엡실론이 상급의 실력자인 것을 감안한다면 다행이라는 생각이 들었지만, 불안감은 사라지지를 않았다.

솔직히 소드 마스터의 실력자들이란 것은 조금 복잡한 감이 있었다. 내 영지에 있는 슈펠트만 하더라도 엡실론은 그를 다방면에 뛰어난 천재라 부르고 있었다.

마나가 아닌 검술 자체로 평가한다면 엡실론보다 슈펠트가 앞서고 있고, 그 밖에 전략이나 전술, 심지어는 일반 학문까지 그는 거의 학자에 버금갈 정도의 학식을 지니고 있었다.

검에 대해서도 한때는 천재라는 이름으로 스물다섯의 나이에 슈페리어 넘버 10의 자리에 들었고, 그 당시 엡실론은 슈페리어 넘버는 있었지만, 최하의 말석을 차지하고 있을 뿐이었다고 했다.

하지만 그 둘의 자리가 뒤바뀌게 된 것은 엡실론이 언젠가부터 마나의 단계를 한 단계 상승하면서부터라고 한다.

실제로 검술 면에서는 엡실론은 결코 슈펠트의 상대가 될 수 없었음에도 불구하고 그는 슈펠트보다 먼저 소드 마스터에 올랐고, 십 년이 넘는 시간이 지나 이제 그 차이는 점점 벌어져 엡실론은 소드 마스터 상급에 이르렀지만, 슈펠트는 아직도 소드 익스퍼트를 벗어나지 못했다고 한다.

크로우 나이츠의 슈페리어 기사를 보더라도 넘버 34위까지의 인물이 모두 소드 익스퍼트 최상급이라는 것을 생각한다면 슈펠트의 검술이 얼마나 뛰어난가를 말해 주고 있었고, 직접 검술 대련에서도 엡실론은 자신이 아닌 슈펠트에게 지도를 부탁할 정도로 뛰어난 인물이었다.

본국 양대 기사단에 속하며 최고의 검술을 가지고 있는 크로우 나이츠의 삼십여 명이나 되는 익스퍼트 최상급 인물들이 왜 소드 마스터에 오르지 못하는 것일까? 슈펠트의 예만 보더라도 소드 마스터로 이르는 길은 결코 검술의 뛰어남을 말하는 것은 아니다.

과거 본국의 숀 왕자와의 대결에서 편법이기는 하지만 마나의 단계에서는 상위인 왕자가 나에게 패한 것처럼 소드 마나가 높다고 해서 실력이 뛰어난 것은 아니라는 소리였다.

그러니 상대가 마스터 중급이라 할지라도 내가 쉽게 마음을 놓을 수 없는 것이다.

물론 라피나르 제국 당시에도 제국 최고의 양대 무가라고 불렸던 이드리샤 가문의 검술을 익히고 있는 엡실론이 서면의 기사에게 패하지는 않을 것이지만, 상대의 검술 실력이 어느 정도인지 알지 못하는 상황이니 강하게 뛰는 심장은 쉽게 가라앉지 않았다.

"어떤가? 구태여 랜스로 장난질하는 것보다는 검으로 진짜 대결을 해보는 것이?"

엡실론의 앞까지 간 녀석이 이렇게 말하자 엡실론 역시 싫지는 않은지 들고 있던 랜스를 던지곤 안장에 매여져 있던 검을 뽑아 들어 몸의 중앙에 세워 기사의 예를 취하자, 상대 역시 똑같은 자세로 기사의 예를 취해 보였다.

말없이 상대에게 예를 취하는 엡실론이 조금 듬직하게 보이기는 했는데, 과연 아무런 상처 없이 상대를 쓰러뜨릴 수 있을까 하는 생각이 들었다.

토리오라는 녀석은 예를 취함과 동시에 박차를 가하고는 그대로 엡실론을 향해 뛰어들어 갔다.

"하압!!"

챙!!

맹렬하게 달려들어 온 토리오와는 달리 엡실론은 차분히 상대의 모습을 살피는가 싶더니 상대가 십여 미터 정도에 이르렀을 때 박차를 가하는데, 그 기세가 마치 거센 파도가 몰아치는 것과 같은 모습인지라 탄성이 절로 나왔다.

한순간 노도와 같이 몸을 날린 엡실론은 그대로 상대와 격돌했고, 푸른색의 불꽃이 크게 번쩍이는가 싶더니 두 사람은 교차하듯이 스쳐 지나갔다.

단 한 번의 접전임에도 불구하고 결코 만만치 않은 대결이 될 것이라는 것을 암시하는 모습이었다.

"호오! 괜찮은 실력가로군. 기마술이나 나의 검을 막아서는 솜씨도 말이야."

나불대는 토리오와는 달리 엡실론은 아무 말 없이 자신의 검을 바라보니, 그때 가만히 싸움을 지켜보고 있던 이스페든이 중얼거리는 것을 들을 수 있었다.

"상당하군. 단 한 번의 검으로 엡실론의 검에 흠집이 남다니 말이야."

"응? 저 멀리 있는 검이 보이는가?"

"떠돌아다니며 한두 가지 하급 마법을 익힐 수 있었지. 그중 하나가 바로 이글 아이, 멀리 있는 것을 볼 수 있는 마법이라네."

"음… 하는 일 없이 나돌아다닌 것은 아닌 모양이군."

"여행이란 것은 쓸데없이 얻는 것도 많다네."

"음……."

"어쨌든 엡실론 자작의 상대 역시 만만치 않은 것 같군. 검끝과 날에 보이는 마나의 빛은 꽤 숙련된 듯하니 말이야."

현자 이스페든이라면 검술가의 실력을 보는 눈도 꽤 높을 터, 그의 말대로 토리오라는 녀석의 검술이 나쁘지 않을 것이라는 생각이 들었다.

"다시 붙는다!"

그때 엡실론과 토리오가 말의 기수를 돌려서는 다시 한 번 격돌하는 모습이 보였고, 첫 번째 충돌과는 달리 이번에는 날카로운 검의 충돌 소리가 연이어 울려 퍼지며 푸른 불꽃이 사방으로 번쩍이고 있었다.

챙!! 채재쟁!! 챙!!

사람이라고 믿을 수 없을 정도의 빠른 속도로 검을 휘두르고 있는 이들을 보며 뭐라 말을 할 수가 없었다. 검사들의 마나는 근력에서 작용하여 소드 마스터 같은 자들은 보통 사람보다 수배나 더 빠른 몸놀림이 가능하다는 것은 알고 있었지만, 설마 이 정도일 줄은 생각지도 못했다.

"사람이 저 정도로 빠를 수 있다니 말이 안 나오는군."

"일단 나이트 배틀이니 엡실론 자작도 마나를 아끼지 않고 적을 상대하는 듯하네."

"음……."

하긴 아무리 마나가 많아도 저렇게 빠른 속도로 움직이고 있으니 급속하게 소모되는 것은 당연한 일일 것이다.

거의 십여 분 이상을 치열하게 공방전을 벌이던 두 사람의 접전은 이제 한쪽이 밀리는 양상을 보이고 있었는데, 역시나 밀리고 있는 쪽은 헤르멘의 소드 마스터인 토리오라는 자였다.

뛰어난 기마술을 바탕으로 안정된 자세를 유지하고 있는 엡실론은 맹렬한 검격으로 토리오를 밀어붙이기 시작했고 조금씩 토리오는 신형이 무너져 가고 있었기에 나로선 안도의 한숨을 내쉴 수 있었는데, 그때 적 진형에서 누군가가 빠른 속도로 말을 몰고 뛰어나오는 것을 볼 수 있었다.

"뭐야!"

"투구에 달려 있는 적색의 수실로 보아 린드슨인 듯합니다!"

이 모습을 지켜보고 있던 로트린은 크게 놀란 표정으로 소리치니, 나로선 다급할 수밖에 없었다.

아무리 엡실론이라고 해도 소드 마스터 두 명을 상대로 싸운다는 것은 힘에 겨울 것이 당연하기 때문이다.

하지만 아군 측에서는 소드 마스터를 상대할 정도의 실력자가 없었기 때문에 도저히 어찌해 볼 상황이 아니었다. 그가 달려오는 것을 본 나는 할 수 없이 입술을 물고는 빌을 보며 말했다.

"본작이 나가겠다!"

"공작 각하!"

"지금 이대로 녀석을 방치했다간 엡실론이 위험하다."

"하오나 상대는 소드 마스터입니다."

상대가 소드 마스터라는 것은 나도 잘 알고 있었다. 하지만 이 싸움에서 엡실론을 잃는다면 싸움의 승산은 더욱 떨어질 것이 분명한 일, 무슨 수를 쓰더라도 그를 구해내야 했다.

탑을 내려간 난 준비되어 있던 내 말에 올라탄 후 성문을 나갔다. 레크라스에게서 뺏은 거마는 맹렬한 기세로 엡실론이 싸우고 있는 곳을 향해 질주해 나갔다.

"꽤 실력이 괜찮군! 어디 나의 검도 받아보시지!!"

아니나 다를까, 린드슨은 엡실론과 토리오가 접전을 벌이고 있는 가운데로 들어가서는 엡실론을 공격하니, 한참 토리오를 밀어붙이고 있던 엡실론은 갑작스러운 공격에 뒤로 물러날 수밖에 없었다.

"린드슨!!"

"물러서라, 토리오! 너의 상대가 아니다!!"

자신과 엡실론의 싸움을 방해하는 린드슨을 보며 토리오는 미간을 찌푸리며 소리쳤지만, 이미 엡실론의 상대가 되지 못함을 아는 토리오는 뒤로 물러섰다.

하지만 난 린드슨이라는 놈과 토리오라는 녀석이 엡실론을 합공할 것이라 생각해 나온 것인데, 토리오가 물러나는 것을 보니 당황스러울 수밖에 없었다.

그들처럼 엡실론과 체인지할 실력도 없는 상황이기 때문이다.

"호오! 저기 한 놈 나오는데. 토리오, 저놈의 목이라도 베어가면 조금 체면은 서겠군!"

"아!"

린드슨의 말에 토리오의 시선은 나에게로 돌아왔고, 내가 나온 것을 안 엡실론은 크게 놀란 표정을 지었다. 하지만 나의 정체를 밝힐 수 없어 입은 다물고 있었다.

만약 내가 공작이라는 것을 밝혀진다면 좋은 꼴이 될 수는 없기 때문이다.

"흥!!"

소드 마스터 토리오는 린드슨의 말에 콧방귀를 뀌었으나 확실히 맨손으로 돌아가는 것도 체면이 서지 않는다 생각했는지 나를 향해 말을 몰아 달려왔다.

"젠장할!!"

그래도 제장 중에선 조금 실력이 있어서 나왔다지만, 왜 상황이 이렇게 돌아간다냐! 미치겠군!

아무리 소드 익스퍼트 중급이라 하더라도 소드 마스터의 상대가 될 수는 없는 일이기에 난 말의 기수를 돌릴 수밖에 없었다.

"이런! 그냥 달아나면 섭섭하지 않은가!"

하지만 토리오는 나를 놓치지 않으려는 듯 말의 속도를 더욱 빨리했고, 멀리서 엡실론은 나를 돕기 위해 린드슨을 떼어내려 했지만, 상대의 실력이 만만치 않았기에 그리 틈이 나지 않는 듯했다.

"우와아아!!"

목숨 걸고 맞부딪치고 싶은 맘도 들기는 했지만, 이대로 명을 달리하고 싶지도 않았기에 난 급히 도주할 수밖에 없었다.

하지만 나 역시 이대로 도망가고 싶은 생각은 없었다. 레크라스에게 뺏은 거마의 안장에는 여러 가지 무기가 매달려 있었는데, 그중 하나가 바로 손도끼 하렝데스카였다. 아직 실력은 알디하렌 정규 기사에 미치지 못하기는 하지만 영지에서 검 다음으로 수련을 많이 한 것이 바로 하렝데스카였으니, 말에 박차를 가하면서 천천히 뒤에서 따라오는 토리오라는 녀석이 가까이 다가오기만을 기다렸다.

현재의 난 10미터 정도 거리의 목표를 적중시킬 실력이었지만 상대

는 소드 마스터, 그렇다고 한다면 내 손도끼 정도를 피하는 것은 쉬운
일일 것이다.

그 때문에 천천히 상대를 가까이로 끌어들이면서도 그것이 나의 계
책임을 들키지 않아야 했고, 또한 토리오라는 녀석에게 최대한 방심을
이끌어내야 했다.

소드 마스터의 능력으로 마나를 다루는 자를 상대로 익스퍼트 중급
밖에 되지 않는 내가 할 수 있는 최대한의 방법이었으니 그나마 토리
오라는 자보다 나은 편에 속하는 기마술을 최대한 이용해야 했다.

"헉!!"

토리오가 점점 다가오는 것을 보며 난 잠시 흔들리는 모습을 보였
다. 고개를 돌려 바라보자 토리오의 표정에는 경멸감마저 드러나고 있
었다.

아무래도 보자마자 도망이나 치는 나 같은 놈을 상대해야 한다는 것
이 상당히 불만인 모양이었다.

흥! 기다려라! 내가 그리 만만한 상대가 아니라는 것을 가르쳐 주겠
다.

레크라스에게 뺏은 거마가 워낙 빠른 탓에 토리오는 전속력으로 따
라오면서도 나를 따라잡지 못하고 있었는데, 몇 번 허점을 보이자 점점
녀석과의 사이가 가까워지기 시작했다.

그리고 녀석의 모습이 거의 3미터 정도 다가왔을 무렵, 난 하렝데스
카를 잡은 오른손에 힘을 주었다.

"죽어라!!"

"흥!"

그리고 녀석이 나에게 가까이 다가와 크게 소리치며 검을 휘두르는

것을 보며 난 콧방귀를 뀌고 급히 말안장의 모서리 부분을 잡고 몸을 옆으로 크게 돌려 피함과 동시에 녀석을 향해 하렝데스카를 집어 던졌다.

"헉!!"

카가강!!

갑작스러운 하렝데스카의 공격에 나를 향해 검을 휘두르던 토리오란 녀석은 크게 당황하는 모습을 보였으나 역시 소드 마스터, 자신을 향해 날아오는 하렝데스카를 검의 폼멜을 사용하여 쳐내었고, 날카로운 소리가 울리며 하렝데스카는 팅겨져 나가고 말았다.

하지만 그 때문에 녀석의 몸의 중심이 흐트러진 것은 당연한 일, 난 급히 안장의 플레일을 빼 들어 녀석이 타고 있는 말의 머리를 후려쳤다.

히히힝!!

갑작스런 플레일의 타격에 녀석이 타고 있던 말은 앞발을 크게 쳐들며 고통스러운 울부짖음을 내뱉었고, 몸의 중심이 흐트러져 있던 토리오라는 녀석은 더 이상 버티지 못하고 그대로 땅으로 나둥그러지고 말았다.

쿠궁!!

"끄윽!!"

아무리 튼튼한 몸을 지니고 있는 기사라 할지라도 낙마라는 것은 결코 쉽게 볼 것이 아니었다. 가장 문제점은 두꺼운 플레이트 메일을 입고 있는 기사들은 낙마를 할 때 자칫 잘못 떨어지게 되면 뼈를 다치거나 심지어는 목뼈나 척추가 부러지며 죽거나 불구가 되는 일이 허다하기 때문이다.

땅바닥에 떨어진 토리오란 녀석 역시 상당한 충격을 받았는지 신음을 내지르고 있었지만, 그리 큰 부상은 입지 않은 듯했다.

나도 몇 번 낙마를 해본 적이 있었기 때문에 그 고통이 어떤 것인지 잘 알고 있었지만, 지금은 남을 동정할 때가 아니라는 생각에 플레일을 안장에 다시 맨 난 검을 빼어서는 녀석을 향해 말을 몰아갔다.

"끄윽, 이 자식, 죽여 버리겠다!!"

하지만 어느 사이엔가 정신을 차린 녀석은 몸을 일으켜서는 살기 어린 눈으로 나를 노려보며 소리치고 있었기에 나로선 감히 그런 기세를 뚫고 달려들 수는 없었다.

급히 기수를 돌려 아직도 날뛰고 있는 녀석의 말 쪽으로 급히 돌아갔고, 토리오는 내 쪽으로 달려왔다.

"걸렸다!!"

확실히 개인적인 실력으로는 토리오에게 상대가 되지 않지만, 그보다 나은 것이 있다면 머리라고나 할까? 녀석이 달려오는 것을 보며 난 급히 말 머리를 돌렸고, 다음 순간 말의 허리를 강하게 박찼다.

히힝!!

그러자 거마는 울음을 터뜨리며 그대로 날뛰듯이 뒷발을 강하게 찼는데, 뒤쪽에서 플레일에 맞아 고통스럽게 날뛰고 있던 말의 옆구리를 후려치는 꼴이 되어버렸다.

거마는 보통 말의 두 배나 되는 큰 덩치를 지니고 있는지라 그런 말이 강하게 뒷다리로 박차니 보통 말이 감당할 수 없음은 당연한 일이었다.

거마의 뒷다리에 차여진 말은 강한 타격에 붕 띄워지는가 싶더니 이내 뒤로 날아갔고, 나를 향해 뛰어오고 있던 토리오는 갑작스럽게 날아온 말을 피하지 못하고 그대로 부딪치고 만 것이다.

쿠구궁!!

"끄윽!!"

그대로 날아온 말과 충돌해 버린 토리오는 뒤로 나둥그러지고 레크라스의 거마에 채인 말은 단 한 방에 즉사를 하여 토리오를 덮어버리니, 연이어 두 번의 충격을 받은 토리오는 그대로 쓰러져 혼절을 한 듯했다.

"됐다!! 가자!!"

그런 녀석을 보며 난 다시 말을 몰아가서는 거마의 발을 이용하여 녀석을 짓밟아 버릴 요량으로 말을 몰아갔다.

하지만 너무나 예상대로 흘러갔던 것일까? 말과 함께 쓰러진 토리오란 녀석에게 가까이 다가갔을 무렵 갑자기 그의 눈이 떠지며 나를 보며 회심의 미소를 짓고 있는 것을 볼 수 있었다.

"당했다!"

"홍!!"

그의 눈빛에 이번에는 내가 녀석의 계책에 빠졌다는 것을 알았지만 너무나 강한 기세에 몸을 틀 수조차 없었고, 다음 순간 녀석은 콧방귀를 뀌며 자신의 몸을 덮고 있는 말을 발로 박차 날려 보냈다.

히힝!!

그리고 녀석의 말이 거마의 앞다리에 충돌하자, 크게 균형이 흐트러지는 것은 당연했고, 나의 몸은 앞으로 튕겨져 날아가고 말았다.

"끄악!!"

이것이 하늘을 나는 기분인가? 이대로 땅에 나둥그러졌다가는 목숨을 부지하기 어려울 것은 당연한 일, 마치 온 세상이 느리게 움직이는 것과 같은 느낌이 들었다.

하지만 혼자 죽을 생각은 전혀 없었다.

적어도 저 빌어먹을 토리오란 녀석의 팔 하나 정도는 가져가야 한다는 오기가 있었고, 레크라스의 거마에서 떨어지는 기세를 그대로 살린 난 검을 들어 올렸다.

"헉!!"

거마에서 떨어지고 있는 방향은 바로 토리오가 쓰러져 있는 곳이었다. 일직선으로 달려오는 도중에 그가 말을 박차 거마를 쓰러뜨렸기에 당연한 일이었다.

날아가는 도중에도 정신을 잃지 않은 난 그대로 검을 바로 세우며 녀석을 노려보았고, 내가 날아오는 기세를 이용해 자신을 검으로 찌르려 하는 것을 안 토리오란 녀석은 크게 당황하는 표정이 역력했다.

"끄아악!!"

"젠장!!"

괴성을 지르며 날아오는 나를 보며 녀석은 크게 당황하여 몸을 피하려 했지만, 워낙 튕겨져 날아간 기세가 엄청났던지라 어느 사이 나의 몸은 녀석의 앞까지 다가왔고, 녀석을 향해 지르는 검이 튕겨져 나가지 않게 복부에 폼멜을 받치고는 그대로 녀석을 향해 날아갔다.

퍼걱!!

"끄악!!"

그리고 다음 순간 공포스러운 표정을 짓고 있는 녀석과 말에서 튕겨져 날아간 난 그대로 충돌하고 말았다.

날아가던 그 기세 그대로 검은 녀석의 몸에 박혀 들어갔지만, 그와 함께 폼멜을 복부의 갑주로 받치고 있던 나 역시 엄청난 충격을 받을

수밖에 없었고, 복부의 갑주가 부서지며 엄청난 충격이 복부로 밀려
왔다.

쿵!!

우두둑!!

그리고 그대로 균형이 흐트러지며 앞으로 고꾸라진 내 머리는 녀석
의 몸과 충돌하며 땅으로 나둥그러지고 말았는데, 뼈가 부스러지는 소
리가 귀를 통해 들려오며 참을 수 없는 고통이 온몸을 적셨다.

"끄헉… 쿨럭!!"

땅에 나둥그러져 떨어진 난 비명을 질렀지만, 이내 입에서 피가 터
져 나왔고 숨 쉴 수도 없는 상황이 되어버렸다.

"헉… 콜럭……."

쓰고 있던 투구는 입에서부터 터져 나온 피로 적셔졌고, 온 세상이
뿌옇게 흐려지기 시작했다.

젠장! 이대로 죽는 건가?

실력도 안 되는 놈이 소드 마스터와 싸우겠다고 나온 그 순간부터
어쩌면 죽으려고 작정했는지도 모를 것이다.

그래도 무가의 자손이라고 알 수 없는 혈기가 잠재되어 있었던 것일
까? 미치겠군.

"공작 각하!!"

온몸을 자극하던 고통은 이상하게 사라지며 점점 잠이 쏟아지고 있
을 때 누군가 나를 부르는 소리가 들려오는 듯했다.

하지만 도대체 무슨 일이 벌어지고 있는지 알 수 없을 만큼 세상은
검게 변해 있었기 때문에 상황이 어떻게 돌아가고 있는지 알 수 없었
다.

정신을 차리자!! 이대로 죽을 순 없다고! 알리샤!!

도저히 이렇게 죽을 수 없다고 생각한 난 젖 먹던 힘을 다해 정신을 차리기 위해 노력했고, 다음 순간 어느 정도 시야가 밝아지는 느낌이 들었다.

뭐랄까? 죽음에 가까이 다가간 순간에 갑자기 생각지도 못한 힘이 솟아올랐다고나 할까?

"크헉!!"

세상의 모습이 다시 눈에 들어왔다고 생각한 순간 몸에는 또다시 고통이 밀려왔는데, 갑자기 나의 몸이 강하게 위로 떠오르는 듯했고 충격이 허리 쪽으로 밀려왔다.

그 충격으로 인하여 고통이 밀려오자 또다시 비명을 지를 수밖에 없었는데, 그때 나의 귀로 반가운 목소리가 들려왔다.

"공작 각하! 조금만 참으십시오!"

"…에… 엡실론?"

"예! 엡실론입니다!!"

어느 사이엔가 린드슨과 대결하고 있던 엡실론이 나를 돕기 위해 달려와 준 것이었다. 그가 나를 들어 올렸다는 것을 안 난 겨우 안도감이 밀려왔지만, 온몸을 자극하는 고통에 금세 사라지고 말았다.

세상이 제멋대로 움직이며 내 시야로 계속 들어왔고, 이내 사람들의 웅성거림이 들려오며 남쪽 방벽의 모습이 들어왔기에 난 내가 성으로 들어온 것을 알 수 있었다.

"공작 각하께서 중상을 입으셨다!! 사제, 아니! 요슨 성자님을 불러와라!! 빨리!!"

엡실론은 나의 몸을 근처에 눕힌 후 당황스러운 목소리로 소리를 질렀고, 사람들이 급하게 움직이는 것을 볼 수 있었다.

하지만 나의 몸은 점점 더 안 좋아지는 것인지 이제는 고통마저 사라지고, 온몸에 어떠한 통증도 느껴지지 않고 있었다.

'죽는 것인가 보다…….'

처음 쓰러진 후 갑자기 솟구쳤던 힘도 이제 거의 사라져 가고 있다고 생각했는데, 얼마나 시간이 지났을까? 따뜻한 기운이 나의 몸으로 밀려오고 있음이 느껴졌다.

"쯧쯧… 무모한 짓을 하기는. 멍청한 놈 같으니라고."

"…요… 요슨……."

"도대체 공작이라는 녀석이 왜 그렇게 무모한 것이냐? 상대가 안 되면 도망갈 생각은 하지 않고 소드 마스터랑 싸울 생각을 하다니……."

"요슨 성자님, 공작 각하는 어떠십니까?"

"보면 모르는가? 낙마하면서 개지랄하는 바람에 내장이 온전한 곳이 없네! 오른쪽 어깨뼈는 완전히 부서지고, 갈비뼈가 부러지면서 오른쪽 허파를 찔렀네. 또 목뼈나 척추 역시 크게 문제가 생긴 것 같은데, 죽지 않은 게 기적이지!"

"그런… 성자님… 고칠 수 있겠습니까?"

"흥!"

엡실론의 물음에 콧방귀를 뀌는 요슨 성자를 보니 고치기 싫으면 꺼지라고 소리치고 싶었지만, 솔직히 이대로 죽고 싶은 마음은 없었기에 꼭 입을 다물고 있을 수밖에 없었다.

"네놈이 하는 짓이 건방지기는 하지만, 신전으로 올 네 자식 놈을 생각해서 고쳐 주마!"

"감사합니다, 요슨 성자님!"

고쳐 주겠다는 요슨 성자의 말이 나오자 주위에 있던 사람들은 크게 안도의 한숨을 쉬며 요슨에게 감사의 인사를 하고 있었다. 역시나 내가 인복은 있었나 보다.

"자애로우신 어머니시여, 이 불쌍한 어린양의 상처를 보듬어주시어 그 고통에서 벗어나게 하여주시옵소서."

과연 성자라고나 할까? 아무 힘도 없이 누워 있는 나의 곁에서 그가 신성 주문을 외우기 시작하자 따뜻한 기운이 나의 몸을 자극해 오기 시작했다.

마치 어머니의 품과 같은 이 기운은 과거 내 영지에서의 싸움에서 머리를 다쳐 셀든 사제가 치료해 주었을 때와 그리 다르지 않았다.

하지만 이번에는 사제가 요슨이란 것 때문일까? 그때보다 더 따사로운 기분이 들었다.

'역시 요슨이군…….'

요슨이 치료를 해준다면 이제 문제가 없을 것이란 생각에 난 잠을 청하기 위해 눈을 감았는데, 한참을 그렇게 있었을까? 갑자기 어두웠던 세상이 환히 밝혀지기 시작했다.

"응?"

갑작스러운 주위의 변화에 난 나도 모르게 자리에서 일어났는데, 뭐랄까? 마치 한겨울에 눈이 내려 세상을 하얗게 변화시킨 것과 같은 모습인 주위의 환경에 조금 당황스러울 수밖에 없었다.

"레트론 성에 이런 곳이 있었나? 음… 어?"

레트론 성에 이런 곳이 있었다고는 생각도 못했던 나였는데, 문득 내가 몸을 자유롭게 움직이고 있음을 발견하고는 조금 놀랄 수밖에 없었다.

"어라? 움직이네. 과연 요슨 성자로군. 한잠 자고 일어났더니 벌써 몸을 다 고치다니 말이야. 간간이 이용해 먹어야겠군."

물론 오늘처럼 엄청난 부상을 입고 그에게 실려가고 싶은 생각은 없었지만, 사소한 병이라면 그의 도움을 받아야겠다는 생각이 들었다.

"아무도 없느냐! 필리아!! 필리아!!"

어쨌든 치료는 된 것 같았기에 근처에 있을 필리아를 불러보았지만, 아무리 불러도 그녀의 모습은 나타나지 않기에 뭔가 이상하다는 생각이 들었다.

"뭐야? 날 이상한 곳에 처박아두고 모두 어디 간 거야? 어이!!"

아무리 불러도 사람들의 모습이 나타나지 않았기에 나로선 조금 불안한 마음도 들었다. 아니, 이곳이 성의 방 중 한곳이라면 조금 두려운 마음이 덜 들겠지만, 아무것도 보이지 않는 순백의 공간에 있는 것은 이상하게 두려움을 주고 있었기 때문이다.

[저를 따라오십시오.]

"응?"

그때 누군가의 목소리가 들려와 고개를 돌려 바라보니, 십대 후반 정도의 아름다운 소녀가 속이 훤히 들여다보일 것 같은 하얀 나시를 입은 채 나를 부르는 것을 볼 수 있었다.

응? 레트론에 이런 아름다운 소녀가 있었던가?

그녀의 아름다움은 내가 지금까지 본 여인 중 가장 아름다운 알리샤와 비교해도 결코 뒤지지 않을 미모였으니 크게 마음이 혹할 수밖에 없었다.

"네 이름은 무엇이냐?"

[…….]

그런 생각에 그녀의 이름을 물어보았지만, 예의도 없는 년이 감히 나의 물음은 들은 체도 안 하고 걸음을 옮기자 조금 노기가 치솟았다.

"네 이년! 감히 본작의 물음에 들은 체도 안 하다니! 어디의 계집인지 모르지만, 단단히 혼쭐이 나보아야 정신을 차리겠구나!"

소녀의 방자함이 지나치다는 생각에 난 성을 내며 크게 소리쳤는데, 내가 소리친 순간 갑자기 그녀가 내 쪽으로 고개를 돌리니 나도 모르게 비명이 터져 나오고 말았다.

"끄아아!!"

[이런 외모를 원하십니까?]

"너… 넌 뭐야? 몬스터냐?"

[강제로 모실까요?]

역시나 나의 물음에 답하지 않은 채 강제로 데리고 가겠다는 말을 하자, 아무래도 내가 상당히 좋지 않은 곳에 떨어진 것임을 눈치 챌 수 있었다.

하지만 아멘의 대공작 중 한 사람인 나 이드리샤가 두려워하는 표정을 보일 수는 없는 일, 천천히 놀란 표정을 바로잡아 간 난 차분한 목소리로 그녀를 보며 말했다.

"안내해라."

그녀를 공격해 인질로 삼아 이곳을 빠져나갈 생각도 해보았지만, 안면 바꾸는 기술이 타의 추종을 불허하는 계집에게 단지 그것밖에 능력이 없으리라고는 생각할 수 없었고, 막상 저년을 포로로 잡아도 어디로 빠져나가야 할지 모르니, 그냥 그녀의 뒤를 따르기로 결심을 한 것이다.

앞장서 걸음을 옮기는 그녀의 뒤를 따라 걸어가니, 갑자기 아무것도 없는 공간에서 푸른 원형의 마법진이 빛을 발했다.

"음… 혹시나 과거, 미래, 현재를 왔다 갔다 하면서 내 다가올 운명을 말해 주고 마음 고쳐 먹으라는 쓰잘데기없는 로망 소설 흉내를 내려고 하는 것은 아니겠지?"

[…….]

과연 나의 짐작이 맞았는지 말이 끝나는 순간 앞서 가던 그녀의 움직임이 멈추어졌고, 이에 난 한숨만 나올 뿐이었다.

"이제야 알겠군요. 저에게 무슨 용건이십니까, 자애의 여신이시여."

순백의 세상, 갑자기 나타난 아름다운 여인의 모습은 많은 생각에 잠기게 했지만 분명 내가 레트론을 벗어난 적이 없다는 것을 잘 알고, 이곳의 세상과 동떨어진 것 같은 분위기에 혹시나 하는 생각에 물어본 것이다.

[플로렌이여, 생각보다 책을 많이 읽었구나. 그런 로망 소설은 읽지 않는다고 생각했는데 말이다.]

"죄송하지만 그 소설은 줏대없는 스크루지란 대상이 한낱 꿈에 놀라 쓸데없이 자산을 탕진하는 이야기를 쓴 것인지라 영주 된 입장에서 필독한 소설 중 하나입니다."

[…….]

나의 말에 침묵으로 답하고 있었다.

그리고 잠시 후 십대 후반의 괴물 같은 얼굴의 소녀가 빛을 내뿜는
가 싶더니 어느 사이엔가 삼십 대 초반의 미부로 그 모습이 변화했고,
이제야 조금 자애의 여신 같다는 생각이 들었다.

‘음… 과연 크군……’

자애의 여신은 세상에 자비로움을 드러내는 여신임과 동시에 다산
의 상징이기도 하는지라 보통 신의 석상에선 가슴이 크고 엉덩이가 풍
만하게 나오는지라 혹시나 실물도 그러할까 하는 생각에 유심히 바라
보니 과연이라는 생각이 들었다.

물론 과거 요슨 성자에게 내린 여신의 모습을 보긴 했지만, 그때는
뿌연 연기 같은 것에 가려져 있어 확실히 못 보았기 때문에 언젠가 반
드시 확인하리라는 결심을 한 적이 있었다.

[쓸데없는 것에 관심 가지지 말도록 하거라.]

“용서해 주십시오.”

하지만 마치 나의 생각을 읽는 것과 같이 그녀의 눈이 날카로워지며
차가운 목소리로 나를 보며 말했기에 금세 눈치 챘다는 것을 안 난 급
히 용서해 달라는 말을 할 수밖에 없었다.

하긴 신이라면 사람 생각 정도 읽는 것은 쉬운 일이겠지.

[너의 음흉한 눈을 보면 안 읽어도 알겠더구나.]

“……”

아무래도 조심해야겠다.

“여신께선 무슨 일로 저를 이곳으로 부르셨습니까?”

[그대는 정녕 나의 아이를 그대의 야심에 끌어들일 생각인가?]

역시나 요슨의 일로 나를 불렀다는 것을 알 수 있었다. 하지만 상대
가 여신이라고 해서 이대로 물러나기에는 솔직히 요슨은 너무나 아까

운 인물이었다.

"분명 저의 야심 때문에 그를 끌어들이려 함은 맞는 말이지만, 여신을 따르는 수많은 서먼의 인간들에게도 그리 나쁘지 않으리라 생각합니다. 여신께서도 서먼의 인간들이 귀족들의 아귀다툼에 의해 고통받는 것을 안 좋게 생각하실 것 아닙니까?"

[물론 나 역시 인간들의 고통에 마음이 아프다. 하나 그대가 하려는 행동 역시 많은 이들의 피를 필요로 하는 것이 아닌가?]

"물론 그럴 것입니다. 아니, 제가 신성 왕국의 기초를 세워 서먼에서 왕당파와 귀족파의 내전이 사라진다고 해도 신의 시각에선 그것조차 얼마 가지 않는 짧은 세월일 것입니다. 하지만 말입니다. 지금 서먼에서 핍박받는 인간들은 설령 단 하루의 짧은 시간일지라도 고통받지 않는 시간을 원할 것입니다."

[음…….]

"여신께서는 이런 저의 앞길을 막을 생각이십니까?"

[아니… 그것이 인간들의 선택이라면 관조할 수밖에…….]

그녀의 말을 들은 난 요슨이 여신에게 사랑받기는 단단히 받는구나 하는 생각이 들었다. 도대체 어떻게 했길래 여신이 직접 나서서 내 생각을 바꾸려고까지 하겠는가?

혹시나 요슨은 자애의 여신님의 정부…

[죽고 잡냐…….]

"헤헤헤… 설마요……."

큰일 날 뻔했다.

[그 아이는 세상의 일이 모두 끝난 후 천상의 세계에서 나의 권속이 될 아이, 세상의 추악함으로 그 아이를 더럽히고 싶지 않아 이렇게 부탁하는

것이네.]

앗! 사후에 천상의 세계로 올라가 여신의 권속이 된다니, 요슨은 노후 문제는 물론 사후 문제까지 해결한 놈이라는 생각이 들자 조금 부러운 감이 들었다.

"흠흠… 확실히 그러하시다면 여신께서 걱정하시는 바가 무슨 일인지는 알겠습니다. 그렇다면 최대한 요슨에게 깨끗한 일만을 맡기기로 하겠습니다."

[그렇다는 것은 가끔은 더러운 일을 시키겠다는 것인가?]

"세상일이라는 것이 좋게만 흘러갈 수는 없는 일이 아닙니까? 다수를 위해 소수가 희생할 수밖에 없는 일도 있는 법이니까요."

[아! 부디 아이의 성정이 흐려지지 않기만을 바라야겠구나.]

"사후에 천계에 좋은 자리라도 소개해 주신다면… 조금 생각을……."

[사라져라!!]

"끄악!!"

나의 말이 끝나기도 전에 그녀는 차가운 목소리로 내뱉었고, 엄청난 돌풍에 휩싸인 난 그대로 공중으로 솟구쳐 올라가고 말았다.

"헉!!"

그리고 멀리 보이는 작은 빛을 향해 질주하는가 싶더니 갑자기 세상이 나의 눈으로 들어왔고, 그 순간 난 비명을 지르며 자리에서 일어나고 말았다.

"공작 각하!!"

"영주님, 정신이 드십니까!!"

주위를 돌아보니, 필리아는 물론 빌과 이스페든들의 모습이 보이는

지라 난 자애의 여신이 있는 곳에서 빠져나왔다는 것을 알고는 안도의
한숨을 쉴 수 있었다.

"휴… 죽는 줄 알았네."

"예?"

"아… 아니네. 그저 악몽을 조금 꾸어서 말이야. 그래, 여기는 어딘
가?"

"레트론 성의 영주관입니다."

"그런가? 아! 전투는?"

빌의 말에 고개를 끄덕인 난 문득 전투가 어떻게 흘러갔는지 궁금했
기에 그를 보며 물었다. 아직 내가 레트론의 영주관에 있다는 것에서
성이 헤르멘에게 점령당하지 않았다는 것은 알 수 있었지만, 내가 쓰러
져 있는 동안 전황이 어떻게 돌아갔는지 궁금했다.

"공작 각하께서 정신을 잃으신 지 오늘로 삼 일이 지났습니다. 다행
히 요슨 성자께서 수를 써주셨기 때문에 헤르멘은 아직 레트론을 공격
하지 않고 있는 상황입니다."

"요슨이 수를 쓰다니? 그게 무슨 말인가?"

"그것이… 영주님께서 쓰러뜨린 토리오라는 소드 마스터에 관한 일
입니다."

"죽지 않았던가? 분명 녀석의 복부에 검을 박아 넣었다고 생각했는
데?"

"영주님의 검 자체는 복부를 뚫고 바닥에 박힐 정도였지만, 소드 마
스터라 그런지 죽지 않았다고 합니다. 그 때문에 요슨 성자는 헤르멘
쪽에 사제를 보내 그를 치료하게 하면서 치료가 완료되는 오 일 동안
레트론에서의 전투를 멈추라 명하셨습니다."

"그런 일이……."

확실히 소드 마스터라는 존재는 아무리 병사들이 많다고 하더라도 비교할 수 없는 자들이었다. 병사들이야 어떻게든 다시 끌어 모을 수 있는 존재이지만 소드 마스터는 검의 달인, 그러한 자들은 모으고 싶다고 해서 모을 수 있는 존재가 아닐뿐더러, 아군에 소드 마스터가 있다는 것이 병사들의 사기도 높일 수 있기 때문이다.

하지만 오 일간의 휴식이라는 것은 그리 좋은 것이 못 되었다. 만약 약속된 원군이라도 있다면야 모르겠지만, 그렇지 않은 상황에서 적과 아군 사이에 병력의 변화가 없다면 원정을 통해 지친 헤르멘에게 쉴 기회를 줄 수 있는 시간이었으니 오히려 아군에겐 불리한 것이었다.

물론 멍청한 겁쟁이들은 오 일의 시간이나마 살아 있을 수 있다고 좋아라 하겠지만, 그것은 애초부터 패배를 생각하는 머저리들이나 하는 생각일 뿐이었다.

"끄응……."

오랜 시간 누워 있었더니 일어서는 것조차 힘들었지만, 간신히 몸을 일으킨 난 빌을 보며 말했다.

"역시 요슨 성자다. 그렇게 중상을 입었는데도 뻐근하기만 할 뿐 몸에 문제는 느껴지지 않는 것 같군. 일단 언제 전투가 시작될지 모르니 연무장으로 가겠다."

"알겠습니다."

하루의 시간도 헛되이 보낼 수 없는 상황에서 난 연무장으로 향했다. 아군의 상황상 전투가 시작되면 내가 직접 일선 지휘관으로 나서야 하니, 몸을 풀어두어야 하기 때문이다.

　　방에서 나온 난 필리아와 함께 연무장으로 향했는데, 오 일간의 휴식 때문인지 연무장에서는 기사들 몇몇이 검을 휘두르고 있는 것을 볼 수 있었다.

제 2 8 - I 장 신성자유 도시 레트론

"응? 연무장에 사람들이?"

물론 평상시라면 연무장에 사람이 없을 리가 없었다.

하지만 헤르멘의 5만 병력이 레트론의 남쪽에 진영을 세우고 있는 상황이라 이곳 연무장에 사람들이 있는 일은 거의 없었기 때문이다.

아무리 강심장의 소유자라고 하더라도 결코 상대가 될 수 없을 정도로 많은 대군을 눈앞에 두고 어찌 평상시와 같은 행동을 할 수 있겠는가?

하지만 지금 연무장에는 그리 많지는 않지만 족히 십여 명 정도의 기사들이 검을 수련하고 있었고, 그중에는 이곳 레트론 영주의 장남인 민트도 있었다.

"공작 각하!"

내가 연무대로 들어서자 검을 수련하고 있던 기사들은 나의 모습을 확인하곤 크게 기뻐하는 표정으로 뛰어와서는 인사를 하니, 나로선 영문을 알 수가 없었다.

"공작 각하, 어서 오십시오."

"아, 민트, 자네가 연무장에 다 나오다니 놀랍군."

"앞으로 공작 각하의 수하가 돼야 하는데 어찌 수련을 게을리 할 수 있겠습니까?"

"응? 그렇다면?"

"예. 앞으로 공작 각하께 충성을 맹세하겠습니다."

갑작스러운 민트의 태도에 나로선 조금 당혹스러울 수밖에 없었다. 아무리 마음을 바꾸었다고 해도 지금 그의 태도는 너무 살갑게 변해 있었기 때문이다.

"아… 자네가 그리 마음을 결정해 주니… 고맙네. 부디 본작의 큰 힘이 되어주게."

"열심히 하겠습니다, 공작 각하."

나의 말에 결의에 찬 모습으로 말한 그는 다시 검술을 연마하기 위해 움직였는데, 녀석이 마음을 돌린 이유가 궁금해 빌에게 물어보았다.

"빌, 내가 없는 동안 무슨 일이라도 있었던가?"

"후후후, 무슨 일이라니요. 이 모든 것이 공작 각하의 덕입니다."

"물론 나의 덕이야 언제나 있는 것이기는 하지만, 그 말의 의미가 조금 다른 것 같군."

"공작 각하께선 나이트 배틀에서 익스퍼트의 실력으로 소드 마스터를 꺾으셨습니다."

"응? 그거야 요행도 있거니와 정당한 기사들의 대결인 나이트 배틀에서 그리 깨끗한 승리는 아니라고 생각하는데? 오히려 서면의 기사들에게는 경멸받아야 하는 것이 아닌가?"

확실히 내가 이기기는 했지만, 녀석을 흥분시켜 도주하는 척하며 상대를 끌어들인 것은 기사들 간의 정면 대결에서 벗어나는 일인지라 난 셔먼의 기사들이라면 나의 행동을 상당히 경멸할 것이라 생각했다.

하지만 나의 말에 빌은 전혀 아니라는 표정으로 고개를 젓고는 말했다.

"공작 각하, 소드 마스터가 그리 간단한 존재입니까?"

"…그건 아니지."

"나이트 배틀이 양군의 고위 기사들 간의 정면 대결이기는 하지만, 그곳이 전장인 것은 틀림이 없습니다. 또 공작 각하께서 조금 길이 다른 방법을 선택하셨다고는 하지만, 엄밀히 따지면 정당한 나이트 배틀을 먼저 어긴 것은 공작 각하가 아니라 헤르멘 측이 아니겠습니까?"

"음… 확실히 엡실론의 대결에서 불리한 듯하니 린드슨이라는 자가 나오기는 했지."

그렇게 생각하니 내가 한 행동이 그리 도를 벗어난 것은 아니라는 생각이 들었다.

"또 아군의 기사를 구하기 위해 소드 마스터에 대항할 수 없는 실력임에도 불구하고 직접 검을 들고 나서시는 모습이나 약간의 외도의 길이라고는 하지만 익스퍼트 중급의 실력으로 소드 마스터를 꺾으셨으니 젊은 기사들에게 큰 감동을 불러온 것입니다."

"아… 그런가… 하지만 녀석을 쓰러뜨리긴 했지만, 나 역시 중상을 입었으니 완전히 이긴 것은 아니지 않았는가?"

"물론입니다. 하지만 공작 각하께서는 소드 마스터의 몸에 검을 꽂으셨습니다. 그것만으로도 나이트 배틀에서 공작 각하께서는 승리하신 것이나 다름이 없지요.”

“음… 그런가? …하하하하! 그렇지 뭐!”

일단 그것으로도 내가 이겼다고 한다면 이긴 것이라 할 수 있고, 뭐 사양할 필요도 없다고 생각한 난 만족한 웃음을 지을 수 있었다.

하긴 현재의 나의 실력으로 상상도 못할 상대인 소드 마스터를 꺾었으니, 실력 안 되는 기사 놈들이 환장할 만하지. 후후후.

하지만 내가 이긴 것은 상대가 방심하고, 요행이라고 할 정도의 상황도 있었기에 그것에 만족할 생각은 없었다.

어쨌든 내 목표는 소드 익스퍼트 최상급에 올라 가문의 기사단인 크로우 나이츠를 손에 넣는 것이기 때문이다.

물론 헤르멘이라는 귀찮은 작자를 먼저 처리해야 하는 것이 급선무이기는 하지만 말이다.

잡생각을 떨쳐 버린 난 빌이 들고 온 검을 들고는 천천히 자세를 잡고 정신을 집중했다.

“응?”

그런데 이상하게도 예전보다 정신 집중이 쉬이 이루어지는 것이 마치 내 몸이 아닌 것과 같은 기분이 들었기에 조금 당황스러웠는데, 아무래도 신성 마법의 영향이 아직 남아 있는 것이라 생각한 난 다시 밀려온 잡생각을 떨치고 검을 휘둘렀다.

후웅!!

검을 휘두르자 공기를 가르는 날카로운 파공음이 들려왔고, 소리에 크게 만족감을 느낀 난 슈펠트가 가르쳐 준 크로우 나이츠의 기본 검술 수련법에 따라 검을 휘두르기 시작했다.

오랜만에 검을 휘두른 때문인지 손에 검이 착착 붙는 것이 손맛이 꽤 죽여준다는 생각이 들었고, 바람 소리 또한 예전과 다른 것을 알 수 있었다.

또 익스퍼트에 오르면서 생긴 마나의 작용은 온몸의 근력을 크게 자극하여 마치 솜 방망이를 휘두르고 있다는 느낌이 들 정도였다.

"합!!"

예전보다 더 손쉽게 펼쳐지는 검술에 크게 만족감을 느끼며 겨우 검격을 마치자 옆에서 박수 소리가 들려왔다.

짝짝짝.

"응?"

"축하합니다, 공작님. 익스퍼트 상급의 단계에 도달하셨군요."

"엥? 익스퍼트 상급?!"

"예. 분명 상급입니다. 검격의 스피드나 움직임은 과거 용병 시절 익스퍼트 상급 용병의 움직임과 다르지 않았습니다."

"음……."

"뭐, 자세한 것을 알기 위해서는 소드 마스터이신 엡실론님께 부탁하거나 전신의 신전에서 등급 심사를 보시는 것이 정확합니다만, 제가 생각하기에는 상급에 이르신 것이 분명한 듯합니다."

"헉!"

그의 말이 사실이라면 생각지도 못한 행운이라고 할 수 있었다. 그동안 아무리 수련을 해도 상급에 오르지 않아 노심초사하고 있었는데 이렇게 앗 하는 순간에 상급에 오르다니, 어찌 행운이 아니라고 할 수 있겠는가?

"하지만… 도저히 믿어지지 않는군. 그동안 검술 수련은 그리 많이 하지 못했는데, 아니, 중상을 입고 일어난 다음에 상급이라니… 이해가 되지 않는군."

"제가 생각하기에는 헤르멘의 소드 마스터와 겨룬 것이 그 이유가 아닐까 싶습니다."

"헤르멘의 소드 마스터?"

"예. 용병 시절 생사의 경계까지 갔다가 겨우 살아남았던 용병의 검사 등급이 상승했다는 말을 들은 적이 있습니다. 뭐, 확실하다고는 할 수 없지만 그런 경우가 종종 있었던 모양이니 공작 각하의 경우도 크게 다르지 않은 것이라 생각됩니다."

용병들 사이에서도 간혹 있는 일이라고 하니 나의 경우도 크게 다르지 않을 것이란 생각이 들었다. 확실히 토리오와 겨룬 후 큰 부상을 입고 쓰러졌을 때 한순간 몸의 힘이 돌아오는 것을 느꼈는데, 혹시나 그때 경지가 오른 것이 아닐까 하는 생각이 들었다.

"그대의 말이 틀리지 않은 것 같군. 익스퍼트 상급이라……."

만약 그때와 같은 경험을 다시 한다면 분명 익스퍼트 최상급에 오를 수 있을 것이란 생각이 들었기에 앞으로 싸움은 피할 수 없게 됐다는 생각이 들었다.

물론 위험없이 수련만으로도 충분히 가능한 일이겠지만 앞으로 더욱 강한 힘이 필요한 나로서는 그런 것을 피할 형편이 아니었다.

검술 수련을 대충 마친 난 남쪽 방벽의 탑으로 올라갔고, 그곳에서 이스페튼과 엡실론이 남쪽에 진을 치고 있는 헤르멘의 병력을 보며 이야기를 나누고 있는 것을 볼 수 있었다.

"수고들 하는군."

"아! 공작 각하!"

"공작, 몸은 괜찮은가?"

"요슨 성자의 신성 마법으로 말끔히 나아졌소이다. 아니, 거기에다 검사의 단계마저 한 단계 상승한 것 같더군."

"검사의 단계라 하시면."

"그렇다네, 엡실론. 익스퍼트 상급에 도달했네."

"공작 각하, 잠시만……."

나의 말에 엡실론은 조금 놀라는 표정을 하고는 나에게 다가와 손을 잡는가 싶더니 이내 고개를 끄덕이고는 기사의 예를 표하며 말했다.

"축하드리겠습니다, 공작 각하."

"자네가 증명을 하니, 빌의 말이 틀리지 않았나 보군."

소드 마스터 상급의 엡실론이 증명을 했으니 익스퍼트 상급에 오른 것이 확실하다고 할 수 있는지라 난 웃음을 보일 수 있었다.

"공작의 성과는 축하하네만, 레트론의 상황은 그리 좋지 않은 듯하네."

"그렇소. 요슨 성자의 중재로 오 일간 휴전을 하기는 했지만, 그것이 오히려 헤르멘의 군세에 휴식을 취하게 한 것이나 마찬가지이니까."

"하나 한 가지 다행인 점은 요슨 성자가 직접 나섰다는 것이네. 이곳이 성지인 이상 헤르멘의 병사들은 경외감으로 이곳을 공격하면 신의 노여움을 받지나 않을까 걱정을 하게 될 테니 말이야."

"그렇군."

"하지만 일반 병사들이야 지휘관의 명령에 따를 수밖에 없는 입장이니, 병사들이 그런 생각을 한다 해도 헤르멘이 공성을 명령한다면 막을 수 없는 일일 것입니다."

우리들의 말을 들은 엡실론은 우려의 말을 했고, 이도 저도 해결된 일이 없는지라 답답할 뿐이었다.

“일단 오 일간의 시간을 얻었으니 천천히 대책을 세우도록 합시다.
성의 병사들에게는 최대한 휴식을 취하게 하여 앞으로의 전투에 충분
히 대응할 수 있도록 하시오.”

“예, 공작 각하.”

헤르멘은 서먼 서부를 장악하고 있는 귀족파의 수장, 그런 그가 요
슨 성자와 한 약속을 어길 리는 없었기에 난 병사들에게 휴식을 취하
게 하여 최상의 상태에서 싸우게 했다.

하나 이것은 그저 방어적인 요소에서의 선택일 뿐, 최선이 아님은
나 역시 잘 알고 있었다.

“엡실론, 알펜 성에서는 아직 연락이 없는가?”

“예. 이전에 보냈던 병사들 역시 돌아오지 않는 것을 보니, 그쪽 상
황도 그리 좋지는 않은가 봅니다.”

“그렇겠지. 알펜 성의 병력으로 일루이드를 상대하기란 어려울 테니
말이야. 약속했던 5만 병력도 알 수 없고, 청록의 숲까지도 연락이 닿
았다고 볼 수 없으니. 휴… 레트론에서 내 야망이 꺾인단 말인가…….”

서먼 북부를 차지하겠다는 내 야망이 재수없는 요슨의 아지트인 레
트론에서 꺾여야 한다는 생각이 들자 한숨밖에 나오지 않았다.

하긴 처음부터 5만의 병력이나 청록의 숲과의 연계가 확실하지 않은
시점에서 시작한 일이었으니 이 정도는 당연한 일인지도 모른다.

모든 일이 마음먹은 대로 풀려 나간다면 어떤 이가 왕후장상이 되지
못하겠는가.

“알펜 성으로 다시 한 번 병사를 보내도록 하게. 우리에겐 그쪽이
유일한 희망이니 말이야.”

“알겠습니다.”

"이스페든, 뭔가 좋은 생각이 없는가?"

"음… 보급 기지를 파괴하는 것도 순탄치 않을 것이오. 병력을 돌려 기습하는 것도 숫자상으로 어려우니 수성에 최대한 힘을 기울이며 아군의 병력이 오기를 기다리는 것이 최선일 뿐이네."

이놈의 늙은이, 정말 현자 맞는 거야? 그 정도는 나도 생각할 수 있다. 하지만 아무리 현자라고 해도 이런 상황에서 별다른 계책이 떠오르지 않는 것은 당연한 일이니 그의 말대로 수성에 최대한 힘을 기울이는 것이 최선일 수밖에 없었다.

어쩔 수 없이 오 일의 휴식을 최대한 이용하며 그 후에 있을 헤르멘의 공세에 대비할 수밖에 없었는데, 다음날 엡실론에게서 알펜 성으로 향하던 병사가 다시 되돌아왔다는 말을 들었다.

"되돌아오다니, 무슨 말인가?"

"성 주위로 헤르멘이 병사들을 배치하여 어느 누구도 빠져나가지 못하게 포위망을 갖추고 있었다고 합니다."

"이런… 하긴 헤르멘이 그런 틈을 만들어줄 리가 없겠지."

귀족파의 명장 헤르멘은 이미 원군을 요청할 마지막 길까지 완벽하게 막아놓고 있었으니 이제 진짜로 수성에 몰두할 수밖에 없었다.

시간은 지나 약속된 오 일이 지나자 드디어 헤르멘의 병력이 움직이기 시작했다.

남쪽 탑에 올라 이들의 모습을 볼 때 가장 눈에 들어오는 것은 언제 만들었는지 남쪽 방벽을 넘기 위해 사다리를 들고 있는 수많은 보병이 길게 진을 이루고 있는 모습이었다. 그와 함께 임시로 만들어진 공성 전용 파쇄차도 간간이 눈에 들어오고 있는지라 절망감마저 밀려오고 있었다.

"역시나 오 일의 휴전 시간 동안 놀고 있지만은 않았단 말인가… 과연 헤르멘, 쉽게 볼 수 없는 자로군."

"그렇습니다. 단 오 일 만에 저 정도 숫자의 사다리와 파쇄차를 만들다니 말입니다."

"아군의 병력 배치는?"

"남쪽에 주력을 배치했고, 나머지 방향에는 일부의 병력을 돌려 경계하게 했습니다."

둥! 둥! 둥!

다가올 헤르멘의 공격에 대비하여 이야기를 나누고 있을 때 적진에서 드디어 개전의 북소리가 울리니 긴장감이 더욱 고조되고 있었다.

그리고 잠시 후 깃발병들의 움직임이 활발해지는가 싶더니 긴 사다리를 든 적의 보병대가 서서히 움직이는 것을 볼 수 있었다.

"활을 쏠 수 있는 자를 최대한 동원하여 사다리병을 막고 보병들은 적의 공성에 대비하라!"

"예!"

폭풍 전야, 긴장으로 입이 마르고 있는지라 한 잔의 와인이 그리워지고 있을 때 드디어 천지를 진천시키는 엄청난 고함 소리와 함께 헤르멘의 보병이 레트론을 향해 진격해 들어왔다.

와아아아!!

레트론의 남쪽을 뒤덮는 듯한 엄청난 병력이 몰려오자 아군은 당연히 기가 질릴 수밖에 없었으나 멍하니 성이 함락당하는 것을 지켜보고 있을 수는 없는 일이었다.

"전 궁병! 발사 준비!!"

궁술이란 것이 하루아침에 익힐 수 있는 것도 아닌지라 그나마 어느 정도 직선 방향으로 활을 쏠 수 있는 사람들을 모아 궁병을 만들어놓고 있었지만 그 수가 천을 넘지 못하고 있었다.

하지만 조금이라도 쇄도해 들어오는 적군의 숫자를 줄이기 위해선 필요한 자들인지라 이들에게 남쪽 방벽에 길게 일자 진을 이루어 활을 쏠 준비를 시켰었다.

"공작 각하."

"기다려라. 숫자는 적어도 최대한의 효과를 위해선 때를 기다려야 한다."

궁병의 실력이 크게 모자라는 상황에서 최대한 근거리까지 끌어들이지 못하면 제대로 된 피해조차 줄 수 없는 것이 사실, 기가 질릴 정도의 병력이 밀려오고 있는 상황에서 지켜보고 있는 것이 힘들기는 하지만, 적의 보병 병력이 레트론으로 가까이 다가오는 것을 기다렸다.

"발사!!"

그리고 어느 정도 거리까지 다가온 공성 병력을 확인하며 명령을 내렸고, 궁병들이 일제히 적을 향해 활을 쏴 올렸다.

"헉!"

하지만 난 날아가는 화살의 궤도들을 보며 잠시 현기증에 기우뚱거릴 수밖에 없었으니, 천도 넘지 않는 궁병 중 반에 가까운 화살이 전혀 예상 밖의 경로로 날아갔기 때문이다.

뭐 레트론 남쪽 방벽을 덮고 있는 적 공성 병력을 생각한다면야 어디로 날아가도 병력이 없는 쪽이 없기야 하겠지만, 도대체 이십 미터도 뻗어 나가지 못하고 땅으로 곤두박질치는 화살은 무엇으로 설명을 하겠는가?

거기에다 간간이 날아가지도 못한 화살을 보며 당황하는 궁병들도 있었기에 한숨밖에 나오지 않았다.

“역시… 훈련이 문제였습니다, 공작 각하.”

“젠장! …전 보병에 수성 진형을 취하고 적 공성 병력을 막도록 지시하게. 구체적인 지시는 임시로 임명한 백인장들에게 맡긴다.”

“예!”

그나마 기대했던 궁병은 완전히 실패로 끝난 상황에서 더 이상 무엇을 하랴. 일단 방벽을 타고 오르려는 적을 막는 것 외에는 다른 방법이 없었다.

하지만 공성 병력이 성벽에 닿기도 전에 헤르멘의 공성 벽력 쪽에서 북소리가 들리는가 싶더니 이내 하늘을 까맣게 뒤덮듯이 수많은 화살들이 쏟아져 내리기 시작했다.

“으악!!”

“사람 살려!”

“이런!!”

일단 화살을 막기 위해 방벽 주위로 나무판자를 간간이 세워두어 화살을 피할 수 있는 공간을 만들어놓기는 했지만, 대부분이 민병대로 이루어진 자들인지라 이렇게 비 오듯이 쏟아져 내리는 화살 공격에 쉽게 적응하지 못했고, 순식간에 수백에 이르는 병사들이 화살의 밥이 되어 쓰러지고 말았다.

하지만 그 후에도 화살의 공격은 멈추지 않았고, 적 궁병대의 화살 공격이 이어지는 가운데 드디어 공성 병력이 성벽에 도착했다.

“미치겠군! 십인대를 둘로 나누어 준비해 놓은 나무창을 이용하여 공성 사다리를 밀어내고! 정규 수비 병력은 방벽 위로 올라온 적병을 상대하라!!"

공성 사다리에 대비하여 나무를 깎아 끝을 Y자 모양으로 만든 전용 창으로 오 인 일 조씩 공성 사다리를 밀어내는 역할을 하게 한 후 어느 정도 전투 훈련이 되어 있는 레트론의 기존 수비병들로 하여금 방벽 위로 올라온 적병을 상대하게 했다.

하지만 화살이 쏟아지는 가운데 공성 사다리를 막는 민병대의 움직임이 둔해질 수밖에 없었기에 점점 방벽 위로 올라오는 자들의 숫자는 많아졌고, 더 이상 방치했다가는 이대로 성이 함락당할 것이 분명했다.

"빌!"

"예!"

"기사단과 함께 남쪽 방벽 위로 올라간다!!"

"알겠습니다."

이대로 지휘만 하기엔 한 사람이라도 부족한 상황인지라 어쩔 수 없이 검을 빼어 든 난 탑을 내려와 내 영지의 기사단과 함께 남쪽 방벽 위로 올라갈 수밖에 없었다.

"이런 빌어먹을! 어디를!!"

카강!!

"끄악!!"

방벽 계단을 오르자마자 달려드는 적 병사를 들고 있던 칼과 함께 강격으로 밀어붙여 추락시키고는 한달음에 방벽 위로 뛰어올라 갔다.

아니나 다를까, 공성 사다리를 담당한 민병대는 이미 방벽을 타고 올라온 병사들에 의해 무용지물이 되어버린 지 오래였기에 엡실론이 결사적으로 민병대를 지휘하며 적군을 막아서고 있지만 방벽 위는 난전 상태에 빠져 있었다.

이대로 뚫린다면 성이 함락되는 것은 시간문제였다.

"와아아아!!"

공성 사다리를 타고 보병들이 올라오기 시작하자 적 궁병대의 화살 공격은 멈추어졌지만, 이미 방벽으로 올라온 적병의 숫자가 워낙 많은지라 아군 병력은 크게 밀리고 있는 모습이 역력했다.

더욱이 상대는 훈련된 정병인 데 반해 아군은 거의 대부분이 오합지졸, 난전 경험이 크리민스와의 싸움으로 몇 번 있기야 하겠지만 정규 병사들과 겨루어 우위를 보일 정도는 아니었다.

그 때문에 레트론 수비병과 내 영지의 병력만이 방벽으로 올라오는 적군을 제대로 상대하고 있을 뿐, 민병대의 피해는 갈수록 심해지고 있었다.

사방에서 비명 소리와 병사들의 고함 소리가 울려 퍼지고, 붉은 피가 사방을 적시고 있는 아비규환의 장에 나 또한 그중 한 명이 되어 손에 피를 묻히고 있었다.

방벽에서의 공방전은 다행히 레트론 수비병과 내 영지의 병사들이 주를 이루며 민병대 각 조로 흩어지자 공성 사다리를 타고 올라오는 적병의 기세를 다소 줄일 수 있었다.

하지만 그렇다고 마음을 놓을 수는 없었는데, 일순간 레트론으로 밀고 오던 보병들 뒤로 거대한 무엇인가가 다가오고 있는 것을 볼 수 있었기 때문이다.

"젠장! 또 다른 공성 병기인가!!"

보병들 뒤로 보이는 것은 말 십여 마리가 끌고 있는 거대한 나무 조

형물이었다. 물론 시간이 없었던지 그 생김새는 조잡하기 그지없었지만, 만약 저것이 방벽까지 붙는다면 거의 절망적일 수밖에 없었다.

위로는 밧줄로 묶은 듯이 긴 나무 이십여 개가 일직선으로 매여져 있었고, 그것을 받치며 장방형의 상자 형태를 띠고 있었다.

밧줄로 묶은 나무의 밑에는 판자 모양으로 약 삼 미터 정도의 폭을 지니고 있는 것이 긴 나무판자를 움직여 방벽에 세워 보병들이 방벽을 오를 수 있는 다리 역할을 하게 한 것이다.

방법이야 공성 사다리와 같이 방벽에 걸쳐 사람이 오르게 만들어졌지만, 만약 그것이 세워진다면 한 명씩 오를 수 있는 공성 사다리와는 달리 족히 서너 명이 한꺼번에 성벽을 타고 오를 수 있다 생각했다.

그런 공성 병기의 숫자가 족히 수십이 넘는지라 방벽 아래로 파져 있는 임시 해자가 제대로 된 역할을 할 수 없을 정도였다.

도대체 언제 저런 것을 만들었는지 헤르멘의 준비에 절로 혀가 내둘러질 정도였다.

쿠구궁!! 콰광!!

십여 마리의 말이 빠른 속도로 끌고 오며 단시간에 만들어진 탓인지 중간에 서너 개가 부서져 날아갔지만, 거의 대부분이 멀쩡히 남아 있는 것을 생각한다면 수성은 절망적이었다.

"파이어 볼!!"

"샐러만더!!"

그때 뒤쪽에서 여성의 날카로운 고함이 터져 나오는가 싶더니 이내 붉은 불꽃의 구가 공성 병기를 향해 빠른 속도로 뻗어 나갔고, 적중한 순간 거대한 폭음과 함께 헤르멘의 공성 병기는 불꽃에 휩싸이며 불타오르기 시작했다.

“필리아!!”

“영주님! 저것은 저와 엘프들에게 맡겨주세요!!”

고개를 돌려 불꽃이 날아온 방향을 보니, 흑마법사인 필리아와 드래곤 산맥의 엘프 마을에서 데리고 온 엘프들이 마법과 정령술을 사용하여 공성 병기를 파괴하는 것을 볼 수 있었다.

“빌! 기사들을 돌려 필리아와 엘프들을 보호하라! 적 공성 병기를 파괴하기 위해선 그들의 안전이 최우선이다!!”

“예!”

빠른 시간 안에 많은 수를 만들다 보니 공성 병기 자체는 허술하기 그지없었다. 말이 끄는 정도로 부서져 나가는가 하면, 공성 병기를 묶고 있는 밧줄만 태워도 굉음과 함께 부서져 나갔다.

다행히 엘프들은 불의 정령은 자유자재로 다루었기에 공성 병기를 묶고 있는 밧줄을 태우며 빠른 속도로 움직이고 있었다. 그렇게 수십에 이르던 적의 공성 병기는 방벽에 닿기도 전에 부서져 날아갔다.

“휴……”

적재적소에 도움을 준 필리아와 엘프 덕에 한숨 놓을 수 있었지만, 그렇다고 마음 놓을 정도는 아니었기에 다시 병력을 움직여 공성 사다리로 오르는 적의 공성 병력을 막으며 결사적으로 성을 방어해야 했다.

둥!! 둥!! 둥!!

그리고 거의 한 시간 정도가 지났을까? 적 진형에서 큰 북소리가 나는가 싶더니 물밀듯이 밀려오고 있던 적의 공성 병력이 일시에 뒤로 물러서기 시작했다.

북소리와 함께 썰물 빠지듯이 물러나는 적병을 보며 난 안도의 한숨을 쉬며 근처의 적병 시체를 깔고 앉아 휴식을 취할 수 있었다.

"공작 각하! 적이 후퇴하고 있습니다."

"쉬고 있을 시간이 없다. 부상자들을 신전으로 옮기고, 헤르멘의 두 번째 공성전에 대비하라!"

"예!"

빌에게 지시를 내린 난 자리에서 일어나 로트린을 불렀다.

"로트린!"

"예, 공작 각하!"

"수비 병력을 이끌고 주민들을 신전의 2차 방어선 쪽으로 대피시키게. 아무래도 두 번째 공격은 이번보다 더욱 거세어질 것이 분명할 터, 성벽을 지키는 것이 어려울 듯하다."

"알겠습니다."

결사적으로 남쪽 방벽을 지키기는 했지만, 민병대의 피해는 엄청났다. 어느 하나 성한 자가 없을 정도로 부상자가 많은 상황에서 넓은 레트론의 성벽을 지키는 것은 불가능할 터, 신전을 중심으로 한 2차 방어선으로 물러나 병사의 밀도를 높이는 수밖에 없었다.

물론 엉성하게 만들어진 남쪽 방벽보다 2차 방어선은 더욱 취약했지만 현재 상황에서는 그러는 수밖에 없었다.

"헤르멘, 역시 쉽게 볼 수 없는 자로군……."

만약 1차 공성전에서 헤르멘이 계속 밀어붙였다면 민병대의 부상자들은 죽지 않기 위해 결사적으로 싸워 나갔을 테지만, 헤르멘은 욕심을 부리지 않고 물러가는 것을 택했다.

아무리 성을 지키기 위함이라 할지라도 필사적으로 싸운 부상자들을 다시 전투에 몰 수는 없는 일인지라 상황은 크게 좋지 않았다.

"영주님, 다친 곳은 없으신가요?"

"아! 필리아, 난 괜찮다. 그나저나 아까 너와 엘프들의 도움이 없었다면 큰일 날 뻔했구나."

"저희가 해야 할 일을 했을 뿐입니다."

"고맙구나. 일단 다음 전투를 위해 휴식을 취하는 것이 좋겠구나. 엘프들과 함께 신전으로 가도록 해라."

"알겠습니다."

나의 말에 공손히 대답한 필리아는 엘프들과 함께 신전 쪽으로 걸음을 옮겼고, 난 방벽의 끝으로 가 전장을 훑어보았다.

수천에 이르는 시신들이 사방에 흩어져 있는 것이 마치 지옥을 보는 듯했다.

"처참하구만……."

"당신은 이런 모습을 꽤 많이 보았다고 생각했는데?"

언제 왔는지 이스페든이 옆에서 중얼거렸기에 난 의외라는 생각을 하며 말했고, 이에 그는 고개를 저으며 말했다.

"이 늙은이는 그저 현자와 재상이라는 허명에 눌려 이렇게 전장을 직접 본 일은 거의 없었다네. 물론 모든 것을 버리고 여행자로서의 생을 살면서는 보게 되었지만 말이야."

"음……."

"어찌할 텐가? 듣자니 2차 방어선으로 후퇴하겠다고 들었는데 말일세."

"조금이라도 버텨볼 생각이오."

"하지만 2차 방어선으로 물러난다는 것 자체가 이미 패배가 아닌가."

이스페든의 말대로 2차 방어선으로 물러난다 함은 결사적인 항전일 뿐이지 이 싸움을 이겨낸다는 것이 아니었다.

"결사 항전이라고나 할까?"

"결사 항전이라… 그럴 바에는 차라리 항복하는 것이 좋지 않겠나? 레트론의 시민들까지 끌고 들어가는 것은……."

"하하하하!!"

이스페든의 헛소리에 난 나도 모르게 대소가 터져 나왔다. 뭐? 내가 레트론의 시민들까지 끌고 들어간다고? 역시나 위현자의 미친 사상은 아직 완전히 가라앉지 않은 모양이었다.

"이스페든, 뭐라고 했나? 자네는 내가 레트론의 시민들까지 끌고 들어간다고 했나?"

"그렇다네……."

"당연한 것 아닌가? 난 이곳 레트론의 지배자야. 그러니 레트론은 나와 함께 흥하고 나와 함께 망해야 하는 것이 정상이 아닌가?"

"그런……."

"뭔가 착각을 하고 있는 것이 아닌가?"

난 이스페든을 살기 어린 눈으로 강하게 노려보며 중얼거렸다.

"당신이 세우려던 나라도 이렇게 망쳐 버렸나? 멍청한 도당들의 반란이 거세어지자 더 이상의 피를 흘리지 않기 위해 그들에게 나라를 내어주었냔 말이다!"

"……."

"도대체 그게 뭐야? 당신은 무엇을 위해 멀쩡한 나라를 뒤흔들었나? 그리고 그걸 다소의 희생이 두렵다고 그냥 내줘? 결과는 뭔가? 자네가 힘을 준 도당들에 의해 나라가 멸망했을 뿐 아닌가? 도대체 무엇을 위한 피고, 무엇을 위한 희생인가?"

위현자라고는 했지만 이렇듯 답답하리라고는 생각지도 못한 나로선 녀석에게 소리친 후 머리를 흔들 수밖에 없었다.

"대륙의 수많은 역사 중에서 패망의 마지막 왕이라는 자 중 자국인의 피를 보지 않기 위해 적국에 나라를 내어준 이가 없지 않다. 간혹 멍청한 사가들은 그 왕을 진정한 명군이라 칭하지만, 나의 입장에선 그보다 더한 머저리들이 없다. 피를 보지 않기 위해 나라를 내어준다면 그는 도대체 무엇을 위한 왕이란 말인가?"

"……."

"지배자는 피지배자와 흥망성쇠를 같이 한다. 군민일체(君民一體), 처음부터 머리와 몸이 따로 논다면 이미 망한 것과 다를 바 없지 않겠소?"

"모든 이가 하나만을 추구하는 것은 아니지 않은가? 자네 혼자만의 생각으로 수많은 자들의 목숨을 좌지우지한다는 것 자체가 잘못된 것이 아닌가?"

"택도 없는 소리! 인간은 바람에 날리는 머리카락마저 자유자재로 움직일 수 있는 존재였던가?"

"……."

"다소의 흔들림이 없다면 지배자의 존재 의미조차 없는 것이 아닌가? 외풍에 흔들린다면 끈으로 묶어두는 방법으로라도 잠잠히 만드는 것이 나의 일이다."

이스페든이라는 늙은이와 난 정치의 근원에 이르는 생각부터 다른 자였다. 그런 생각이 들자 이자와 더 이상의 논쟁을 벌이고 싶은 마음이 없어졌다.

그나저나 나도 약간 말발이 늘기는 한 것 같은데, 저 궤변론자인 이스페튼과 대등하게 맞서니 말이야.

뭐 이것도 본격적인 영주 생활을 하다 보니 조금씩 늘어가는 것 같긴 하다.

남쪽 방벽을 포기하고 군을 2차 방어선으로 물리는 작업은 빠른 속도로 진행됐다. 장방형의 도시인 레트론은 도시 중앙인 광장을 중심으로 북쪽엔 영주의 성이 남쪽엔 자애의 여신의 신전이 있었다.

2차 방어선은 신전을 경계로 북쪽 도시를 방어하는 볼록한 형태를 띠고 있었다. 레트론의 특성상 신전의 보호는 필요했고, 도시의 영지민들을 영주의 성과 북쪽으로 대부분 피신시켰기 때문에 만들어진 형태였다.

하지만 북쪽 영지민의 보호보다는 신전 사수에 많은 수의 병력과 정예들을 포진시켰다.

일단 헤르멘의 목적 자체가 신전 점거였기 때문에 내 예상이 맞는다면 북쪽 영지민들에게 다수의 병력을 돌리는 일은 하지 않으리라 생각했기 때문이다.

그러나 헤르멘이라는 족속을 쉽게 보아서는 안 되는 일이었기에 쉽게 마음을 놓을 수는 없는 일이었다.

또 2차 방어선이라고는 하지만 그저 도시의 잡다한 물건들을 쌓아올려 적을 막아내는 것에 급급한 형태인지라 적을 막는 것은 쉬운 일이 아니었다.

다행히 레트론 자체가 서먼 제일의 성지인 탓에 2차 방어선이 불에 취약함에도 불구하고 절대로 불을 지르는 행동 같은 것은 하지 않으리라 생각했기 때문에 안심할 수 있었다.

만약 이곳이 다른 곳이었다면 이러한 방법 자체가 도움 되지 않을 것은 당연한 일이었다. 그냥 도시에 불을 확 싸질러 놓는다면 그야말로 아군은 괴멸할 수밖에 없는 일이기 때문이다.

하지만 헤르멘이 아무리 막 나가는 놈이라 할지라도 성지에 불을 놓는 멍청한 짓거리는 하지 않으리라 생각한다.

그랬다간 성지를 점거하더라도 셔먼의 민중들은 헤르멘, 아니, 귀족파 전체에 등을 돌릴 것이 분명하기 때문이다.

현재 셔먼의 국민은 왕이나 귀족들보다 자애의 여신의 사제들을 더 믿고 따르기 때문이다.

"공작 각하! 큰일 났습니다!!"

이스페든과 헤어져 신전에서 지휘하고 있을 때 당황한 표정으로 기사 한 사람이 다급하게 달려오고 있는 것을 볼 수 있었다.

"무슨 일인가?"

"북쪽 거주지로 이동시켰던 영지민들의 일부가 성문을 열어달라며 소동을 피우고 있습니다."

"뭣이?"

"아마도 헤르멘의 군대 때문에 군중들이 혼란에 빠진 것 같습니다."

하긴 지금까지 조용했던 것이 이상할 정도였다.

하지만 이 괘씸한 것들이 감히 아멘의 대공작인 내가 결사적으로 항전하고 있는 것을 뻔히 보고도 도망칠 생각을 하다니, 용서할 수 없는 일이다.

"힘으로 밀어붙여!"

"하오나 그 숫자가 너무 많아 역부족입니다."

"북문 쪽에 적이 있는가?"

“대략 2,000 정도라고 생각합니다.”

자칫 잘못하면 머저리 같은 군중들에 의해 아군이 피해를 입을 수도 있는 일, 빠른 시간 안에 선택해야 했다.

“로트린!! 로트린!!”

“예, 공작 각하!”

난 잠시 그것에 대해 생각해 본 후 성의 수비대장인 로트린을 불렀다.

“만약 북문이 열린다면 헤르멘의 병력이 올 때까지 얼마나 걸리겠는가?”

“아마 길어도 이십 분 정도면 북문에 도달할 것이라 생각합니다.”

“이십 분이라…….”

난리를 치고 있는 영주민의 숫자가 얼마나 되는지 모르지만, 이십 분이라면 우왕좌왕하는 녀석들을 밖으로 내보내기에는 너무나 적은 시간이었다.

“좋다. 빌어먹을 녀석들, 혼자 살겠다는 놈들에게 아량을 베풀 필요는 없지. 뭐가 자애의 여신의 신자들인가! 북문을 열어라!”

“하오나!”

“열어! 한창 전투 중에 나가서 죽고 싶은 녀석은 죽으라고 해! 북문 쪽에 병력을 돌려라! 아마 겁에 질린 영주민들이 나간다면 아군이나 적군이나 혼란에 휩싸일 것이 분명하다. 그렇다면 아군에게 방해되는 존재를 내보내는 것이 좋겠지!”

“…알겠습니다.”

승부수였다. 결과가 어떻게 나올지는 알 수 없는 노릇이지만, 그런 머저리들 때문에 아군의 병력이 피해를 입을 수 없었고, 자칫 멍청이들이 후방에서 난리를 피우다 도리어 덤비기라도 한다면 앞뒤로 적에게 둘러싸이는 판국이 될 것이 분명하기 때문이다.

외부의 적보다 더 무서운 것이 내부의 적 아니겠는가? 물론 지금의 상황을 조금 다른 의미로 해석하는 이가 많기는 하지만, 지금의 상황 역시 크게 틀린 것은 아니라는 생각이 들었다.

십여 분 후 나의 명령을 하달받은 병사들이 북문을 열자 마치 성난 파도와 같은 영지민들이 성을 빠져나가기 시작했다.

"비켜봐!! 빨리 좀 가라고!!"

"꺄아악!! 사람 살려!!"

성을 빠져나가려는 영지민이 거의 수만에 달하는 상황이니 혼란은 당연한 일이었고, 북쪽 문은 거의 아비규환이나 마찬가지로 변해 있었다.

그리고 북쪽 문이 열리며 그곳으로 영주민들이 대량으로 빠져나간 것을 안 헤르멘은 드디어 병사들을 움직였는데, 그 방향은 북문이 아닌 바로 남쪽 방벽이었다.

"역시나 그런 방법을 택했단 말인가……."

하긴 나라도 무엇인가 함정이 있을 것 같은 북문으로 병력을 돌리는 것보다는 남쪽 방벽을 통해 공성을 행하는 것을 선택했을 것이다.

둥!! 둥!! 둥!!

"와아아아!!"

공격의 북소리와 함께 엄청난 함성이 남쪽에서 울려 퍼지기 시작하 며, 드디어 두 번째 수성전이 시작되었다.

이미 남쪽 방벽을 수비하고 있던 병력들을 2차 방어선 쪽으로 모두 돌린 후인지라 적군은 노도와도 같이 방벽을 넘어 들어왔고, 일부는 성벽을 타고 동쪽과 서쪽 성벽 쪽으로 진격해 들어왔다.

성 전체를 뒤덮는 적군의 함성 소리는 이미 자신들의 승리를 예감하고 있는 소리로 들려왔지만, 이미 한 번의 전투를 통해 그 함성 소리에 익숙해진 민병대들은 전과 같이 흔들리는 모습은 보이지 않았다.

아니, 성전을 뒤로하는 배수진을 치고 있는 탓에 자신들의 유일한 안식처인 성지를 뺏기지 않기 위해 모여든 민병대의 힘을 더욱 끌어올렸다고 할 수도 있었다.

"이런 잡생각에 빠질 때가 아닌 것 같군."

이런저런 생각을 하는 동안 드디어 2차 방어선으로 적군이 밀려오고 있는 것을 볼 수 있었다.

"와아아아!!"

"성전을 사수하라!!"

쿠구궁!!

맹렬한 기세로 달려드는 수만의 적군은 드디어 2차 방책에 도달했고, 또다시 피를 부르는 전투가 시작되었다.

채재쟁!!

"끄악!! 어머니!!"

2차 방책 자체가 그리 높지 않은 탓에 적 보병들은 노도와 같이 방책을 넘어 밀려들어 왔기에 아군의 병사들은 필사적으로 적병을 막아서고 있었지만, 역부족일 수밖에 없었다.

어느새 많은 수의 적병들이 방책을 넘어 난전으로 변해 있었고, 사방에서 비명과 고함 소리가 터져 나오며 붉은 피가 사방을 적시기 시작했다.

"끄아아!!"

카강!!

"끄악!!"

내가 있는 성전의 앞까지 밀려들어 오는 적을 베어 넘기고 있었지만, 도저히 끝이 보이지 않을 정도였다.

역시나 이미 패배를 예상하고 있었던 싸움인 탓에 필사적으로 항거하고 있음에도 최후의 방어선은 계속 무너져 갈 뿐이었다.

툭— 툭— 후두둑!!

그러는 사이에 성전을 뒤덮은 수많은 이들의 죽음 탓에 자애의 여신이 눈물이라도 흘리는 것인지 하늘을 시꺼멓게 덮은 먹구름은 이내 비를 쏟아 부었다.

소나기처럼 내리는 비로 인하여 레트론의 민병대와 헤르멘의 군대의 난전은 더욱 어지럽게 변하고 있었고, 눈을 뜰 수조차 없을 정도로 내리붓는 폭우에 심신은 더욱 지쳐 갈 수밖에 없었다.

전투가 시작된 지 삼십 분도 되지 않아 2차 방어선의 대부분은 뚫렸고, 남아 있는 병사들은 신전까지 밀려 이제는 신전이 적의 손에 들어가는 것은 시간문제일 수밖에 없었다.

"죽어라!! 하압!!"

레크라스의 거마를 타고 병사들을 베어 넘기며 싸우는 나 역시 이제 제대로 검을 쥘 수조차 없을 정도로 지쳐 있는 상태, 주위를 둘러싸며 호위하고 있는 호위 기사들의 숫자도 이제 십여 명에 지나지 않았다.

"공작 각하!!"

이제 더 이상 버틸 수 없다는 생각에 좌절감이 밀려오고 있을 때 뒤쪽에서 나를 부르며 일단의 기병들이 달려오는 모습이 보였으니 그 선두에는 엡실론이 피투성이가 된 채 적을 베며 달려오고 있었다.

"엡실론!"

"현자 이스페든님과 필리아님들은 모두 북문으로 피하셨습니다. 공작 각하께서도 몸을 피하십시오."

"음……."

"레트론은 이미 끝났습니다. 공작 각하께서는 아멘의 중추로 가서야 할 분, 이런 곳에서 끝을 내서서는 안 됩니다!"

"…알았다! 물러나도록 하자!"

헤르멘이 북문으로 오지 않은 탓에 나 역시 탈출할 기회가 생기긴 했지만, 이렇게 레트론을 포기하고 물러나야 함이 분해 눈물이 날 지경이었다.

그래도 지금까지 단 한 번의 패배도 없던 나였는데. 하지만 이대로 포기하고 싶은 마음은 없었다. 언젠가 헤르멘에게 복수하리라 생각하며 이를 갈며 북쪽 문으로 피하려고 했는데, 그때 전혀 예상치도 못한 것이 나의 귀로 들려오기 시작했다.

"아~! 어머니의~!"

"응?"

"이건?"

나만 들리는 것이 아닌 엡실론이나 주위에 있던 기사들 모두에게도 들리는 소리는 죽고 죽이는 아비규환의 전쟁터 속에서 전혀 다른 세상에 있는 것과 같은 착각을 불러일으키고 있었다.

"모든 이를~ 사랑으로~ 감싸주시는~"

"서… 성가다!!"

"성가?"

　그때 기사 중 한 사람이 이 소리가 바로 성가임을 알고 크게 소리쳤고, 그제야 소리가 신전에서 들려오는 것임을 알 수 있었다.

　소리, 아니, 족히 수백이 넘는 사람의 성가는 장엄하면서도 모든 이의 가슴을 따뜻하게 할 정도의 따스함으로 다가오고 있었기에 비명과 살의의 고함이 가득하던 전장은 일순간 침묵에 잠기는 듯했다.

　서로를 죽이기 위해 적이 되어 싸우는 이들의 손은 어느새 멈추어져 있었고, 이들의 눈은 성가가 들리는 신전으로 돌아서 있었으니, 방금 전까지 치열한 전투를 벌이고 있었다는 것이 도저히 믿어지지 않았다.

　"고… 공작 각하……."

　"응?"

　그때 엡실론의 말에 고개를 돌려보자 그의 눈에서 눈물이 흘러나오는 것을 볼 수 있었다. 아니, 지독하게 내리는 비가 그렇게 보이게 하는 것일 수도 있지만, 지금 나의 볼을 타고 흘러내리는 따뜻한 눈물이 엡실론이 눈물을 흘리고 있다 말하고 있었다. 난 나도 모르게 성가에 감동하여 눈물을 흘리고 있었던 것이다.

　아니, 나의 주위, 지금까지 서로를 죽이기 위해 싸우던 이들의 눈에도 눈물이 흐르고 있었기에, 난 도대체 지금 무슨 일이 벌어지고 있는지 알 수가 없었다.

　그리고 신전의 주위에서 서서히 환한 빛이 일렁이는가 싶더니 마치 성광과도 같은 빛이 전장을 휩싸고 있었다.

　치열한 전투 중에서 고통스러운 표정으로 쓰러져 신음하고 있던 자의 표정에선 마치 어머니의 곁에 있는 듯한 미소가 흐르고 있었고, 죽은 자의 모습도 편한 안식의 표정으로 바뀌어져 가고 있었다.

　"기… 기적인가……."

사람의 병을 치료하고 구제하는 것은 신성 마법으로 행할 수 있었다. 하지만 모든 이에게 따뜻함의 눈물을 흘리게 할 수 있는 것은 몇 사람의 신성 마법으로 행할 수 있는 일이 아니었다.

〈4권 끝〉

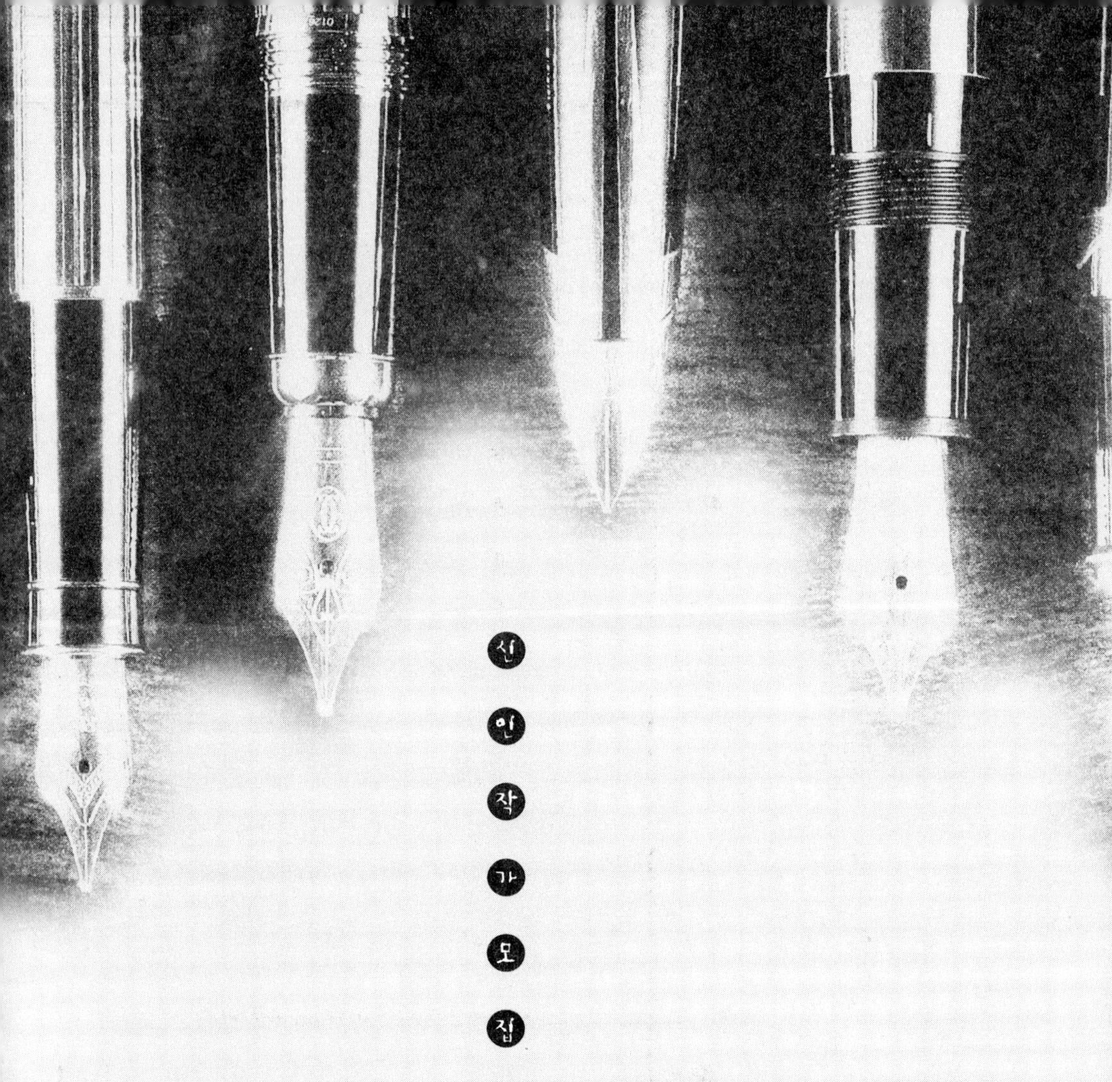
신
인
작
가
모
집

시작이 반이라고 했습니다.
작가의 길에 대한 보이지 않는 벽을 과감히 깨뜨리십시오!
청어람은 작가 지망생 여러분들의
멋진 방향타가 되어드리겠습니다.

저희 도서출판 청어람에서는
소설 신인 작가분들을 모집합니다.
판타지와 무협을 사랑하시는 분들의 많은 참여를 바랍니다.
소정의 원고(A4용지 150매)를 메일이나 우편으로 보내주시면
검토 후 출판 여부를 알려드리겠습니다.

주소:경기도 부천시 원미구 심곡1동 350-1 남성B/D 3F 우편번호420-011
TEL:032-656-4452 · FAX:032-656-4453
http://www.chungeoram.com
e-mail:chungeoram@chungeoram.com